讀小說
Reading Novel

連續殺人鬼青蛙男 噩夢再臨

中山七里

連続殺人鬼カエル男ふたたび

瑞昇文化

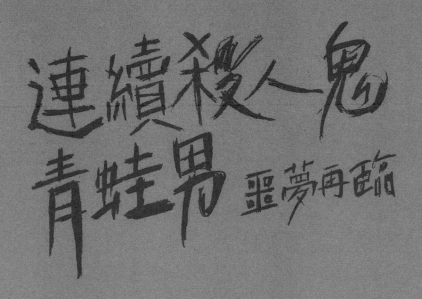

導讀／既晴

犯罪恐懼社會——談青蛙男的衝擊效應

I

《連續殺人鬼青蛙男　噩夢再臨》（2018），是中山七里繼《連續殺人鬼青蛙男》（2011）後，再度以同一個連續殺人魔「青蛙男」為主題的最新續作。

中山於出道後筆耕多年不輟，創作實績至今也卓然有成，筆下的系列眾多，如音樂神探岬洋介、無敗律師御子柴禮司、破謊刑事犬養隼人等等，不過，都是以偵探為系列主角，使用連續殺人魔為系列主軸，本作則是首度。

不過，在談到中山七里的「青蛙男」系列前，且讓我們先來回顧一下歷史上以連續殺人魔為主軸的推理小說吧。

若談起歷史上知名的連續殺人魔，我們一定可以立即想起這兩位名人：十五世紀，法國的吉爾．德．雷男爵（Gilles de Rais），曾經為了鑽研煉金術，不惜使用黑魔法召喚惡魔，數次試驗後卻均告失敗，於是轉而綁架、殘殺了約八百名兒童，企圖獻祭給惡魔，最後，被施以絞刑；十六世紀，匈牙利的巴托里．伊莉莎白（Báthory Erzsébet），為了防止肌膚衰老，則誘拐、虐殺了六百五十名少女，最後，被判處無期徒刑，三年後死於獄中。

不過，他們的殺戮欲望，都是因為手握皇家權勢、麾下奴僕眾多，又地處遠離權力中樞的首都地區，惡念才得以遂行。至於，真正具備「現代意義」的第一位連續殺人魔，則當屬「開膛手傑克」（Jack the Ripper）。

西元一八八八年夏季，自八月至十一月間，在英國倫敦市龍蛇雜處的東區一帶，發生了五起受害者被砍殺、分屍的連續謀殺案。這些被害者的職業全都是妓女，死亡時間全都在凌晨，作案手法野蠻、凶暴，而且非常純熟。

其實，從一八八八年四月起，倫敦市東區的白教堂區業已陸續發生過多件婦女殺害案，因此警方、媒體曾將這個神秘兇手稱為「白教堂殺手」（Whitechapel Murderer）。不過，這名兇手後來主動向報社、警方寫信挑釁，自稱「開膛手傑克」，不但能詳述警察沒有公布的作案細節，甚至發表後續的犯罪計畫，引起社會大眾的高度重視、恐慌。經過警方比對各案差異，才終於確定「開膛手傑克」的作案模式。

數月之間，警方投入了大批人力偵訊過上千人、調查過三百人，終究沒能找到「開膛手傑克」的本尊。更令人錯愕的是，這名神秘兇手，在十一月犯案後突然消聲匿跡，沒有再下手殺人、也沒有再寄出公開信，從此杳無音息，徒留下茫無頭緒的謎團。到了一百三十年後的今天，此案依然懸而未決。

開膛手傑克一案，之所以具備「現代意義」，關鍵在於這是最早出現在大都會區的連續殺人魔，也是頭一樁利用媒體的影響力，來引起大眾恐慌的「劇場型犯罪」。而，在瑪麗．貝洛克．

朗蒂絲（Marie Belloc Lowndes）的《神秘房客》（The Lodger，1913）中，設想了開膛手傑克可能是一名居無定所的旅客後，「連續殺人魔」此一主題，也終於納入了推理小說的版圖。

其後，解謎推理進入「黃金時期」（The Golden Age）。故事中雖然經常發生「連續殺人」，但其目的多基於殺人動機的複雜性，或用來掩飾真相的煙霧彈，嚴格來說，並非如「連續殺人魔」純粹為了變態、扭曲的樂趣而犯罪。

這一直要等到第二次世界大戰結束後，發表《體內殺手》（The Killer Inside Me，1952）的吉姆·湯普遜（Jim Thompson）登場，以第一人稱的敘述手法，來刻劃連續殺人魔的異常心理，才有了嶄新的突破。其後，派翠西亞·海史密斯（Patricia Highsmith）的《天才雷普利》（The Talented Mr. Ripley，1955）、羅伯特·布洛克（Robert Bloch）的《驚魂記》（Psycho，1959）陸續發表，連續殺人魔的鮮明形象於焉成形。

至於我們所熟悉的故事結構，則是由創造「食人魔醫師」漢尼拔·萊克特（Hannibal Lecter）的湯瑪斯·哈里斯（Thomas Harris）在《紅龍》（Red Dragon，1981）所建立的。在《沉默的羔羊》（The Silence of the Lambs，1988）中，更結合了現實世界中FBI調查連續殺人魔所使用的犯罪剖繪技術（profiling）。

以哈里斯的結構為基礎，其格式變化、內涵發展，則在傑佛瑞·迪佛（Jeffery Deaver）的《人骨拼圖》（The Bone Collector，1997）、傑夫·林賽（Jeff Lindsay）的《德克斯特：夢魘殺魔》（Darkly Dreaming Dexter，2004）等當代名作中，取得了長足的進展。

II

日本推理以「連續殺人魔」為主軸的作品較為罕見。新本格浪潮後，有綾辻行人《殺人鬼》（1990）、我孫子武丸《殺戮之病》（1994）、殊能將之《剪刀男》（1999）、佐藤究《QJKJQ》（2016）等，以殺人魔的異常心理、凶殘行徑為主。

那麼，《連續殺人鬼青蛙男　噩夢再臨》又有何特殊之處？在這個系列中，比起殺人魔向內的精神世界，中山七里更關切殺人魔向外的現實世界，也就是社會大眾因為殘虐犯罪所波及的影響。亦即，將焦點鎖定在這個對犯罪極端恐懼（Fear of Crime）的現代社會。

犯罪社會學家濱井浩一，曾發表一篇〈日本的治安惡化神話是如何被製造出來的〉（2004）的論文，指陳日本社會在一九九〇年代，因發生東京地下鐵沙林毒氣案（1995）、酒鬼薔薇聖斗事件（1997）等重大案件，導致一般民眾認為暴力事件激增、治安急遽惡化，是以，政府也積極提出多項大型的治安改善計畫，然而，從統計數據來看，犯罪率其實是一路逐年遞減的。這到底是怎麼回事？

經過調查，推測最有可能的原因是，生活型態的變遷，導致人際交流減少，於是，使民眾更仰賴媒體、網路的情報，而媒體、網路也理所當然地順應需求，提供了豐富的資訊。一旦發生了重大的犯罪事件，透過媒體、網路的訊息傳遞，而激起了民眾的危機意識，產生獲取更多情報的渴望，再促使媒體、網路提供過剩報導，不斷惡性循環，終於固著了民眾對治安惡化的認知，加深了對犯罪的恐懼。

此外，為了拯救民眾對治安的信任，警政機關對案件的認定標準也跟著提高，從嚴偵辦。但是，這反而使原本屬於一般犯罪的案件，調整為重大犯罪，最後，竟導致在統計數據上，「凶惡犯罪」爆量，形成「治安愈來愈差」的諷刺結果。

再者，人類無法坦率地接受未解的謎團，擁有「依循邏輯規則，變換自身立場」的心理安全防衛機制。當民眾發現懸案遲遲未破，恐懼也轉變為憤怒，尋找代罪羔羊。此時，警方的程序微有瑕疵，就會被批判辦事不力；被害人的行為稍有不端，也會被檢討其實你也有責任。

這種心理認知，稱為「公正世界理論」（Just-World Theory），也就是「善有善報、惡有惡報」的價值觀假說。這項假說，由社會心理學家梅爾文．勒奈（Melvin Lerner）所提出。在古典本格的世界觀裡，兇手作惡多端、受擒伏法，世界也恢復秩序。然而，殺人魔隨機挑選獵物，與死者品行毫不相干，警察找不到兩者根本不存在的連結，力有未逮，也是合情合理。隨機的死，正是對犯罪極端恐懼的根源。難怪，推理小說這麼晚才把「連續殺人魔」納入版圖。

上述種種，在《連續殺人鬼青蛙男　噩夢再臨》裡都有著驚心動魄的描寫。故事的起點依然從埼玉縣開始，埼玉的主要產業原是農業，由於鄰近東京都，成為許多通勤上班族的居住地。然而，翻開日本犯罪史，就會意外發現，現實世界的埼玉，曾經發生過多起惡名昭彰、令人髮指的犯罪事件。

印象所及，就能列舉出狹山事件（1963，一說動畫電影《龍貓》故事即是影射此案）、宮崎勤事件（1988）、愛犬家連續殺人事件（1993）、桶川跟蹤狂殺人事件（1999）、騙婚連續殺人事件（2009）、熊谷連續殺人事件（2015）……

不必再列舉了。總之，我難以推測，中山是有意指涉，或者僅是巧合。無論如何，青蛙男出身埼玉，確實是最能引起無盡想像空間的犯罪舞台。

導讀作者簡介／既晴

既晴，推理作家、評論人。目前任職於科技業。以推理、恐怖小說創作為主，兼寫推理評論。曾以《請把門鎖好》獲得第四屆皇冠大眾小說獎，著有《魔法妄想症》、《別進地下道》、《網路凶鄰》、《超能殺人基因》、《修羅火》、《獻給愛情的犯罪》、《病態》、《感應》等作品。另擔任過人狼城推理文學獎、浮文誌新人獎、中國華文推理大獎賽評審。

好評推薦

沉寂多年的五十音殺人事件再度重現，曾經令社會人心惶惶的青蛙男繼續未盡的五十音順序，犯下一起起駭人聽聞的惡童式虐殺案，也一如過往留下那些炫耀式的幼稚犯罪聲明。中山七里除了延續前作讓讀者驚魂懾魄的獵奇殺人色彩，也同時探討當年受害者家屬們的創傷後壓力症候群，以及累積於連續殺人鬼內在所不斷發酵與腐蝕的心靈底層，再次召喚出那一頭罔顧人命的心魔殺手！——提子墨／推理作家、加拿大犯罪小說作家協會PAM會員、博客來推理藏書閣書評人，著有《熱層之密室》、《水眼》，近作為《星辰的三分之一》

本續作裡，中山七里以獵奇的連續殺人案件再次挑戰讀者的心臟強度，除了其它系列的角色驚異登場之外，和首作同樣精彩萬分的是，作者再探討了許多諸如獄政、外籍移工、遊民、勞動條件與工安，以及警檢糾葛、媒體自律等社會議題，並進一步深入挖掘日本刑法第三十九條的疑弊，詳細剖析精神異常犯罪和司法人權之間的恆久衝突，而令人瞠目結舌的真相，於難以釐清的紛雜案情及持續騷動的輿論氛圍中揭露後，直到最後一頁，還要強迫讀者感受頭皮發麻的戰慄！——舟動／推理評論人、推理作家，著有《慧能的柴刀》、《跛鶴的羽翼》，近作為改編自台灣著名社會案件的《無恨意殺人法》

許多文學理論及研究俱指出「大眾性」，是推理、恐怖、武俠等類型文學作品取得與人們日常生活連結的重要橋樑，在資訊流通及網路傳播益加發達、快速的時代，大眾文本相對其他類型作品而言，反而能更快速地介接起文字世界與現實生活，讓社會現象觀察甚或是社會既存卻難解的問題，有了互為鏡象、尋求解決方案或撫慰人心的可能。

在此面向的觀察上，中山七里的《連續殺人鬼青蛙男　噩夢再臨》，基於《連續殺人鬼青蛙男》的暢銷，以及「世界各地」與其主題相關之影視作品的賣座，完整體現人們在閱讀過程中，如何穿梭於虛擬（小說）／現實（日常生活）之間，並從驚懼、恐慌、訝異的感官情緒中，找到克服上述負面情緒，並將異常再造為日常的能力。

本作延續著看似複雜難解的劇情，實際上與前作欲傳達的社會現實，具有互為表裡的呼應，更進一步的是，《連續殺人鬼青蛙男　噩夢再臨》結合對醫學、精神科學、心理學甚至哲學的初步探索與叩問，讓故事情節更貼近日常世界的關懷，雖結局對人性仍有較為深沉的質疑，也留了續作的引線，讓悲劇或所謂「謀殺」的異常情境看似無窮無盡，但反過來說，這種輪動與尋求平衡的過程，也在「真相」必然被一次次揭露的過程裡，找到趨近光明的力量。

——洪敘銘／推理評論者。著有《從「在地」到「台灣」：「本格復興」前台灣推理小說的地方想像與建構》

「噩夢般的續篇，延續前作的獵奇風格，著迷於逆轉結局的讀者切勿錯過這本近年來不可多得的推理佳作。」——林斯諺／推理作家、文化大學哲學系助理教授。著有《無名之女》、《淚水狂魔》、《小熊逃走中：偵探林若平的苦惱》、《床鬼》等作品

就某種層面而言，罪惡推動了社會前進。罪惡迫使人們正視那些被大多數人避而不談的問題，以不安與恐懼誘發人們深埋於心的勇氣。因此歷史變革總是帶血，伴著犧牲。然而這不能成為罪惡免責的理由，追根究柢，我們大多怕痛，下意識選擇漠視，成為那隻在溫水裡泅泳的青蛙。《連續殺人鬼青蛙男　噩夢再臨》透過鮮血淋漓的情節揭露社會弊端，以看似毫無意義的行兇手法牽扯出人們的掙扎與哀號……但願我們都能在事情變得遺憾之前有所改變。

——金／推理作家、以《罪人》榮獲第三屆尖端原創大賞逆思流組金賞

每一件事總是正反兩面，爭論不斷，或者這就是生存的基本意義吧！中山七里下筆力道極大，直指問題核心，讓我們在閱讀的過程中不知不覺被觸動了。《連續殺人鬼青蛙男　噩夢再臨》懸疑性十足，驚悚之餘又有探討意味。正義與邪惡之間互相浸染，勝負如何？直到最後都讓人心驚。——沙棠／推理作家、著有《沙瑪基的惡靈》、《古茶布安的獵物》等作品

對前作的尾巴有所介懷的讀者，務必別錯過這本《連續殺人鬼青蛙男　噩夢再臨》！狡猾的殺人鬼、熱血卻有過往創傷的刑警、手腕高超而陰晴難測的上司，這些角色仍健在——當然，別忘了那生猛有力的犯案手法與反差的犯罪聲明。持續進行「刑法三十九條」的刨挖，附帶對更生機構的問題探討，中山七里讓我們看到他對社會議題的執著與熱切。請搭配《青蛙男》一同服用，效果加倍。——寵物先生／推理作家、著有《虛擬街頭漂流記》、《追捕銅鑼衛門：謀殺在雲端》等作品，並與推理作家陳浩基合著《S.T.E.P.》一書

不知道有多少人和我一樣，看到御子柴出場的時候會驚呼一聲：「哇！是中山七里宇宙嗎？原來有働小百合就是那個女孩？」加入御子柴這個對照組，作者在青蛙男的續集中，強化了自上一集延續下來的辯論：精神障礙的病態重度犯罪者，是否有矯正的可能性？《青蛙男》系列的故事線似乎朝向否定的立場，一樁樁慘絕人寰、卻又精心設計的命案，無言述說著惡魔的永生不滅；但《御子柴》系列又持相反觀點，曾是變態殺人犯「屍體郵差」的少年，經過矯正後卻能成為擁有強大信念的律師，你選擇相信人的光明面，或是選擇消滅任何一丁點的風險呢？

中山七里的作品總能在獵奇、理性、娛樂及辯論等元素中找到一個很好的平衡，令人讀來心驚動魄，腦袋裡也多了許多思考素材。前一集《連續殺人鬼青蛙男》讀到古手川的遭遇，令

我腳踝都發痛，如今噩夢再臨，古手川又要斷幾根骨頭呢？——李柏青／律師、推理作家。著有《親愛的你》、《最後一班慢車》、《歡迎光臨康堤紐斯大飯店》等作品

《連續殺人鬼青蛙男　噩夢再臨》延續前一集優點，依舊有著相當完整的故事結構及巧妙的推理，再次布置了一個讓讀者滿意的線索與真相，並完整收攏埋下的伏筆，故事節奏也不若一般的日本小說凝重沉滯，是閱讀過程很愉快的作品，而結局的小暗示也讓人有點期待

——栞／推理評論者、台灣推理作家協會理事

目錄

一、爆炸

1

JR常磐線往土浦方向的快車。

電車抵達三河島，直到剛才都還坐在旁邊的國中女生們一起湧向車門口。當真勝雄趕緊縮起雙腳，深怕會碰到她們。他從小就很怕女生。

『下一站是南千住，南千住。』

勝雄看不懂漢字，只好專心聽廣播，確認每一個停靠站。如果不這麼做的話，可能會坐過頭。

勝雄在帽T的口袋裡翻找，拿出幾張紙來看。紙上寫滿自己熟悉的筆跡。沒問題，是這一頁沒錯。

時間是晚上八點三十分，雖說已經過了尖峰時段，正在返家途中的上班族抓著吊環，各懷心事地殺時間。有位子坐的人不是戴著耳機聽音樂就是滑手機，沒有人會去留意勝雄。

勝雄討厭人多的地方，人潮會讓他坐立不安，但因為確定沒有人在看自己，於是就稍微放下心來。心裡想著只要再忍耐兩站就好了。

話說回來，沒想到才十個月不見，世界居然改變這麼多。飯能的街道上已經蓋了新大樓，也開通了新馬路，景色搖身一變，顯然並不歡迎勝雄的歸來。以前看過一本名叫《浦島太郎》的書，現在感覺自己儼然就是書中的主人翁。

其實原本應該會更早出院的，但計畫趕不上變化。被刑警開槍射中的傷口兩個禮拜就拆了繃帶，但或許是纏鬥時讓對方身受重傷，自己好像犯了什麼法，跟平常人不太一樣，所以住院生活拖得很久。太困難的事情他不懂，這些好像是由一個叫法院的地方決定的。

要接受定期檢查，也可以做適度的運動。明明身體已經復原了，但醫生一天不放行，他就一天不能出院。好想出去，自己還有非做不可的事。無計可施之下，只好躺在床上，反覆預習自己之後要做的事，該怎麼動手？該準備什麼工具？該如何前往對方住的地方？

兩天前在附近的居家賣場買了鐵鎚和塑膠繩。老師告訴過他，不管你想怎麼進行，無論如何都一定要準備這兩樣東西。這兩樣東西是青蛙男的證明。

『下一站是松戶，松戶。』

青蛙男。去年年底在埼玉縣飯能市犯下連續殺人案，讓市民墜入恐懼深淵的兇手，因為會在案發現場留下以「我抓到青蛙了」開頭的幼稚留言紙條，所以被稱為青蛙男。

青蛙男是勝雄的英雄，也是另一個自己。當真勝雄是個非常渺小的人，沒有別人的幫助就什麼也做不了，但青蛙男是恐怖的大魔王，光是聽到他的名字，任誰都會嚇得發抖。

勝雄討厭自己。所有與自己接觸的人都只會對自己表示同情或嘲笑，總是以高高在上的視線看著自己。這點令勝雄難以忍受。只有受虐者才具備的雷達讓勝雄總能敏感地察覺到別人的惡意。忌諱、厭惡、優越感……其他人眼裡總是充滿了負面的情緒。可惡，當我是笨蛋。既然如此，讓人們膽戰心驚、陷入恐懼深淵的青蛙男還比較有魅力。

『松戶，松戶站到了。』

就是這裡。

勝雄有如訓練有素的軍人般走出電車。一下車，十一月的晚風迎面而來，雨還沒落下來，但沉甸甸的空氣飽含水分。

目的地是千葉縣松戶市白河町三－一－一。烙印在視網膜上的片假名地址還很鮮明，事前也調查得很清楚。畢竟沒來過這裡，也沒有地緣關係，自己又看不懂漢字，迷路的可能性相當大，所以三天前先趁白天時就來勘查過一次。

飯能市的中央圖書館對他理解白河町三－一－一這個地址做出了卓越的貢獻。千葉縣內全區的住宅地圖在中央圖書館的資料室裡一應俱全。拜託了圖書館員，對方勉為其難幫他找到那一頁。ZENRIN*的住宅地圖上從地號到地址都記載得非常詳細，一眼就能看出三－一－一在哪裡。就算看不懂漢字，只要有地址就行了。

幸運的是，白河町離松戶站不遠，距離車站只有兩公里多一點，是勝雄走路也能到達的路程。

從東口出來，往東南方前進。熙來攘往的行人中，也有跟勝雄一樣穿著帽T的人，但是沒有人連帽子都戴上。勝雄有些迷惘，要一直藏頭蓋臉地走到目的地嗎？

想了一下，決定不戴上帽子。以前老師教過他，如果不想引人注目，就必須跟別人一樣。他也深知自己本來就不是引人注目的長相。

要怎麼走到住宅地圖上的目的地，路線已經烙印在視網膜上了，不用一直花時間看影印下來的地圖。雖然本人並無自覺，但是可以將一部分的腦子變成像硬碟那樣來記錄及播放影像是勝雄的武器。

空氣依舊沉重，而且更添了幾分寒意。愈靠近目的地，店鋪及霓虹燈也愈少，路燈的間隔也愈拉愈開。勝雄的腳步繼續往缺乏光源的方向前進，幾乎沒有人從對向走來。內心的野獸逐漸抬頭。從以前就飼養在心中的野獸是夜行性動物，天色愈晚、光線愈暗，野獸愈是目光炯炯。經過已經打烊的男裝店，在三岔路左轉，沿著久不久才有一輛車駛過的馬路再往前走一小段距離，終於抵達目的地。

信箱上寫著地址。

白河町三－一－一御前崎。

勝雄按下信箱旁的門鈴，將臉湊近對講機。

御前崎宗孝看見勝雄，一臉驚訝。

「這不是勝雄嗎？好久不見了。這個時間來是有什麼事嗎？」

＊

①日本的一間地圖出版商，進行地圖情報的調查、製作、販售等業務。

松戶市白河町三丁目的居民在十一月十六日的凌晨一點十五分被突如其來的爆炸聲驚醒。

鹿島耕治還以為附近的什麼地方被雷劈中了，從床上跳起來，走到門外一看，嚇得目瞪口呆。隔壁御前崎家的窗戶都破了，裡頭竄出濃濃黑煙。

中央消防局的消防隊員接獲鹿島的報案後趕往現場，御前崎家已經不再竄出濃煙，考慮到可能是瓦斯外洩，消防隊員慎重地進入屋內，結果被眼前的光景嚇到魂飛魄散。

看起來似乎是客廳的房間像是因為某種東西爆炸的威力，導致家具、地板和天花板全都被破壞殆盡，所有的東西都看不出原來的形狀，牆上還開了一個大洞。然而，令消防隊員感到驚恐的原因另有所在。

肉片和鮮血散布在房間的每一寸角落。

被炸碎成一百、兩百，甚至更多塊的組織沾黏在牆壁和地板上。紅色的血肉、黃色的脂肪、以及白色的骨頭化成顏料，以房間為畫布，描繪出色彩極為繽紛的地獄圖。

其中體積最大的固體頂多也只有足球那麼大，頭蓋骨及骨盤等部位全都炸得支離破碎，空隙裡塞滿從體內噴出的內容物。拜此所賜，完全看不出壁紙原本的花紋。

長長的大腸垂掛在破碎的吊燈上，細碎的糞便宛如間歇泉從缺口流出。

慘絕人寰的光景令消防隊員倒退一步，這時卻有液體滴落在肩膀上。明明還沒有噴水灌救——當他狐疑地用手指抹去水滴，這才發出不成聲的尖叫。原來水滴是附著在天花板上的紅色黏液。

粉碎的肉片與飛散的體液。

若非殘留著衣服的碎片，大概就連原形是不是人類也難以分辨。要不是戴著面罩，除了火藥與燃燒的臭味以外，肯定還會聞到更刺鼻的氣味。

這時，黏在天花板上、像是掌心之類的肉塊正緩緩剝落，表面還長著白色的毛屑。

根本來不及避開，肉塊就已經掉下來，精準地貼在面罩上。

「哇！」

消防隊員下意識地拿開那塊異物。

是一片白髮上染著血跡斑斑的頭皮。

消防隊員在面罩下發出呻吟。當上消防隊員已經五年了，這還是第一次想為自己求救。

*

第二天，古手川和也開著便衣警車前往爆炸現場。

明明不是共同調查，卻踏進千葉縣警的轄區，對方會說什麼呢——。

雖然腦海一隅浮現出這個問題，但他隨即踩下油門，打消了這個念頭。勇往直前，想到什麼就做什麼，別人要怎麼說都無所謂，就算發生在新幾內亞島的最深處，這也是他的案子。

坐在副駕駛座，一臉苦相的渡瀨看也不看他一眼地說：

「我可先警告你，別以為這是你的案子喔，我們只是去提供線索。」

這個人究竟是在哪裡學的讀心術，還是自己真的太單純了。不管怎樣，被他看穿到這個地步，就連反駁都懶了。古手川老實地點點頭。接到御前崎家爆炸的通知時，明明是渡瀨先跳起來的。

御前崎教授是發生在去年底的飯能市五十音連續殺人案的相關人士，與負責偵辦的古手川也算關係匪淺。

提供線索。這麼說來的確是很巧妙的名目，但是想也知道，渡瀨一旦出馬，現場的主導權就會落入他手中。不過只有他們能提供線索倒也是事實，插手現場辦案遠比古手川個人以為的更加名正言順。

「御前崎家爆炸……你認為是事件嗎？」

「據報導指出，御前崎教授的遺體豈止支離破碎，根本是屍骨無存了。如果只是普通的意外，遺體不太可能損傷成那樣。我還聽見一個該死的消息。」

「什麼消息？」

「當真勝雄十月底出院了。」

差點來不及切換車道。

「勝雄嗎？難不成是他幹的？」

「別太早下定論，目前什麼都還不清楚。」

城北大學榮譽教授御前崎宗孝與當真勝雄。這兩個人原本曾經是理想的主治醫師與患者的關係。倘若本案與勝雄有關，案情就會產生一百八十度的轉變了，要他別太早下定論才是強人所難。

左腳的舊傷突然痛了起來。古手川在那個案子中受到滿身創痍的重傷，儘管以就連醫生都瞠目結舌的恢復力重回工作崗位，唯有當時被打到支離破碎的左腳到現在還會時不時地感到疼痛。

仔細想想，破案時得到許多寶貴的經驗，但失去的東西更多。得到身為警察的自負與覺悟、失去對女性的愛與信任，以及對人類的希望。他才恍然明白，要成為獨當一面的警官，原來要背負這麼多的懷疑與絕望。

「……那個案子還沒結束嗎？」

「我們就是去確認這一點的。」

渡瀨沒好氣地說，古手川無法不認為這次的爆炸只是宣布案件重啟的狼煙。倘若連古手川都有這種預感，渡瀨肯定也已經預料到接下來的發展了。

抵達案發現場，那裡已經圍了十幾二十圈看熱鬧的群眾，警察與消防隊員正在御前崎家忙進忙出。從外觀也看得出來，房屋的中間部分莫名其妙凹進去一塊，不難想見裡頭的慘狀。

現場負責人是松戶署的帶刀警部*。帶刀對渡瀨和古手川的突然出現感到大惑不解，但是在聽完渡瀨的說明之後，臉色逐漸變得蒼白。

「你是說御前崎教授和那起五十音殺人有關？」

「就是這樣，所以明知會給你們添麻煩，我們還是來了。可以讓我們看一下現場嗎？或許跟這次的案子有關。」

被一臉凶相的渡瀨拜託，本來就沒有幾個人能拒絕。再說要是能提供新線索的話，與松戶署的利害關係一致，因此帶刀二話不說地帶他們進入現場。

「對了，二位吃過飯了嗎？」

「還沒。」

「那就好。那種東西實在不適合在吃飽後看。」

一踏進現場，就能明白帶刀何出此言。

古手川不確定該不該用遺體來形容那個物體。別說是人類，就連動物的形狀都稱不上。彷彿像是把人類碾碎，再磨成顏料，然後在房間裡恣意揮灑——眼前就是這樣的光景。

臭味極為刺鼻強烈，燃燒動物性蛋白質的異味加上腐敗的臭味，再混入火藥爆炸的味道，光聞到一口，就覺得鼻子彷彿挨了一拳。胃液也幾乎要從明明空無一物的胃裡逆流而上。

「聽到你說跟飯能的案子有關，我才恍然大悟，因為我們找到了這玩意兒。」

帶刀遞給渡瀨一個塑膠袋，袋子裡有張四個角都已經燒焦的紙張。

古手川看到紙面上的字，這次真的感覺到自己快要吐了。

我今天買了爆竹喔。
發出好大的聲響，
所有的東西都破破爛爛了。
好厲害啊。
我還把爆竹塞進青蛙的肚子裡點火。
青蛙就像煙火般爆炸了。
青蛙的眼珠子還黏在我的衣服上喔。

之所以反胃，無非是因為那股令人不寒而慄的似曾相識感。文章自不待言，筆跡也跟當時看到的犯罪聲明極為雷同。渡瀨表情猙獰，想也知道為什麼，因為這表示那起事件還沒結束。

「御前崎教授一個人住，但廚房的流理台裡有兩只咖啡杯，顯然昨天有客人來訪。」

受到款待的訪客突然翻臉不認人，攻擊御前崎。換句話說，御前崎認識兇手。

「只是，要說有什麼或許是兇手留下的證據，就只有那兩只咖啡杯和這張紙……誰叫原本應該是最重要線索的屍體變成那樣。」

帶刀義憤填膺地搖頭。如果有穿刺傷，還能由穿刺傷的角度研判兇手的慣用手，也可以由

②日本的警察階級由下而上依序為巡查、巡查部長、警部補、警部、警視、警視正、警視長、警視監、警視總監共九級。

外傷的數量及有沒有淤血來判斷案發時是否發生過打鬥。屍斑及胃裡的食物亦可推算出正確的死亡推定時間，這些都能用來鎖定兇手。換句話說，再也沒有比屍體更能指認兇手的證據。

如今就連這個鐵證都被炸成碎片，從此無法開口。古手川不禁有點同情負責本案的驗屍官。

「昨晚有誰看見有人來訪嗎？」

「沒有。已經在這一帶查訪過了，還沒有找到目擊證人。畢竟是離大馬路有段距離的住宅區，十點過後就沒有人經過。天氣變冷，家家戶戶門窗緊閉，不利於找到目擊證人的條件一應俱全。」

「炸彈的類型呢？」

「鑑識人員正在調查。那個……因為爆裂物的碎片與肉片、組織都黏在一起，光是要把兩者分開，好像就很花時間。」

帶刀用手指彈了彈裝有留言紙條的塑膠袋。

「照你這麼說，埼玉縣警還有四張跟這個一樣的證物。總而言之，目前有用的線索就只有這個了。」

渡瀨湊近帶刀，壓低音量說：

「關於這張噁心下作的留言，最好還是下個封口令喔。」

「為什麼？」

「飯能事件的死者是姓氏從五十音的〈ア〉到〈エ〉開頭的民眾，再加上這次御前崎的

〈オ〉，〈ア〉行就結束了。」*

「表示這是最後一樁犯行嗎？」

「正好相反，表示他的目標要移到別行了。」

帶刀頓時目瞪口呆。

「至於會不會照〈アカサタナ〉的行數順序殺人，只有兇手才知道，但是五十音殺人還沒結束的事一旦公諸於世，至少姓氏以〈カ〉開頭的人肯定會害怕得睡不著吧。」

古手川回想飯能市民的反應，當時的犧牲者限定在飯能市民之事也推波助瀾了一把，每次發生命案，姓氏屬於高危險族群的人就會陷入驚慌失措的狀態。

「這次比較棘手的是，這裡不是飯能市。」

「這是……什麼意思？」

「以前兇手的行兇範圍鎖定飯能市，導致飯能市民人人自危，但是換個角度來說，住在其他地區的人還能冷眼旁觀。然而，這次雖然同為〈ア〉行，但行兇範圍已經超出飯能市，雖然稀釋了恐懼的程度，卻反而擴大了範圍。」

帶刀的臉色變了。恐懼一旦擴大，首當其衝的莫過於搜查本部，其中最容易受到砲火攻擊的，無非是站在第一線的自己。

③御前崎的片假名拼音為オマエザキ（omaezaki），本作內文在提及姓名五十音時，皆以片假名呈現。

「渡瀨警部，你好像很關心這個案子。」

帶刀小心翼翼地觀察渡瀨的反應。

「方便的話，若案情有所進展，可以與你交換意見嗎？倘若兇手是模仿上次的案子犯案，就非常需要當時負責偵辦的二位高見。」

「我是無所謂啦。」

古手川瞠目結舌地在一旁聽他們討論。這是什麼舌燦蓮花的魔術？對方本來應該要對他們的介入調查避之唯恐不及，現在居然反過來請求他們協助。

在渡瀨手下兩年，向他學習了很多關於犯罪調查的技巧，但至今仍模仿不來他的狡詐。話說回來，像自己這種性格的人，能不能學會那種技術還是個未知數。

「我大概知道昨天晚上來這裡的人是誰。埼玉縣警還有資料，用來和從咖啡杯裡檢查出來的東西比對一下吧。」

「……麻煩你了。」

受帶刀所託，渡瀨輕輕點頭致意。明明才認識幾分鐘，居然已經建立起上下關係，這也是渡瀨的能力之一。

渡瀨又環顧現場一遍。看在古手川眼中，他正在觀察看不見的東西、嗅出聞不出的味道、以及傾聽聽不到的聲音。

最後渡瀨露出啞巴吃黃蓮的表情，轉身離開。

一回到便衣警車上，古手川就忙不迭地問：

「班長的雷達感應到什麼了？」

「顏色一樣。」

「顏色？」

「處理屍體的時候不把人當人看的符碼化。兇手這次也試圖隱藏自己的熱情。以正確地模仿上次的案子這點來說，算是及格的模仿犯。」

聽到模仿犯這三個字，腦海中立刻浮現出勝雄的臉。如果他是兇手，一切都說得通了。雖然沒有創造力，但是會模仿別人的行為，而且是一絲不苟、事無鉅細，扼殺自己的感情來模仿。

接著浮現出的是御前崎的臉。平靜的眼神與作風充滿了知性。女兒和孫女慘遭不良少年殺害，卻因為莫名其妙的法律與毫無道德良知的律師，使得兇手逍遙法外。在溫文儒雅的表面下壓抑著沸騰的激情，總是表現出一派紳士風範。

「班長。」

「嗯？」

「那個，真的是御前崎教授的屍體嗎？」

「你認為是假的？」

「那麼不好惹的教授就這麼沒了，有點難以想像。」

「那位教授的大腦皺褶的確比臉上的皺紋還多，但是再怎麼說也是個老人，無法戰勝暴力，更無法戰勝炸彈。」

渡瀨言之有理。再怎麼聰明的腦袋，一旦對上強韌的肉體，也會沒兩下就被爆頭吧。何況對手還是勝雄，那就更不用說了。就連古手川和勝雄纏鬥的時候，也被打到體無完膚，教授肯定一秒鐘也撐不住。

先保留屍體是不是偽裝的疑念。反正科學搜查研究所的負責人此時此刻正在分析部分的肉片，遲早會知道結果。

另一方面，假設御前崎真的死於爆炸，倒也覺得那是挺適合他的死法。聰明反被聰明誤。那麼善於操弄詭計的人，居然栽在如此直接的手法之下，似乎也是一種天理循環。

「問題是炸彈……假使勝雄是兇手，他是怎麼弄到炸彈的？」

「畢竟不是去便利商店就能買到的東西，也沒聽說過網路上有組裝好販賣的炸彈，通常是蒐集零件、自行製作吧。」

製作炸彈根本已經不屬於通常的範圍了，但古手川沒說出口。依渡瀨的性子，一旦說出口，肯定會從初學者也能製作的炸彈到恐怖分子特製的專業炸彈，鉅細靡遺、滔滔不絕地開始說明。

「你認為他有製作炸彈的知識嗎？」

古手川問道，渡瀨凝視著遠方回答：

「什麼炸彈都好，你看過炸彈的設計圖嗎？」

「沒有。」

「爆炸的原理其實很單純，只需要點燃藥劑，以加速燃燒速度即可。以此為目的，再改變啟動方式，像是定時炸彈或立即引爆。說得武斷一點，引爆炸彈的當事人離炸彈愈遠，線路愈複雜。所以如果只需要點燃炸藥的導火線，既不需要定時器，也不需要電線。」

「問題是，五金行也沒賣炸藥啊。」

「你忘了當真勝雄以前在哪裡工作嗎？」

誰忘得了。勝雄以前受雇於在市內風評頗佳的牙醫診所。自己和勝雄就是在牙醫診所的宿舍大打出手。

「用來治療牙齒的藥劑中，有些非常厲害的東西喔，其中一種是次氯酸鈉，用於殺死口腔中的細菌，只要讓次氯酸鈉乾燥，就成了氯酸鹽，氯酸鹽也是火藥的原料。當真勝雄在職場上獲得這方面的知識，偷帶出來的可能性並非為零。」

「就算是這樣，製作起來還是很複雜吧。」

「只要囤積藥劑，放著不管，就能自然乾燥，製程單純到令人傻眼的地步，就連小孩也會。再把那玩意兒連同藥瓶放進焚化爐看看，藥劑的量若下得夠重，就連焚化爐本身也能爆破。」

每次都覺得好不可思議，這個人到底是從哪裡學到這些知識的，但是現在也無心追問。因為比起那個，古手川更想知道一件事。

勝雄的下落。

還沒斷定勝雄就是嫌犯，但是留在案發現場的紙條無不把矛頭指向他。並非對精神病患有什麼偏見，而是有人告訴過他，精神病沒有所謂的完全治癒，只有緩解或復發。因此即使出院，也沒有人敢保證勝雄不會再對別人行使暴力。

萬一勝雄真的是兇手，再也沒有比掌握不到他的去向更危險的狀況了，這也是御前崎自己曾說過的。

幼兒一旦愛上某種遊戲，除非挨罵，否則不會停下來。

「總之當真的大頭照就存在縣警本部，交給帶刀警部處理吧。但那傢伙如果想躲起來，你覺得會躲在哪裡？」

「……熟悉的飯能市嗎？」

「而且那傢伙認識、又願意卸下心防的人少之又少，地點也就那幾個。」

「由我們去找嗎？」

「你不想去嗎？」

「做到那個地步的話，就不只是交換情報，而是完全介入調查了。」

「你不想去嗎？」

一再重複的語氣帶有不由分說的壓力。這個男人總是堅持跑在第一線。絕不是要煽動古手川，說穿了只是他自己想參加這場狩獵行動。

「……你打算怎麼跟松戶署交代？」

「透過我們家的課長向里中本部長提出協助調查的建議。」

「栗栖課長會接受嗎？」

「只要能順利抓到當真，移交給松戶署，千葉縣警就欠埼玉縣警一個人情。兩邊縣警的部長是特考組＊的同期，對人情事故非常敏感。萬一逮不到當真，也只是我們這裡主動說要協助，而且若只是搜查員辦事不力的話，不會對他們的資歷有任何損傷。」

也就是說，渡瀨算準了課長和本部長一定會接受這個零風險、高報酬的提議。

「我從以前就很好奇一件事。」

「什麼？」

「為什麼栗栖課長看起來好像對班長敬而遠之……。被看穿到這種地步的話，沒有人會好受吧。」

「現在幹嘛還說這種明擺著的事，善用上司可是警察生涯長治久安的祕訣，你也差不多該學著點了。」

只不過，古手川很確定自己永遠不會有靈活運用渡瀨的一天。

第二天，一早就收到帶刀的報告。

---

④ 原文為「キャリア」。在日本國家公務員考試中通過綜合職考試、上級甲種考試、Ⅰ種考試後，作為幹部候補被中央機關任用的國家公務員俗稱。在各單位皆被視為菁英中的菁英。

鑑識人員從御前崎的研究室裡採集了指紋和毛髮，與遺留在案發現場的證物比對後，確定是同一個人的。

另外不只是醫生，在城北大學附設醫院也有連職員都必須接受定期健康檢查的慣例，因此保存有御前崎的血液樣本。將樣本與現場飛散各處的血液與DNA進行比對，也確定是同一人物的血液。

再加上咖啡杯的指紋鑑定也出爐了，沾在兩只咖啡杯上的指紋無疑是御前崎與勝雄的指紋，證明案發當天勝雄確實來找過御前崎。

這麼一來，古手川懷疑死者另有其人的說法才一個晚上就不攻自破。但這並非古手川垂頭喪氣的理由，只是與自己有過一段孽緣的老教授竟然就這麼死了，為此感到世事無常。

2

「千葉縣警正式提出協助調查的要求了。」

渡瀨在副駕駛座喃喃自語。

「所以千葉縣警也認為勝雄就是兇手嗎？」

「從現場的狀況來看，這是很合理的想法。再加上嫌犯的活動範圍很狹窄，命案又剛發生，大概以為很快就能抓到。」

根據科搜研*的報告，從使用於御前崎家爆炸案的火藥裡檢測出氯酸鹽，渡瀨的假設不幸命中，這個事實當然也加深了勝雄的嫌疑。

勝雄的住所還在飯能市，之所以向埼玉縣警請求支援，無非是已經斷定勝雄就是兇手。考慮到勝雄有精神障礙，活動範圍的確會比較狹窄。只認識數字和假名的話，就算想要自由活動也有困難。所以千葉縣警認為只要盯緊案發現場與他現在的住所就行了。

因為先前的案子被逮捕、拘留的勝雄，之後的調查證明他是無辜的，但他還在住院的時候就被牙醫診所開除，然後就發生了御前崎家的命案。

「可是班長，勝雄住的宿舍是由別組的成員負責監視，為什麼不派我們過去呢？」

去年在勝雄的宿舍逮捕他的不是別人，正是古手川。如今改由其他組員盯哨，總覺得有點不能接受。

「你這傢伙真是學不乖耶。上次才被他打到半死不是嗎，所以才改派孔武有力的彪形大漢過去。」

被戳到痛處，只能摸摸鼻子。古手川拚命忍住想要嘖舌的衝動，握緊方向盤。

不用問也能猜到渡瀨在想什麼。他的頂頭上司絲毫不認為勝雄犯案後會回家，否則也不會要自己代替司機，與其他員警採取不同的行動。

⑤科學搜查研究所。設置於警視廳及各府道縣警本部，於法醫、生物、理工、心理等領域提供技術支援的單位。

「那，班長接下來要去勝雄潛伏的地方嗎？你已經料到他躲在哪裡了？」

「不是料到，是現在才要去確認。」

「有什麼必須要確認的東西嗎？」

「科搜研的報告有漏洞。」

兩人正前往在上次的案子失去家人及情人的遺屬家。

若非御前崎，上次的青蛙男事件根本不會發生。遺屬會怨恨御前崎是理所當然的，同時也有藏匿兇手勝雄的理由。

另一方面，知道御前崎與事件有關的人應該非常有限。假使真的藏匿勝雄，那個人又是怎麼知道命案真相的呢？

到最後只有不明白的事愈來愈多，現在只能仰賴傳統的做法，一一釐清所有的可能性。

車子駛過飯能站，開上二九九號線。

飯能市荻谷町三－二－五，飯能綠色花園二〇二號房。青蛙男事件中第一位被害女性的男朋友──桂木禎一就住在這裡。

案發當時的桂木是個讓人聯想到膽小草食性動物的青年。女朋友慘遭殺害，滿腔憤怒不曉得該找誰討公道，迷惘的模樣除了可憐以外，沒有其他的形容詞。

後來古手川之所以會對桂木產生親切感，無非是基於彼此都失去了親近的人這個共通點。比起與兇手打鬥時受的傷，心理的傷更深。年輕人身體復原得很快，精神上的創傷反而遲遲不見好。即使古手川全身受到的外傷已經完全痊癒，心靈被撕裂的傷痕至今仍無法修復，恐怕一時半刻還很難好。

那麼，他受的傷是否已痊癒？是否已回復平靜的生活？雖然不關古手川的事，但內心依舊耿耿於懷。

走到掛著〈桂木〉門牌的門前。今天是星期六，運氣好的話，桂木應該在家。按下門鈴，立刻從房裡傳來年輕女性的聲音。

女人？

印象中桂木是一個人住。

難道是新的女朋友？他看起來不像是這麼快就能忘記前女友的男人。

看到來開門的女性，古手川差點驚呼出聲。看到古手川的女性也一樣。

指宿梢。

青蛙男事件中第二位被害老人的孫女。

「小梢。」

「當時的刑警先生。」

彼此面面相覷了好一會兒，桂木出現在梢身後。

「咦，這不是古手川警官嗎？」

「桂木先生，小梢怎麼會在你家？」

「啊，呃，這個嘛……不好意思，可以進屋裡再說嗎？」

看到古手川背後的渡瀨，桂木用下巴示意。

走進客廳，環顧屋內，家具擺放得很有家的味道。對於很清楚自己的房間有多麼索然無味的古手川來說，很難想像這是同樣身為單身男子的居住環境。再看到梢的舉動極為自然，似乎從很早以前就開始在這個房間裡走動了。

桂木與梢並肩坐在渡瀨和古手川面前，梢始終低著頭，自然由桂木打破沉默：「那個……那起案子的第三位被害人是有働真人小弟弟對吧？」

聽到這個名字的剎那，胸口就感受到痛楚。還只是小學生就慘遭殺害的可憐少年。其實他的死才是令古手川撕心裂肺的主要原因。

「看到報導後，我就去參加了真人小弟的葬禮。因為禮子也是被同一個兇手殺害，所以有點感同身受。向真人小弟的母親致上哀悼之意後，走進親屬的休息室……在那裡認識了她。」

「我也和禎一一樣，那麼小的孩子居然被那麼殘酷的方式殺死，我實在坐也不是、站也不是，就去見有働太太了。」

「結果在休息室碰巧遇到。彼此的遭遇很相似不是嗎？在互相安慰的過程中，不知不覺就變成這樣……」

桂木難為情地搔搔頭。這就是梢始終低著頭的原因啊。

「目前還在半同居的狀態，但最近就會去登記結婚了，對吧？」

梢輕輕點頭。

一直被迫看他們秀恩愛的古手川只能傻傻地回答：「這樣啊。」渡瀨則從頭到尾板著一張臉。

「可是，我認為這樣也好。」

或許是感覺到古手川和渡瀨的反應太過冷淡，桂木連忙解釋：

「我和梢都失去了重要的人，彷彿心裡開了一個大洞，一直有風咻咻地吹進那個洞，好冷好冷。是梢填補了這個空洞。要是沒有她，我一定會過著亂七八糟的日子。古手川警官，我發現人類真的是很脆弱的生物，一個人是大概活不下去的吧。」

看到坐在一旁的梢不住點頭，古手川的心情平靜了下來。

那是一起就算真相大白，也沒有一個人得救的案件。被殺害的人、被留下來的人、以及行兇的人，大家都背負著相同的悲劇，留下禍根。古手川自己也對人性陷入了深深的不信任感之中。

在這樣的情況下，這兩個人相遇了，填補了彼此的內心空洞，決定踏出新的一步。簡直是射進暗淡絕望中的一縷光芒。

「我一點也沒有要責備你們的意思喔。」

這是他真誠無偽的心情。

「這麼說或許安慰不了二位，但是冥冥中安排你們相遇的那兩位離世的先人，不對，是三位，肯定會為你們感到高興的。」

古手川說著連自己也覺得害臊的台詞，但這麼說應該還在容許範圍內。

然而，坐在旁邊那位擺著一張臭臉的上司卻破壞了愉悅的氛圍。

「不好意思在二位休息的時候來打擾，請問你們知道前天十六日發生在松戶的爆炸案嗎？大學教授在自己家裡被炸得支離破碎，現場留下了以孩童般的幼稚筆跡寫下的犯罪聲明。」

渡瀨的話讓眼前的兩個人都嚇呆了，嘴巴半開，一臉不敢置信的模樣。

「刑警先生，你說的犯罪聲明，該不會是青蛙云云的那個吧？」

千葉縣警考慮到可能會出現模仿犯，報導御前崎的案子時並未提及犯罪聲明的紙條，但這兩個人是上一個案子的關係人，只要一點提示就能猜到內容。

「可是那個案子不是已經解決了嗎？」

桂木抱緊肩膀開始微微顫抖的梢。

「我看新聞說是大學教授被殺……警部先生，遇害教授的名字該不會是……」

「沒錯，是以〈オ〉開頭的名字。不管兇手是誰，事件本身的確有五十音的連續性。」

「兇手是不同人嗎？」

「這點還在調查。喂，給他們看照片。」

古手川聞言，拿出勝雄的照片。

「你們認識這個年輕人嗎？」

桂木與梢只是看看對方的臉，搖頭否認。上次的事件中，兩人應該都沒見過御前崎和勝雄，所以會有這種反應也誠屬自然。

「這個人是嫌犯嗎？」

「不是。只是他從案發當天就失蹤了，所以我們正在找他。有印象嗎？」

「沒有。」

「十五日晚上，正確來說是十六日深夜一點左右，二位在哪裡做什麼？」

「那個時間我們已經睡了。呃……一起睡在這個房間裡。」

「除了二位以外，有人可以證明嗎？」

「你該不會是在懷疑我們吧？我們可是命案的遺屬喔。」

「這只是形式上的詢問。既然是形式，不問清楚的話，就無法再討論下去。」

「因為我們的生活就只有彼此，只能互相證明，也沒見到隔壁鄰居。」

「這也很正常。話說回來，你現在還在電腦軟體公司上班嗎？」

「嗯，跟以前一樣，有什麼問題嗎？」

「沒有，只是單純的確認作業，請別介意。」

古手川理解渡瀨這個問題的言下之意。一般人不會接觸到用來殺人的火藥，這是為了確認桂木是否處於可以弄到火藥的環境。

「梢小姐呢？」

「我只有在家裡和這裡做些家事……」

試著想像梢在午後的廚房裡埋頭製作炸彈的模樣——不行，太荒謬了。

桂木和梢的眼神帶了點不信與懷疑，但渡瀨全不放在心上，表情十分坦然。不動聲色是渡瀨的拿手好戲，古手川還學不來。尤其是關於這個案子，無論如何都會怯步。

「那麼，最近有沒有什麼不尋常的事？像是被人跟蹤，或者是被不認識的人搭訕？」

梢猛搖頭，對渡瀨投以抗議的眼神。

「請問……那個案子還沒結束嗎？」

「我們的工作就是努力讓它結束。不過，市民也必須提高警覺。萬一有任何不對勁，請立刻報警，好嗎？千萬不要猶豫或感到不好意思，一定要馬上報警。」

梢的臉色逐漸變得蒼白，直到渡瀨和古手川告辭的前一刻仍無法恢復血色。

「班長，你是不是說得太嚇人了？」

上車後，古手川委婉地提出抗議。自己的抗議對這個男人來說根本不痛不癢，但是有必要這樣嚇唬小姑娘嗎？

「被你嚇成那樣，萬一桂木又沉不住氣，模仿偵探辦案可怎麼辦才好。」

「模仿偵探另當別論，但是如果能因此多一分警戒絕對是好的。」

「為什麼？」

「你還沒發現嗎？〈オ〉的後面是〈カ〉喔。」*

古手川差點驚呼出聲，仰頭望向剛剛才拜訪過的那個房間。

梢正隔著窗戶，不安地凝視著這邊。

「喂，去下一家。」

下一家——古手川陷入沉思。以順序來說，下一家是第三位死者真人的遺屬。眼下只能見到早就與真人母子分開生活的父親有働真一，這真是令人裹足不前。

「現在就失去幹勁是怎樣。有働的父親住在外縣，最後再去。下一個目的地還是飯能，去見第四位被害人衛藤律師的家人。」

彷彿看穿一切的語氣，但的確是被他看穿了，所以事到如今也不想再質疑。

「班長真的相信上次事件的被害人遺屬因為痛恨御前崎而窩藏勝雄的假設嗎？真相只有我、班長和兇手這幾個人知道不是嗎？」

「天曉得呢。不能排除兇手自己說溜嘴的可能性。而且現階段只是一一釐清這些可能性而已。雖然我是有點相信啦。」

「相信什麼？」

「所謂的復仇心態。」

渡瀨直視著前方說道。

⑥桂木的片假名拼音為カツラギ（katsuragi）。

「你也明白最重要的東西被奪走的心情吧？桂木剛才也說過，心裡彷彿開了一個大洞，能夠乘虛而入的無非就是憤怒與怨恨。心裡飼養惡鬼的人，會慢慢變成復仇的俘虜。看到剛才那對情侶，你鬆了一口氣對吧？因為你很清楚復仇意念這種東西是怎麼樣滲透身心的。」

還是老樣子的心理分析，古手川無力反駁。

「班長在懷疑那兩個人嗎？」

「你這傢伙還是什麼都不懂耶。我不是說了，現在還不到懷不懷疑的階段。」

「所以才說桂木可能會被盯上？」

「是有這個可能性。無論這次的案子是不是上次的延續，在留下那張噁心的紙條時，兇手就向我們宣告他會繼續採用五十音順序的原則犯案了。讓關係人中名字開頭為〈カ〉的人提高警覺總不是一件壞事。」

所以最後才那麼再三強調嗎？

思考到這裡，不由得悚然一驚。

我們的工作就是努力讓它結束。渡瀨的話說得很明白。但這句話反過來說，也就是他確定那個案子還沒結束。

怎麼會這樣。

古手川的背脊竄過一股似曾相識的惡寒。

當微涼的惡意與恐懼覆蓋住一整座城市時，不管走在馬路上，還是待在警局裡，惡寒皆宛如細菌般將自己緊緊包圍，寸步不離。隨恐慌起舞的人，精神上會出問題，街頭巷尾的瘋狂更讓善良的市民變成惡鬼。

世界上多的是法律無法裁決的罪行。為這些不周延的法律而感到憤怒的人，他們所埋下的復仇種子超出了自我的預設範圍，製造出限定於某個區域的地獄。

內心深處還沒完全痊癒的傷口再度隱隱作痛，他再也不想經歷一次那種痛苦的回憶了。

「告訴我地址。」

「飯能一四四〇號，離埼玉飯能醫院很近呢。」

用力地踩下油門，現在要前往的是最後一位被害人的遺屬家，也是造成這一切事件的始作俑者住處。

古手川壓下無以言狀的恐懼，握緊方向盤。渡瀨貌似在想些什麼，但古手川此時此刻能做的事就只有開車而已。

飯能市的市內有七成都被山林佔據，只要一離開市區，田園與低矮的群山就映入眼簾。

第四位被害人衛藤和義律師因病休養時被兇手連同輪椅一起燒成焦炭。死者一度被公家刊物介紹為〈為擁護人權燃燒生命的新銳律師〉，所以兇手才會照這個稱號真的燒死他吧。

衛藤遺下今年滿二十歲的兒子與妻子。兒子去九州念大學，目前只剩妻子自守著那個家。衛藤的遺孀佳惠住的公寓蓋在鑿開山壁的小山坡上，眼前是一望無際的住宅區。

佳惠招呼渡瀨和古手川進屋後，劈頭就先抗議殺害丈夫的兇手尚未受到極刑的制裁。

「那個是叫刑法三十九條嗎？沒有責任能力的人就算做壞事也不用受到法律的制裁。怎麼有這麼可惡的法律啊！」

佳惠忿忿不平地叨唸著，似乎完全沒想到渡瀨和古手川也是為刑法三十九條吃盡了苦頭。

「我先生是人權派的律師，是保護弱者的正義使者。殺了這麼好的人，兇手不僅沒受到任何懲罰，還用稅金好好地照看著，真的是太莫名其妙了。」

「夫人請息怒，妳會生氣也是理所當然。」

渡瀨安撫她，或許是迫切需要有人傾聽自己發洩心中的鬱悶，佳惠的話匣子一開就關不起來。

「還不只這樣喔！我拜託我先生的朋友，要是刑事告不成，就改提民事訴訟，但對方告訴我，基於相同的理由，就算提出民事訴訟也沒有勝算。」

關於這點，古手川和渡瀨也聽說過，所以也知道這是所謂的監督責任問題。

民法第七百一十二條及第七百一十三條規定，不能向沒有責任能力的人要求負擔醫藥費或賠償金等損害賠償之責。不過，根據七百一十四條第一項，有義務監督無責任能力者的人必須負起賠償責任。

換句話說，證明兇手罹患精神疾病，沒有責任能力時，規定由具有監督責任的家屬負起民法上的賠償責任，但是以青蛙男的案子來說，兇手與其配偶長年處於分居狀態，再加上精神疾病的發作毫無預警，因此不適用於這個規定。

亦即關於民法七百一十四條第一項，只要能證明負有監督義務者已履行全部該履行之行為，就不用負責……。

簡言之，既不能用刑法制裁，也無法訴諸民法要回一毛錢，看在遺屬眼中，簡直是孰可忍、孰不可忍。

古手川也很同情這樣的遺屬，可是當對象變成衛藤，事情就另當別論了。誰叫他生前是利用刑法三十九條讓許多被告得以免刑的人權派律師，如今被這條法律反咬一口只能說是自作自受。

只不過，這樣諷刺的結局顯然不會被衛藤的遺孀所接受。佳惠纏著渡瀨絮絮叨叨地抱怨了近十分鐘。她肯定做夢也沒想過，在她先生的成功背後，有人同樣為了刑法三十九條淚流滿面。

「總之我快氣死了，實在無法接受這樣的結果，接下來打算找律師訴願廢除刑法三十九條。」

如果衛藤聽到這句話會做何感想呢？首先，修法並不是律師的任務，律師的工作是鑽法律的漏洞。

古手川的怒火燒得愈來愈熾烈。衛藤的確是那起不幸事件的犧牲者，但也是造成那場噩夢的罪魁禍首。買通精神鑑定醫師，濫用刑法三十九條，讓罪孽深重的人逃過法律的制裁。他或許是很優秀的律師，但是對於被害人家屬及警方相關人士而言，卻是比被告更卑劣的人。身為警官，或許不該有這種想法，但衛藤確實罪有應得。

看在古手川眼中，拚命為這種人辯護的佳惠看起來簡直是滑天下之大稽。

「這或許是非常有意義的事呢，夫人。話說回來，關於那個案子，可能出現了類似模仿犯的人。」

「模仿犯？」

「妳認識這個人嗎？」

佳惠盯著渡瀨遞給她的勝雄照片，隨即搖頭。

「這是目前警方正在追查其下落的重要參考人，所以請多留意。夫人目前是一個人住嗎？」

「是的。」

「十五日晚上到十六日這段期間也是嗎？」

「十六日……對，我一直獨自待在家裡。」

古手川發現渡瀨邊問，視線邊掃過屋內的每一個角落。

「令公子常回家嗎？」

「那個年紀的男孩子都一樣吧，只有逢年過節才會回來。」

這句話如果屬實，室內應該只有佳惠的物品。古手川學渡瀨在房間裡四下張望，的確沒有和其他人同住一個屋簷下的痕跡，為佳惠的證詞打了包票。

大概是問完該問的事、看完該看的細節了，渡瀨再三提醒佳惠後，就離開衛藤家。

這時佳惠的聲音意外地從背後傳來。

「我可是被害人的遺屬耶，兇手有什麼理由要找我開刀啊，真是莫名其妙。」
神經大條到令人惱火的地步。
「天曉得呢。」
渡瀨在視野一隅略略地瞪大雙眼，但古手川已經忍不住了。
「什麼意思？」
「您先生或許是很優秀的律師。」
「那還用說嗎。」
「在法庭上戰勝過多少次，就表示受到多少人的怨恨。其中有遷怒的怨恨，也有衝著律師來的怨恨。既然律師本人已經去世了，矛頭可能就會轉向遺屬喔。」
佳惠的臉色變了。

「混帳東西！反過來恐嚇可能需要保護的對象又能怎樣。」
一回到車上，渡瀨的怒吼就迎面而來。
「我還以為你在共同調查的時候跟別的傢伙搭擋，後來就已經變得更懂事一點了，結果還是老樣子嘛。」
「可是班長，如果這麼一來能讓衛藤太太小心一點的話不就好了。」
「你以為這樣就能為自己開脫嗎？你為什麼就想不到萬一衛藤太太跟勝雄有接觸的話，可能會因此提高警覺。」

「這個嘛……」

「青蛙男事件的被害者遺屬每個人都有殺害御前崎的動機，無關男女老幼，任何人都可能把勝雄當成工具利用。」

渡瀨一臉猙獰地從副駕駛座瞪他。

「學著控制自己的情緒，不要永遠都像個初出茅蘆的新人。」

古手川順從地縮了縮脖子，心底其實並不服氣。如果是其他案子也就算了，只要與刑法三十九條扯上關係，無論如何都不想與擁護加害者人權的人站在同一邊。

每次發生重大刑案，律師都會搬出刑法三十九條。一旦依現場的狀況及證物看來可能逃不過刑責，肯定會要求精神鑑定。不同於檢察官為了確定能不能起訴而要求在起訴前做的精神鑑定，辯方律師要求的精神鑑定無非是為了逃避刑責。更何況衛藤律師還是利用這種手法揚名立萬、招攬客戶的人，依照古手川的心證，與其稱其為律師，更接近騙子。

「你錯了。」

渡瀨唐突地說。

「咦？」

「對於刑法三十九條有疑慮的不是只有你。可是啊，精神不正常的人犯罪時到底要不要受罰的議論不分東西，自古以來就存在了，因此不是只有刑法三十九條才是特別有問題的惡法。」

只要日本的法律還是採取責任主義，就不能把有責任能力的人與沒有責任能力的人放在同一個天秤上等量齊觀。」

古手川覺得有點不太對勁，他從沒想過會從渡瀨口中聽到擁護刑法三十九條的言論。

「大概是八世紀初期，大寶律令*裡就已明言老人、小孩、殘疾者犯罪不罰或減刑。要怎麼處置心神喪失的人，絕不是近年來才有的爭議，像馬克諾頓法則*就是近代有名的例子。」

又開始了——古手川做好心理準備。不知他是從哪裡得到那些知識的，總之接下來是渡瀨的講座時間。

「馬克諾頓法則？」

「有個名叫丹尼爾．馬克諾頓的年輕人患有政治被害妄想症，因而企圖暗殺當時的英國首相的未遂案件。那個時候的首席大法官製作的判決書就稱為馬克諾頓法則，簡單一句話，就是無法分辨自己做了什麼事的人得以不罰的規定。美國也採用這個法則，加上缺乏控制行為的能力這點，更加擴大了抗辯的適用範圍，沿用到現代。」

「你的意思是說，三十九條已經行之有年，也討論到爛了，所以就沒問題嗎？」

「條文本身是沒問題。會讓人覺得有問題的理由，我認為在於配套不夠完備。你應該也是

---

⑦ 日本於大寶元年（西元七〇一年）制定的法律。

⑧ M'Naghten Rule。英美刑事訴訟中用以評估心神喪失導致行為能力有無的基準。

這麼想的吧。」

渡瀨說得一針見血，古手川無言以對。

相關配套不夠完備。

事實上，心神喪失者離開醫療院所後，就完全處於放牛吃草的狀態。不能說得太明目張膽，但每個人心裡都藏有這種恐懼。

這是自認理性的人士迴避討論的禁忌。然而也正因為如此，很容易存在扭曲的意思。

「每次發生重大刑案時，都會引起重新審視心神喪失者等醫療觀察法*的討論。然而，大動作修法是很敏感的問題，因此從未進行治本的修法。另一方面，在立法機關還在拖拖拉拉時，聰明的傢伙已經先看到未來的趨勢了。你應該還記得吧，當真勝雄曾經被診斷出肯納症候群*，就算以殺害御前崎的嫌疑逮捕他，不起訴的可能性也很大。」

聽著聽著，一陣寒意從腳底涼到頭頂。

「沒錯。那傢伙可能會完整重現青蛙男事件。我們正在追逐的或許是一個絕對不會受到法律制裁的人。」

3

渡瀨指定的下一個目的地是松戶市。

「松戶市內？除了御前崎家以外，還有哪裡要去嗎？」

「你不記得啦，他那個姓小比類的女婿就住在松戶市內。」

這麼一說，古手川想起來了。

四年前的夏天，松戶市內的住宅區發生命案。某天午後，丈夫小比類崇出門上班，家裡只剩下妻子麗華和年幼的女兒美咲，當時年僅十七歲的古澤冬樹偽裝成水電工闖入，勒死麗華後姦屍，更以鐵棒毆打啼哭不休的美咲致死。

古澤逃亡了一陣子終究還是落網，但是在律師的要求下接受精神鑑定的結果，認為犯案時患有思覺失調症*，適用於刑法三十九條，一審獲判無罪，高等法院也駁回上訴，因此少年確定無罪開釋。當時負責為古澤辯護的就是衛藤和義律師，而慘遭殺害的麗華正是御前崎的親生女兒。

「妻女都去世了，翁婿的關係自然也不存在。再說，在岳父眼中，女婿就跟小偷沒兩樣；對女婿而言，岳父也只是心煩的代名詞。但命案既然已經發生了，也不能不找女婿問話。」

古手川連跟家人的關係也很淡薄，更不可能理解岳父與女婿的關係。只是，共同的家人被

---

⑨ 日本的法律，是指在心神喪失的狀態下犯下重大危害行為時的相關醫療及觀察的法律。

⑩ Kanner's Syndrome。即一般俗稱的自閉症。

⑪ Schizophrenia。過去大多譯為精神分裂症，已逐漸改稱。患者症狀人人不同，可能出現幻覺、妄想、思維混亂之類的病徵。

那麼殘忍的手法殺害，不難想像兩人之間當然會產生某種關係。那就是同為被害人家屬的關係。

小比類住的地方距離御前崎家的所在地白河町只有幾公里，稱得上是所謂「端一碗湯前去也不會涼掉的距離」。女婿小比類是怎麼想的沒人知道，但是對御前崎來說，住這麼近就隨時都能見到女兒及孫女。

目的地是閑靜的住宅區，家家戶戶的空間都很寬敞，因此就算蓋滿了房子，也不會給人擁擠的印象。

「這裡算是比較新的街廓。」

渡瀨喃喃自語地說道。

「你怎麼知道。」

「你看馬路的寬度，至少有六公尺以上吧。根據建築法規，馬路至少要有四公尺以上，但是行政單位認為如果寬度只有四公尺，會車時將佔掉所有的路面，認為至少要有六公尺才夠，所以規定進行土地開發時必須事先預留六公尺的路面寬度。」

也就是說，馬路比較寬的住宅區通常是比較新的住宅區。

緊接在法律講座之後是建築法規嗎？這個上司的腦袋裡究竟裝了多少知識？起初是很佩服沒錯，可是一旦領悟到自己再怎麼努力也望塵莫及的時候，就只剩下目瞪口呆的反應。

兩人很快地就找到了小比類家。石棉浪板屋頂的兩層樓建築物，白色的牆面還很新，從門縫中看到的中庭不大，卻設置了鞦韆。一想到那是給慘遭殺害的女兒玩的，胸口就一陣刺痛。

「班長，兩個家人皆因事件慘遭殺害，現在只剩下丈夫一個人吧，這個時間會在家嗎？」

「在。」

渡瀨一臉事到如今你在問什麼的表情。

「他原本在一家平面設計的公司上班，案發後，前前後後開庭多達二十次，所以就換成在家工作了。家裡就是他工作的地方。」

按下門鈴，是小比類本人回應的。過了一會兒，有個身材修長、表情拘謹的男人出現在門口。

渡瀨出示警察手冊，再報上御前崎的名字，小比類立刻反應過來。

「請進。」

小比類壓低聲音說。從語氣聽得出來他知道這不是適合在門口討論的內容，只能說是被煩到習慣了吧。

踏進小比類家，玄關掛著一幅可能是由前衛畫家描繪的裱框海報，提醒來人小比類的職業是設計師。從走廊到客廳都擺放著很有品味的裝飾品，但古手川卻無法從那些裝飾品中感受到溫度。不只沒有溫度，這個家裡也沒有家人的味道。

發問是渡瀨的任務，古手川頂多只能在一旁附和。

「今天早上，我去了松戶署和案發現場。」

「也去了現場嗎？」

「日本曾幾何時變成到處都是恐怖分子的國家了。」

「恐怖分子？」

「刑警告訴我，我岳父是被炸彈炸死的。我去的時候，牆上還黏著肉片。真是太可怕了，只有恐怖分子才幹得出那種事吧。」

小比類或許是想起當時的狀況，捂住嘴巴以免吐出來。這是一般人極其自然的反應。

「問題是，你為何要特地去現場？」

「警方要我去檢查有沒有東西被偷。不過，除了逢年過節，我也只去過岳父家幾次，所以無法提供太詳細的資訊。話說回來，剛才二位說你們是埼玉縣的刑警，我岳父的案子為何讓埼玉縣警出動？」

從他的口吻聽來，小比類似乎不知道御前崎跟上次的案子有關。

「警視廳和縣警以前曾經多次請御前崎教授從犯罪心理學的角度提供建議，我也受到教授諸多關照，所以特地從埼玉趕來協助調查。」

一半是事實，一半是諷刺。正因為能臨機應變講出這種話，才不能對這個上司掉以輕心。

「你與教授沒什麼往來嗎？」

「但我們並非關係不好，就只是很普通的女婿和岳父的關係，見了面還是會聊上幾句，只是沒有深交，大部分的家庭都是這樣吧。」

「大部分的家庭的確是這樣沒錯，但是請恕我直言，考慮到發生在你們家人身上的悲劇，是不是這樣就很難說了。」

「什麼意思？」

「因為悲劇有時候會把擁有相同遭遇的人緊緊地連結起來，剛好你和教授都是被害人遺屬。」

「這個……嗯，是這樣沒錯……」

「訴訟的過程中，你的一言一行經常被新聞報導出來。另一方面，教授當然也對官司的進度以及一審的判決感到忿忿不平。」

「你見過我岳父？」

「是的。不只是行凶的少年，他對為少年辯護的律師、還有將刑法三十九條奉為圭臬的輿論也感到非常憤慨。」

「岳父居然會讓你看到他的憤慨，表示他非常信任你呢。」

小比類語帶譏嘲地笑著說。

「像岳父那種地位比較高的人，是很少在人前表露出情緒的。就連低俗的新聞主播把麥克風堵到他面前的時候，他也只是一本正經地講述刑法三十九條的必要性。老實說，以前我們之所以無法建立起太深厚的交情，就是因為我不太能適應他過於聖人君子的那一面……」

「你用的是過去式呢。」

「就像刑警先生所說的，因為麗華和美咲的死，我和岳父開始有了心靈上的交流，肯定是因為有了共同的敵人，真是諷刺。他在公開場合雖然是必須擁護刑法三十九條的立場，但私領域終究還是被害人的父親。我們一旦獨處，就會討論刑法三十九條的罪過。」

「三十九條的罪過。」

「一旦證明有精神疾病，嫌犯就會受到滴水不漏的保護，還會幫助他們回歸社會，這是非常好的事，但是好意卻被惡用了。忘了是什麼時候發生的事，不是有人闖入小學，殺傷了幾個兒童嗎？明明他在鑄下大禍以前就被診斷出有思覺失調症，卻任由他四處亂跑。要是司法機關或醫療機構能限制他的行動，絕不會發生那樣的悲劇。」

小比類露出苦澀的表情，但口吻卻十分平淡，並不激昂。望向渡瀨的眼神偶爾還會閃過理智的光芒。若不是因為他是個非常冷靜自持的人，就是發生在家人身上的悲劇已經淡化到某種程度了。

「一度被診斷出有精神疾病的人不能算是一般人。因為就算殺了人，也仗著刑法三十九條這座靠山，不用受到法律的制裁。」

人權委員會要是聽到這番話，肯定會臉色大變。但這無疑是親人慘遭殺害，兇手卻因為刑法三十九條獲判無罪的人的真實心聲。

「教授也是同樣的想法嗎？」

「他倒是沒有大聲地表示贊同，只是默默地點頭。頭銜真是一種麻煩的東西，再怎樣不能接受的事，也因為立場的關係不得不同意。仔細想想，比起能在電視採訪暢所欲言的我，必須不斷壓抑心中所想的岳父或許還比較痛苦。」

「可是，你也很痛苦吧。」

「一開始簡直生不如死。每次開庭就咒罵加害的少年和律師，等到判決結果一出來，就連法院也一起罵。不過，我的敵人不只這些。」

「還有嗎？」

「還有所謂的媒體大眾。自從我在電視上露臉，就開始收到誹謗中傷的信件。像是別擺出一副受害者的模樣、你只是想折磨還不懂事的少年吧、就這麼想出名嗎、就這麼想要賠償嗎、故意衝撞日本的司法制度，自以為是正義的使者嗎……因為電話簿裡有我的名字，那方面的騷擾電話及惡作劇的無聲電話從沒停過。不知道他們是怎麼查到的，就連我的公司也被肉搜出來，還打電話去我公司。我之所以改成在家工作，的確是因為打官司曠日費時，難以處理日常性的業務，但另一個理由其實是公司不堪其擾，想趕我離開辦公室。畢竟平均每三十分鐘就接到一通中傷的電話，實在不是能專心上班的環境。」

小比類的口吻依舊波瀾不興，反而是在旁邊聽的古手川差點帶入自己的感情。

毫不留情地中傷被害者遺屬的人永遠不會絕跡，不管是什麼樣的案件，一定會有這種鬣狗。寫信、貼告示、打電話、說閒話、上網……利用各式各樣的手段，嘲笑、愚弄、貶低被害者身邊的人。知道他們已經墜入悲傷的深淵，絕對無法反駁，才敢這麼肆無忌憚。想也知道這些傷人的責難都是以匿名為前提，自己躲在絕對不會受到傷害的安全地帶，執拗地攻擊被害人。

古手川有時候會這麼思考。

比起實際動手的犯人，世上真正殘酷無比的，會不會其實是這種匿名的烏合之眾。因為直接動手的犯人遲早會落網，經過審判，受到應得的懲罰。然而那些不知姓甚名誰，讓被害人及其家屬痛不欲生的卑鄙小人卻不會受到任何懲罰。換個角度來看，後者更惡質也說不定。

被害人遺屬的心會被殺死兩次，第一次是死於犯人手中，第二次則是被那些不敢以真名示人的卑鄙小人所殺。

一想到這裡，不難想像小比類的冷靜或許並非出於自制，而是真的身心俱疲了。

「話說回來，你見過這個人嗎？」

渡瀨拿出勝雄的照片。然而盯著照片看的小比類臉上並沒有任何變化。

「沒見過……我不認識這個人。這個人怎麼了嗎？」

「他是松戶署正在總動員追查的重要參考人，要是你看到他，請務必與我們聯繫。」

「他跟我岳父有什麼關係？」

「他們是主治醫師與患者的關係。」

「患者。他也有精神疾病嗎？」

「對。」

小比類的表情蒙上一層陰霾。

「……又來了。」

「又來了？」

「萬一那個人真的是兇手，就算抓到他也無法讓他接受法律的制裁。跟殺死麗華和美的少年一樣，有這麼業障的事嗎？」

自嘲的語氣句句帶刺，下一句話更讓古手川聽得瞠目結舌。

「明明還有其他該死的人。」

大概是沒想到自己會脫口而出吧，小比類趕緊解釋：「不好意思，我不該在刑警面前這麼說。」

「剛才那句話我就當作沒聽見吧。不過順便問一下好了……你口中該死的人是指誰？」

「這還用問嗎？當然是殺害我妻子和女兒的古澤冬樹啊。」

說出名字的語氣也非常冷靜。

「因為你認為刑法三十九條是惡法嗎？」

「不是。刑法三十九條的確是不合理的法律，但是我認為他該死還有其他的根據，因為他本來就不是需要受到法律保護的人。」

「你的意思是說，他不適用於刑法三十九條嗎？」

「我在法庭上看到了。」

小比類直視渡瀨說。

「法官在一審宣判無罪的時候，他回頭看了一眼坐在旁聽席的我。我還以為到了最後一刻，他終於要表現出道歉的態度，但我猜錯了。雖然一閃而過，但他衝著我笑了。沒錯，說是勝利的笑容也不為過。因為只是一閃而過，除了我沒有其他人注意到。可是他確實在嘲笑我和麗華和美咲，還有世人。」

「所以你認為古澤的精神疾病是裝出來的？」

「不只是我。本來被害人遺屬是不可以看的，但是拜岳父的人脈所賜，弄到了他的精神鑑定結果。岳父是精神鑑定界的第一把交椅，他看完精神鑑定，做出的結論是無法百分之百否定古澤的精神疾病是裝出來的可能性。」

小比類靜靜地說道，他的告白讓現場的氣氛繃得死緊。

古手川突然覺得口好渴。

從進門就聽到加濕器的聲響，所以不是因為空氣太乾燥，但是從口腔到喉嚨卻乾渴如荒漠。

渡瀨依舊連眉頭也不皺一下。

「當時教授採取了什麼行動嗎？」

「向檢方說明了這件事，要求加進控訴理由裡，可是被委婉地拒絕了，理由是就算是業界的權威，被害人家屬的片面之詞還是欠缺可信度。再加上精神鑑定本來就含有鑑定者的主觀意識，所以由不同的醫師鑑定，結果也會不一樣。既然已經採信一審提出的鑑定結果，即使其他醫師提出不同的鑑定結果，恐怕也無法成為新的證據。岳父的主張遭拒時，曾經告訴我這也是沒辦法的事，但我從來沒見過岳父那麼憤慨的樣子。」

「你又如何呢？」

「什麼意思？」

「你也跟教授一樣死心了嗎？」

這個問題完全是個陷阱，但小比類依舊沒有一絲抑揚頓挫地回答：

「殺死我妻子和女兒的少年目前還在醫療機構接受保護。沒錯，不是冷冰冰的監獄，而是在開著暖氣的病房裡，被養得白白胖胖的，用我們納稅人的稅金，真的非常荒謬。只要他還活著一天，我就沒辦法死心。」

古手川認為他的眼神簡直跟玻璃珠沒兩樣。明明脫口而出的都是原該伴隨憤怒的台詞、充斥痛苦的話語，但他的眼裡卻不見一絲感情。那雙眼睛扼殺了所有激動，拒絕表現出任何情緒。

「也有人是藉由憎恨某個人才能活下去，我不會說那是沒意義的事……但也別奢望會得到平靜。」

「平靜是嗎？自從失去妻子和女兒以後，這兩個字已經離我太遙遠了。」

我想，這個男人唯有自己死去，或是古澤冬樹死於非命的時候，才能得到平靜吧。

「話說回來，小比類先生，你剛才說你去過案發現場，檢查有沒有什麼東西被偷。你看完以後有什麼發現嗎？」

「財物的部分我不是很清楚……松戶署的刑警陪我一起去，在家裡繞了一圈，只有一樣東西找不到。因為是大規模的爆炸，可能被炸爛了。」

「什麼東西？」

「筆記本。B5大小，沒有任何特徵的筆記本。」

小比類用雙手比出大小。

「如今到處都是電腦和手機，可能會覺得這樣很跟不上時代，但岳父都把熟人的電話號碼或備忘錄寫在筆記本裡。據他本人所說，重要的事基本上都會記在那本筆記本裡，就像是自己的記憶。」

「原來如此，就像是記憶啊。」

渡瀨的眼皮降下一半，嘴巴抿成一條線。

跟狗聞到不喜歡的東西時一模一樣的表情。

「御前崎的筆記有什麼問題嗎？」

離開小比類家後，古手川立刻發問。

「你不好奇筆記本寫了些什麼嗎？」

「不就是熟人的連絡方式嘛。」

「萬一那些熟人裡有四年前的相關人士呢？兇手古澤冬樹、診斷他為精神病患的鑑定醫師、以及做出無罪判決的法官。」

險些就踩下油門了。

「班長，你是說……」

「收容過精神病患被告的醫療院所沒那麼多，以教授的地位，要得到這方面的資料並不難。鑑定醫師就更簡單了，畢竟教授在業界的子弟兵多如過江之鯽。」

「可是御前崎遇害了不是嗎？既然如此，就算有那種東西也沒有意義。」

「御前崎即使遇害，可能也有人繼承他的遺志。」

「繼承他的遺志？」

「想想當真勝雄的屬性，容易受到暗示，就算受到別人的暗示，也會誤以為是自己的意思。那種人拿到寫滿怨懟，而且連目標的聯絡方式一應俱全的筆記本，你覺得他會想到什麼？」

勝雄殺害御前崎後，找到筆記本，看見裡頭寫著新的犧牲者名單——古手川連忙甩開不經意浮現在腦海中的寫實影像。他和勝雄在上次的案件有過私人交流，就連想像曾經視為知己的人一手拿著名單在市內徘徊，渴求鮮血的畫面就覺得不愉快，一廂情願地認定這種人天真無邪的自己也愚蠢到令人感到不愉快。

「很可怕吧。」

「太恐怖了。」

「這還不是最糟的。」

渡瀨悻悻然地說。

「事情可能會發展成比你的想像還要糟糕的狀態。假如當真帶走教授的筆記本，頂多只有教授痛恨的人會變成目標。當然這樣也夠糟糕了。但你想過萬一筆記本落在當真以外的人手上會怎樣嗎？」

「……不會吧。」

「倘若與四年前的母子命案有關的人一一遇害，誰都會懷疑到被害人的家屬頭上，可是如果還有其他完全無關的人被殺，調查的方向肯定會受到誤導，畢竟負責偵辦本案的不是我們，而是松戶署的同仁。每多出現一具屍體，嫌犯的人數就會增加，每個員警要處理的工作也會增加，案件拖得愈久，搜查本部也會逐漸體力不繼。」

背脊突然竄過一股惡寒。愈聽愈覺得這不是原封不動地複製上次的案件嗎。

再加上渡瀨的言下之意也讓某個人的嫌疑浮上水面。

「班長在懷疑小比類嗎？」

「不是懷疑他，而是也懷疑他。現階段沒有任何人是完全清白的。」

「可是從剛才的樣子看來，不覺得小比類有意復仇。」

「根據呢？」

「因為他的態度非常平靜，就連提到兇手的處境還有受到世人不合理對待的時候也沒有任何情緒化的反應，眼神就跟布娃娃沒兩樣。」

「眼神就跟布娃娃沒兩樣嗎……。能在對話的過程中觀察對方的表情，以你來說已經表現得很好了，是對方的問題，要從那種人的表情裡解讀出情緒太困難了。」

「那種人？」

「憤怒、激動都需要體力。遇到那麼悲慘的事，還要長期維持住憤怒的情緒，當事人的精神會非常疲憊，因此平常通常都把情緒沉澱在內心深處藏起來，這是一種防衛本能，然後會因為某個契機爆發。」

「這次的案子就是那個契機嗎？可是班長，客廳裡連一張家人的照片也沒有，不僅如此，連家人的氣息都沒有。」

「或許是刻意消除的。知道自己很容易激動的人，會刻意消除生活中容易刺激到自己的事物。」

「你為何緊咬著小比類不放呢？」

「因為我看過四年前的他對著攝影機鏡頭說了些什麼。」

四年前古手川還在派出所執勤，為每天的業務忙得不可開交，沒有時間、也沒有餘力再去追看其他轄區的新聞。

「你的手機可以收看過去的新聞嗎？要是還有的話，不妨看一下，會改變你對他的印象。」

「……車子可以靠邊停嗎？」

渡瀨沒說話就表示同意。古手川把車停在路肩，拿出自己的智慧型手機。

打開影音上傳網站，輸入〈松戶市母子命案〉的關鍵字，隨即搜尋到十幾個影片，古手川點開其中一個取名為〈第一次開庭〉的影片。

小比類捧著遺照，出現在螢幕裡，好幾台數位錄音筆伸到小比類面前。

『現在剛結束第一次開庭，小比類先生，請說說你此時此刻的心情。』

『我非常憤怒。律師要求讓被告接受精神鑑定，主張被告殺害我妻女時屬於喪失正常判斷力的狀態，適用於刑法三十九條，主張被告無罪。胡說八道！喪失正常判斷力的人還能偽裝成水電工闖入我家，誰相信這種鬼話。只要能逃避刑責，就連精神障礙都裝得出來。太、太卑鄙了，卑鄙至極，被告簡直是人渣！』

『小比類先生不相信辯方的陳述嗎？』

『當然不相信。提出精神鑑定的衛藤律師到底還是不是人啊？律師為委託人盡心盡力地辯護，也要謹守在法律和道德良知範圍內的前提下吧？看在世人眼中，他只是個賣弄滑稽理論的騙子。維護人權與謊話連篇是兩回事吧！』

小比類在鏡頭前義憤填膺地慷慨陳詞，與剛才冷靜沉著的模樣判若兩人。從畫面裡可以充分感受到他真摯的控訴，以及對歪理的憤怒還有對兇手企圖以虛偽的精神鑑定躲避刑責的不甘心。

『聽清楚了，（消音）少年從監獄裡寫了陳情書寄給我。患有精神病的人是要怎麼理解自己的所做所為，還能要求減刑！被告和律師都很陰險，兩人根本是一丘之貉。可是我相信這個國家的司法制度，相信法官一定會做出正義的判決。』

「對兇手和律師的憎恨表露無遺，但這還只是一開始。」

大概是聽到手機裡傳出的聲音，渡瀨不用看畫面就能點評。

「小比類說的沒錯，辯方起初也把辯護方向鎖定於從輕量刑，但是到了開庭前一刻，作戰方式卻轉了一百八十度，要求被告接受精神鑑定。直到前一刻都還同情小比類的輿論，也隨著古澤罹患精神疾病一事見諸報端，翻臉比翻書還快。因為當時精神鑑定的實際作法尚未廣為人知，世人普遍認為專家的判斷一定不會錯，更重要的是，古澤開庭時表現出的言行舉止讓法官留下強烈的印象。不管是律師的問題，還是檢察官的問題，都答得牛頭不對馬嘴，甚至讓審理暫停好幾次。」

「看在小比類眼中，簡直是演技絕佳吧。」

「也有一審判決的影片，你可以打開來看看。」

古手川聞言點開那個檔案。

影片猝不及防地從小比類的嘶吼開始。

『這、這完全是不當判決！』

小比類捧著遺照痛哭失聲，臉頰微微顫抖，淚如雨下。

『我、我該怎麼向麗華和美咲報告才好。居然、居然是這樣的判決結果……』

記者毫不留情地窮追猛打：

『小比類先生，請說說你現在的心情。』

『請對加害者少年和律師說句話。』

『當然是控訴。』

什麼叫說句話！雖然已經是過去的影片，依舊讓人氣不打一處來。家人遇害的悲傷、痛恨的兇手卻用卑劣的手段逍遙法外，是要怎麼用一句話對這種沒天理的事情發表感受。更何況小比類也不是習慣接受訪問的明星，只是普通的市井小民，但是為了讓隔著電視機湊熱鬧的笨蛋也能理解，卻要他給予簡單明瞭的回答。

原本承受著如雪片般飛來問題的小比類，終於抬起頭來，臉上掛著因為憤怒而失去理智的表情。

『興、興高采烈地拍下別人的不幸，你們到底想怎樣！你們老是這樣，只有我情緒激動、大聲嚷嚷的時候才會把鏡頭對著我，別人痛苦的模樣就這麼有趣嗎？』

小比類撲向拍攝自己的攝影師，畫面劇烈地上下晃動。

『我、我絕不會原諒兇手（消音）和那個缺德的律師。我會繼續奮鬥，直到得到公平的判決為止。我也不會原諒你們。把我的家庭、可憐的麗華和美咲當成生財工具，我要讓你們這些下流的禽獸後悔一輩子。』

影片結束於小比類宛如野獸般的表情特寫。

「不僅咒罵在座的記者和攝影師，還和幾個記者扭打成一團。只過了幾年，這麼情緒化的人就會變成去勢的動物嗎？不可能，那傢伙的憎恨與怨懟只是化為岩漿，埋藏在意識底層而已。古澤和衛藤律師不只利用騙人的精神鑑定逃過刑責，還創造出內心藏著炸彈的殺人犯預備軍，這也是不折不扣的罪行。」

4

案發至今兩天，千葉縣警依舊未能掌握到勝雄的行蹤。松戶署的帶刀定期與他們保持聯繫，但是比起報告進度，更像是來確認渡瀨他們是否掌握了新線索。

「松戶署成立的專案小組非常起勁呢。」

渡瀨在副駕駛座喃喃低語。

「一直抓不到才剛出院，判斷力跟小孩差不多的人，對於不清楚內幕的千葉縣警來說，完全是意料之外的發展吧。」

古手川在一邊聽到此言，腦海中浮現出勝雄的模樣。他原本就很愛低著頭，極端恐懼與別人四目相交，也缺乏外表上的特徵，一旦融入群眾中，大概就很難找到了。

「喂！」

「什麼事？」

「前面是紅燈。」

古手川急忙踩下煞車，車子稍微超出十字路口的斑馬線才停住。

「你在發呆啊。」

「才沒有。」

說是這麼說，但也不否認自己的注意力渙散。除了勝雄的下落以外，一想到接下來要去的地方，就令他心情沉重，但也不到完全抗拒的地步。想去又不想去。這種進退兩難的心情讓注意力更加渙散。

渡瀨指示的目的地是八王子醫療監獄。有働真人的母親小百合就關在那裡。

有働小百合因為上次的案件被捕，埼玉地檢署認為她的精神狀態非常不穩定，原本還在猶豫要不要起訴。然而，精神鑑定醫師在起訴前的鑑定中判斷她『具有責任能力』，因此還是起訴了。

然而，就在一審做出死刑判決後，小百合的精神狀態更加惡化，緊急送進八王子醫療監獄。當然辯方立刻提出抗議，再加上是在審理途中緊急住院，再這樣下去，辯方無疑會爰引刑法三十九條之一，主張適用〈心神喪失者的行為不罰〉。事實上，檢方的確也很煩惱這場官司到底要不要繼續打下去。

小百合曾經擔任過勝雄的觀護人，對無依無靠的勝雄來說，小百合就跟監護人一樣，勝雄也全心信賴著小百合。因此渡瀨找上小百合的理由極為正當，就算她知道勝雄躲在哪裡也不奇怪。只是在她因為精神出了問題而進入醫療監獄的現在，她說的話還有多少可信度還在未定之天。

「可以與受刑人會面嗎？」

「以她的情況來說是不行，但是相關長官和律師已經以特例核准了，當然是要在獄警的陪同下。」

車子駛進子安町，再開了一段路，醫療監獄的建築物映入眼簾。

比起監獄，外觀給人的印象更接近醫院。門板上的格子花紋也很柔和，完全沒有警備森嚴的感覺。雖然也跟普通監獄一樣，四周圍著高牆，但沒什麼壓迫感。

「只有兩個警衛啊。」

「監視系統比一般監獄寬鬆許多，感覺比較像是把受刑人當成病人看待。」

向站在正門兩旁的警衛表明身分後，門就打開了。

把車子停進停車場後，兩人下了車。丟人的是都已經來到這裡了，古手川的腳步依然沉重。

他與有働小百合的關係匪淺，還曾經受到她的母性吸引，享用過她親手做的料理。也曾經不止一兩次被她彈奏的鋼琴迷得神魂顛倒。正因為如此，發現她與命案有關時的衝擊才更大，甚至還曾被她打到重傷。肉體和精神上都受到彷彿再也無法振作起來的重創，多虧與生俱來的韌性，才能重新回到工作崗位上。

懷念與抗拒共治一爐。原來又愛又恨就是這麼回事啊。

令古手川謝天謝地的是，渡瀨明知這一切，卻不會小心翼翼地怕傷害到他，既沒問他方不方便跟小百合見面、也沒問他是不是對小百合還有眷戀，總之一句廢話也沒多說。因為對方沒特別小心翼翼，自己也不必有所顧慮或裝作不在意，感覺可以徹底化身成到處蒐集線索的狗，反而輕鬆多了。

醫療監獄的腹地十分寬敞，沒有半個人影。兩層樓的建築物，看起來就像是哪裡的政府機關，讓人愈來愈不覺得這裡是監獄。

表明來意後，得到小百合正在接受治療的回答。

「治療？醫生正在為她打針嗎？」

「不是的，她在音樂室，獄警會帶你們過去。對了，律師先來會面了，二位有什麼打算？」

「在這裡等他們會面結束吧。」

聽到律師來訪，心裡有些感到意外。

小百合不可能選擇要花錢的私人律師，所以大概是公設辯護人。公設辯護人並未給古手川會熱心投入這份工作的印象，會親自走訪醫療監獄的公設辯護人更是少之又少。既然如此，那這個律師還真奇特。

一位獄警帶領他們在走廊上前進。

氣氛安靜地連一根針掉地上都聽得見，只有三人啪噠啪噠的腳步聲。若說是監獄，警官卻只有小貓兩三隻；若說是醫院，也看不太到醫生及護理師的身影。

來這裡以前已經先聽渡瀨講過八王子醫療監獄的實際狀況。

可收容人數高達四百三十九人，而且還超過。另一方面，需要十七名醫生，卻只來了十個人。而且就算是正職的醫生，其中也有每週只來三天的醫生……。

這是醫師個人的問題，也是整個體制的問題。不只八王子，全國醫療監獄的環境都很糟糕。醫療設備完善的監獄原本就少，建築物本身也都很老舊。再加上患者是罪犯，很容易讓醫生及醫療人員怯步。因為預算上的問題，無法添購設備及昂貴的藥品。而且醫生及醫療人員平均薪資只有民間的七成左右，對於精神科以外的一般醫生不僅毫無吸引力，反而是沉重的負擔。目前醫療監獄需要的物理治療師、職能治療師、心理治療師、社工人員等專業人士全都少於法定人數已經是一種常態了。

其實讓醫生以國家公務員的方式執勤也是一種方法，可是這麼一來，依規定每週要工作四十小時，只怕會把醫生都嚇跑。

也有人建議應該要善用醫學系學生，以提供給學生就學貸款制度為例，完成臨床實習後，只要在更生機構服務三年以上，就能減免全額或一部分的學貸。但喊破喉嚨也沒人要來，平成十六年度*只有十三人應徵。學生大概比老鳥更排斥這種辛苦、骯髒又危險的3K*職場。另外，除了開業醫師以外，也開放只要具有醫生資格的人，不管專業科目為何都能應徵，但這方面的應徵人數也少得可憐。

人員與設備普遍不足，再加上建築物老舊，更讓問題雪上加霜。這樣看來，或許瀰漫在醫

---

⑫ 西元二〇〇四年。

⑬ 由「きつい」（kitsui，辛苦嚴峻）、「汚い」（kitanai，骯髒污穢）、「危険」（kiken，危險）的羅馬拼音字首字母而來。

療監獄裡的靜謐並非來自於平靜的靜謐，而是來自於心力交瘁者的絕望。

「有慟小百合的病情如何？」

渡瀨問道，獄警皺著眉頭回答：

「只能說時好時壞……狀態好的時候還能閒話家常，但有時候會突然發作，這時就不得不為她穿上拘束衣。」

穿上拘束衣是為了防止她傷害工作人員，但主要的目的還是避免自殘。

想像小百合穿上拘束衣的模樣，內心浮現一陣痛楚。雖然恨她，但也還無法完全拋開對她的依戀。

「在音樂室。意思是指正在對她進行音樂療法嗎？」

「你也知道音樂療法啊。沒錯，有慟小百合彈鋼琴的時候情緒會比較穩定。本院還有藥物療法、精神療法、休閒療法，其中又以音樂療法最適合她，大部分安靜的時間都花在這上面。她可以彈出正常的曲子，所以也不會影響到其他患者。」

聽完獄警的說明，古手川覺得好諷刺。

小百合在擔任鋼琴老師的同時也對勝雄實施音樂療法，他還記得治療時小百合和勝雄一臉幸福的模樣，效果就連古手川這個門外漢也看得出來。沒想到如今卻是小百合自己淪落到要接受音樂療法的局面，還有什麼比這個更諷刺的嗎？

琴聲逐漸逼近。

古手川如遭電擊。光聽琴聲就能分辨，這種打鍵的方式無疑是出自於小百合之手。是莫札特嗎？明明是行雲流水的旋律，每一個音卻都強韌到格格不入。

獄警在房門前停下腳步。

「就是這裡。」

推開門的瞬間，琴聲的洪流潰堤而出，不由分說地喚醒懷念又悲痛的記憶。

啊，就是這個琴聲。

就是這個琴聲撫慰了自己的心情，同時也擾亂了自己的生活。

房間的面積大約只有五坪，當然別指望這裡有隔音設備，鎮座在中央的鋼琴也是直立式的普及品。以那台鋼琴為中心，旁邊分別是身穿囚衣的小百合和獄警、還有另一個男人。

「哎呀。」

旋律與驚呼聲一起戛然而止。

「好久不見了，這不是古手川警官嗎？」

小百合令人目眩神迷的笑臉跟以前一模一樣，讓古手川大吃一驚。

然而，古手川的驚訝還不止於此，看到坐在小百合身邊的男人，差點「啊！」地驚呼出聲。

尖尖的耳朵和刻薄的薄唇。

「啊，你是御子柴……」

「真沒禮貌，至少該加上敬稱吧。」

不爽地瞪著自己的男人不是別人，正是御子柴禮司*律師。

沒想到會在這裡遇到他——古手川反射性地回頭，渡瀨也露出與對方不相上下的不爽表情。

半年前參與調查的狹山市棄屍事件中，御子柴是嫌疑最大的嫌犯。此人擅長法庭攻防，而且專門幫做了虧心事的有錢人脫罪，是非常缺德的律師。雖然調查結果洗清了御子柴的嫌疑，但是從過程中浮上檯面的過去記錄來看，對他的心證可以說是糟到不能再糟。十四歲犯下女童分屍案不說，還把屍塊放在幼稚園門口及神社的香油錢箱上，惡性相當重大。當時被世人稱為〈屍體郵差〉，讓整個日本墜入恐懼谷底的少年，後來以自學的方式研讀法律，還當上了律師。

「好久不見了，古手川警官。」

不理會古手川的驚訝，小百合對他露出天真無邪的笑容。原來如此，這就是症狀比較穩定的狀態嗎？儘管如此，還是覺得有哪裡不太對勁，不太敢靠近她。

「今天好熱鬧啊。不只御子柴小弟，連古手川警官也來了。」

御子柴小弟？

對於莫名其妙被加上小弟的稱謂，不只古手川，就連御子柴本身也一臉無奈地皺眉。

「平常都只有我一個人，可以這麼熱鬧真是開心呀。」

小百合始終笑容可掬。看她的表情，不覺得她還記得自己做過什麼事。

「話說回來，埼玉縣警到這裡有何貴幹？我可以告訴二位，現在是律師的會面時間，你們先在一旁等著。」

對此做出反應的是渡瀨。

看到渡瀨往前走去，御子柴也產生了一點點變化。態度依舊桀驁不馴，但只有一瞬間，似乎有些不好意思地撇開視線。

「你這次為要她辯護啊。想必是毛遂自薦吧。」

「……隨便你想像。」

「你打算主張適用於刑法三十九條嗎？」

「我沒有義務告訴你辯護方針。如果你不想等，可以先滾出去嗎？」

「我可以等，只是順便提出一個問題而已。」

「你們該不會是來調查青蛙男事件吧？」

「我們正在追查當真勝雄的下落。」

「當真勝雄？對了，他是青蛙男事件的重要參考人嘛。他怎麼了？」

「他是新案子的參考人。」

「啊哈哈，所以才來找他以前的觀護人嗎？哼，不好意思，二位可能要白跑一趟了。」

⑭作者中山七里老師筆下『御子柴系列』的主角。截至2018年已推出《贖罪奏鳴曲》、《追憶夜想曲》、《恩仇鎮魂曲》、《惡德輪舞曲》等作品。內文提到的「狹山市棄屍事件」請見《贖罪奏鳴曲》一書。

「什麼意思？」

「雖然還在會面中，但我就特別破例讓你們直接問她吧。」

渡瀨推了古手川的背一把，意思是說「你跟她比較熟，你去問」。

既然是渡瀨的命令，就不可能違抗。

「有働小姐……妳還記得勝雄嗎？」

「勝雄？你問我記不記得？當然記得啊，他是我少數幾個學生之一。」

「我們正在找他，妳知道他的行蹤嗎？」

「行蹤？古手川警官，你問了一個好奇怪的問題。這個時間的話，他應該在澤井牙科診所不是嗎？」

微側螓首的反應不像是在演戲。

但小百合應該也知道勝雄曾經被捕、關在拘留所的事。倘若她的反應不是在演戲，表示小百合的記憶從某一刻開始有了缺漏。

看了原本就在房間裡的獄警一眼，他一臉死心地搖頭。這是表示雖說已經比較穩定，但穩定的程度還是很有限嗎？

古手川換了個問題。

「除了澤井牙科診所和宿舍以外，妳還知道他可能會去哪裡嗎？」

「沒有了。」

小百合不假思索地說。

「除了那兩個地方以外，他沒有地方可以去了。世人對有前科的人非常冷酷。」

夾雜著嘆息的語氣。這的確像是觀護人有慟小百合會說的話。

同情有前科的人，充滿善意的人。

年紀雖然不小，還有點孩子氣，會惡作劇的活潑女性。

從她的外表完全感受不到孕育出虛妄偏執的瘋狂與怨天尤人的記憶。

那麼，眼前這個人果然是個壞掉的洋娃娃嗎──古手川的心快被憂傷撕裂了。

「問完了嗎？」

御子柴把臉湊過來，小聲地提點他。

「別再提起以前的事，萬一她又崩潰，你打算怎麼收拾。」

「崩潰？」

「你們沒先向主治醫師詢問她的病情嗎？她的精神還很不穩定，只有彈鋼琴的時候才能保持平靜。隨便喚醒她對案子的記憶，是想破壞這麼脆弱的平靜嗎？」

不想對他的命令唯命是從，但是原本就沒有打算讓小百合感受到痛苦。算了，這次就摸摸鼻子撤退吧。

「古手川警官，你只是來問這件事嗎？」

「嗯，是的……」

「會不會有點太見外了。」

「咦？」

「既然來了，就跟平常一樣，聽首曲子再走吧。」

啊，對了。

古手川明白了。小百合的記憶還停留在古手川頻繁去她家聽她演奏的時候。

「呃，可是……」

「御子柴小弟也還沒要走吧？」

「啊……嗯，應該還可以再待十分鐘左右。」

「十分鐘啊，那就只彈〈熱情〉的第一樂章吧。」

貝多芬的鋼琴奏鳴曲〈熱情〉。

突然的發展令他大吃一驚，沒想到還能聽到小百合彈貝多芬。古手川趕緊窺探渡瀨的臉色，好險沒有慍色。

隨即又看了御子柴一眼，不知怎地，他竟以靦腆的眼神凝視著小百合。別說警察、這還真不像是連對檢察官也態度囂張的御子柴會有的反應。

「真是奇妙的緣分啊，二位居然都這麼喜歡貝多芬的奏鳴曲。」

古手川不由得與御子柴面面相覷。

演奏毫無前兆地開始了。

一開始就是幾乎要讓聽眾心神俱毀的陰鬱旋律。

明明已經透過CD或隨身聽聽過這首曲子無數次了，但聽到第一個音符的瞬間，古手川的全身依舊被小百合的手指緊緊抓住。

以躡手躡腳、小心翼翼的一小節揭開了這首曲子的悲劇序幕。上下行的分散和弦若隱若現地藏在F小調的主和弦裡，讓曲調充滿不安的味道。小百合左右手橫跨兩個八度音彈奏合弦，為琶音賦予變化。

暗沉的音調突然破空而起。

讓那首〈命運交響曲〉變得舉世聞名的動機*出現在低音部。

古手川的耳朵立刻做出反應，感覺好像突然看到小百合瘋狂的片段部分。

才剛轉為活潑的曲調，沒多久，伴奏又持續刻劃出陰鬱的旋律，讓曲風變得令人透不過氣來。

降半音的E同音連彈營造出蠢蠢欲動的晦暗情緒。

古手川側耳傾聽，對步步進逼的不安感到膽怯。那架鋼琴恐怕未經調音，低音部時而夾雜著突兀的不協調音，讓原本就已經不太安穩的演出顯得更加躁動。古手川親眼看過小百合瘋狂的那一面，不認為這是自己杞人憂天。

⑮ Motive。此為音樂術語，意指構成樂曲最小單位的旋律片段。

絕不是由鋼琴描繪出來的幻想，這股不穩與危險的感覺無疑是棲息在演奏者內心深處的怨念。

琴聲暫時趨於平靜，安寧流淌在空間裡。

然而，這也只是瞬間的幻覺，隨即換成E大調，開始奔騰的琴聲再次交織出昏憒的情緒與絕望。

進入發展部，拖泥帶水的音階依舊不給人片刻平靜。不信與不安、懷疑全部攪和在一起，蹂躪聽眾的肺腑。隨主題發展的旋律至此已化為虛妄偏執的怪物。

這首奏鳴曲原本就是對琶音異樣講究的曲式，藉由貫穿整首曲子的動機營造出整體感，再利用分散、擴大動機，讓曲風變得有機。小百合的演奏成功地達成了這個目的。

不過，這種效果的顯露方式十分特殊。雖然充滿有機的生命力，但小百合的鋼琴藏著不穩的氣息，琴聲底下的偏執與瘋狂彷彿會無邊無際地感染所有聽眾。

其他人聽了又有什麼感覺呢？古手川好奇地偷看一旁的御子柴。

只見御子柴似乎也正承受某種情感的波動，嘴唇抿成一條線，彷彿拚命壓抑豢養在內心深處的猛獸。聽在他耳中，這首〈熱情〉也與平靜分據光譜的兩端。

據說演奏者的一切會呈現在其所演奏的音樂中。

古手川對古典音樂和鋼琴曲都一知半解，唯有貝多芬的三大奏鳴曲已經聽到可以從頭到尾朗朗上口的地步，所以能隱約理解這句話的意思。

小百合的精神果然出了問題。

即使喪失與青蛙男事件有關的記憶，猛獸依舊在她的意識最底層蠢蠢欲動，瘋狂的厲鬼依舊潛伏在她靈魂的最深處。御子柴或許也察覺到這一點，因而感到不安。

進入再現部後，打鍵的力道更加強勁。小百合彷彿憎恨著什麼地敲打琴鍵，刻劃出旋律。主題巧妙地轉調，旋律餘音繞梁，席捲周圍的一切，宛如怒濤般襲來。心想原來如此。音樂在怒濤中起起伏伏，帶著沉鬱的色彩，繼續往前推進。

到了結尾，在細碎的琶音與低音部反覆謳歌著主題，降D大調、F小調令人目不暇給的變幻中，有個迫切的音符急如星火地抓搔著胸口。靜謐雖然從空隙中短暫露臉，隨即又被絕望覆蓋。

這到底是怎麼回事？

聽慣的〈熱情〉充滿憂傷與哀愁的感覺，但小百合演奏的奏鳴曲絲毫沒有這方面的情緒。明明是相同的節奏、相同的旋律，卻成了截然不同的另一首曲子。

琴聲如潮水般一波波打來，無力抵抗，也無處可逃。古手川深怕自己在絕望中滅頂。

拒絕希望。

拒絕別人。

拒絕平靜。

不到十分鐘的樂章，竟然能濃縮這麼強烈的瘋狂。

區區一架鋼琴，竟然能交織出這麼深刻的怨念。

在反覆彈奏與〈命運交響曲〉酷似的主題中，音量逐漸降低。這是進入尾聲前的助跑。古手川的脈膊與小百合的琴聲同步，跟著最弱音一起跌落無間深淵，呼吸急促，視線範圍也變得狹窄。

琴聲猛然飆高。

凶狠又毫不手軟的琴聲漸次重疊。

古手川已經動彈不得了。

灼熱的主旋律飛舞著。

小百合雙手用力地敲擊琴鍵。

古手川的魂魄被旋律緊緊糾纏，玩弄於股掌之間。

音量逐漸降低，旋律宛如安眠般沉靜下來。

最後一個音符幽幽消失，古手川如釋重負地垮下肩膀，明明只是聽人彈琴，為何卻像全力衝刺完一百公尺，累到不行。

不經意地往旁邊一看，御子柴也仰著頭，深深地嘆出一口氣。

隨著御子柴的會面時間結束，渡瀨和古手川也跟著離開。因為再繼續待下去，也無法從小百合口中問出更有用的線索。

為了掩飾被小百合的琴聲耍得團團轉的羞恥，古手川問御子柴：

「你為什麼要為小百合辯護？」

「要為誰辯護是我的自由吧。」

「她應該沒有財力雇用你，就算你想利用讓她無罪開釋來做宣傳，也只會讓法官的心證更糟糕。」

御子柴瞪了古手川好一會兒，視線移到渡瀨身上。

然後不屑地冷哼一聲。

「反正只要查一下馬上就會知道，我和她從很久以前就認識了。」

這麼說來就能理解了。御子柴和小百合都曾經關在關東醫療少年院，期間上也有所重疊，換句話說，兩人是少年院的伙伴。

「我是她的律師兼擔保人，所以我趁這個機會再說一次，請不要與我的委託人有不必要的接觸，以免干擾治療，導致病情惡化。」

「除非必要，警察才不想與任何人有所接觸。」

渡瀨自言自語。

「不過，當真勝雄可能會主動與她接觸。畢竟對勝雄來說，她是他唯一近似親人的人。」

「……你是說避開警衛的耳目找上她嗎？別傻了，在逃的嫌犯怎麼可能主動潛入監獄。」

「他的行動是常人無法想像的，所以才抓不到他。你讓這兩個人碰在一起看看，比起接受警方的訊問，可能會惡化得更嚴重喔。」

御子柴默不作聲。看來渡瀨比他更善於威脅別人。

「我姑且相信你為她辯護並不是基於利益考量，所以請助我們一臂之力，要是稍微察覺到當真勝雄的存在，就馬上通知我。」

真是不給人拒絕餘地的要求，但御子柴似乎無意拒絕。

「如果是為了委託人的利益，就這麼辦吧。」

丟下這句話，御子柴背對渡瀨，往走廊的方向離去。

「真是的，這個男人好難對付啊。」

渡瀨咬牙切齒地說，古手川好想反駁。

難對付的是你吧。

*

只要不是傳染病的患者，患者出院後的清掃工作就不會外包，而是落到護理師的身上。

日坂恭子將用過的床單放進專用的洗衣籃，做好垃圾分類後，開始進行病房的殺菌作業。

邊打掃邊回想不久前出院的幹元老先生。雖然是病人，但白髮漂亮地梳得服服貼貼，是個還沒忘記維持體面的優雅老人。恭子每次為他換點滴的時候，他都笑得很開心。對於由爺爺帶大的恭子而言，他的笑容也是一種鼓舞。

城北大學附設醫院總是處於滿床的狀態，因此不能讓像幹元那種高齡者長期住院。他罹患的是失智症與十二指腸潰瘍，所幸恢復得很好，已經可以出院了。這也是主治醫師御前崎的功勞。

啊，御前崎教授。

不經意想起，恭子險些又要哽咽。

再也沒有像他那樣明明擁有榮譽教授這般崇高的地位，還待人那麼親切的人了，對護理師和患者都好溫柔，從未表現出高人一等的態度。包括幹元在內，很多患者都很景仰御前崎。

充滿智慧又慈悲為懷的聖人君子。

卻被人以那種方法殺了。

恭子不自覺地咬緊下唇。

根據她從報導中所了解到的，嫌疑最大的聽說是御前崎醫師以前的患者，這真是太過分了，居然忘恩負義地殺死治療自己的主治醫師，簡直不是人。

『即使是罪犯，對於負責治療的人來說也只是普通的患者。』

這是御前崎醫師的口頭禪。可是，萬一殺害御前崎醫師的兇手成為患者被救護車送來，恭子實在沒有自信能只把他視為一般的患者。

二、溶解

1

十一月二十日凌晨三點十五分，熊谷市御稜威原。

這一帶以自衛隊基地為中心，林立著大大小小的工廠。都這個時間了，幾乎所有工廠皆已熄燈，只有一棟位在稍遠處的工廠流洩出朦朧的燈光。警車就停在周圍，所以那棟工廠肯定是案發現場〈屋島印刷〉。

強行犯科＊的滑井揉著惺忪的睡眼趕到案發現場。距今一小時前，熊谷署接獲通報。深夜的通報並不稀奇，令人在意的是通報者的聲音。

醫院、太晚了、死掉了……。

電話那頭的聲音只有隻字片語，而且還在發抖。

是指看在外行人眼中也知道已經回天乏術的狀況嗎？對方好像是外籍勞工，負責人想要問仔細也問不出個所以然來。正因為如此，滑井感到難以言喻的不安。

把車停在工廠旁，鑽進拉上黃色封鎖線的現場。鑑識人員似乎已經完成他們的作業，正魚貫地要從工廠撤退，滑井抓住其中一個人問：

「速度好快啊，接到通報才過了一個小時耶。」

鑑識人員的表情蒙上一層烏雲。

「因為沒什麼可做的啊，警部補。」

鑑識人員丟下這句話，頭也不回地離開現場。

不安之餘又多了不寒而慄。

走進工廠一看，一個員警正在向某個男人問話，看到滑井，連忙敬禮。

「這位是？」

「他是工廠主任，番場先生。」

員警口中的番場活像搗米機似地猛點頭，小眼睛和彎腰駝背的姿勢給人非常膽小的印象。

「這次給各位添麻煩了……」

「發生了什麼意外嗎？光靠打到一一〇的電話內容，實在搞不清楚狀況。」

「是、是大夜班的人發現的。」

「大夜班？」

「最近接到比較多的訂單，所以用二十四小時的體制輪班。」

番場這麼回答。

〈屋島印刷〉是製造印刷電路板的工廠，外銷的訂單從去年開始急速增加，於是採行二十四小時輪班體制，晚上九點到早上八點的班基本上都是外國人，發現這次意外的也是伊朗籍的員工。

⑯ 負責偵辦強盜、姦淫擄掠、殺人放火等重大案件的日本警察單位。

「可是死掉的是日本人……大概是吧。」
「大概是？」
「目擊的同事說是佐藤沒錯。全名佐藤尚久，從今年秋天開始在這裡工作的約聘員工。只是，這個……那個……我看了也無法確定是不是他……」
「連你這個主任也無法確定是不是他嗎？」
「因為那樣子實在有點……」
番場始終愁眉苦臉地說。
印刷電路板不能沾到灰塵等懸浮粒子，所以工廠內有兩道門。本來打開第一道門以後，必須換上防塵衣，但現在已經不是考慮到這些的時候了。
打開第二道門的瞬間，藥品的臭味撲鼻而來，是融合了酒精和鐵，還有燃燒的氣味。
「是在燒什麼嗎？怎麼有一股燒焦的味道。」
「那是硫酸的加工味。電路板要用到硫酸銅，所以作業場所隨時都備有濃硫酸……啊，在那邊。」
有個高頭大馬的驗屍官手足無措地站在番場手指的方向，跟前是一座高度及腰的水槽。
「哎呀，是滑井先生啊。」
看到驗屍官有氣無力地一笑，滑井明白自己的不安成真了。
「死者在這裡。」

驗屍官用下巴指向水槽。直徑大約三公尺的水槽裡裝滿了淺黃色的混濁液體。中間沉著異物。

一開始還以為是什麼奇妙的藝術品。

看起來就像是個成年男子泡在浴缸裡，但只有頸部以上尚稱完整，水面下搖搖蕩蕩的身體露出肋骨。肋骨底下原本該有的臟器都溶解在溶液裡，不留原形，四肢也被溶解掉一半以上，露出了大腿骨。

突然竄進鼻腔的異臭讓人覺得鼻子彷彿挨了一拳。燒灼肉體的臭味與藥劑的臭味融為一體，散發出筆墨難以形容的刺鼻惡臭。定睛一看，即使是還算完整的頸部以上，接觸到溶液的皮膚也已經開始溶解，脂肪與組織變成一條一條的細絲。死者原本應該穿著防塵衣吧，但早已連同內衣一起溶解殆盡，只剩下少得可憐的纖維碎片漂浮在水面上。

滑井一時半刻說不出話來。

這反而是一件好事。因為要是吸入擴散在四周的溶解異味，可能會吐出來。滑井連忙用手帕掩住口鼻。

「驗屍官，這是……」

「如你所見，好像是不小心跌落濃硫酸的水槽。」

驗屍官指著腳邊。細看之下，地板上鋪滿橡膠製的止滑墊。

「本來應該不會掉進去，但死者似乎沒戴口罩。鑑識人員在作業台上找到了口罩。」

大概是工作時暫時摘掉吧。要是那樣的話，死者也太小看現場的危險性了。

「在沒戴口罩的情況下聞到酒精藥劑的味道，意識會不知不覺變得模糊。如果是連續從事深夜工作，也可能因睡眠不足，不小心失去平衡，掉進強酸池裡——大概是這麼回事吧。」

「可以確定死者的身分嗎？」

「所幸還有頭部。喂，先把他從池子裡弄出來再說，一直保持這樣也太可憐。」

驗屍官對周圍的鑑視人員及警察說。然而，誰也不肯率先靠近強酸池。這也難怪，雖說是工作，但是要把已經溶解掉一半的屍體弄出來，實在太噁心了。

滴落的硫酸會腐蝕塑膠布，因此眾人先剝下地板的橡膠墊，再直接把屍體放在水泥地上。

雖說是緊急應變的臨時處置，但對死者依舊還是不敬，只是屍體處於那個狀態，實在也沒別的選擇。

「番場先生，麻煩你。」

番場待在離硫酸池有段距離的地方，被喊到的時候，肩膀驚懼地抖動一下。

「請過來一下，再次確認死者是否為佐藤先生。」

如今已經能理解番場退避三舍的理由了。屍體宛如破損的人體模型，沒有人想多看幾眼。

但番場還是提心吊膽地靠近，看了遺體的長相一眼。

「那個……臉也有點潰爛了……但大概……嗯，大概是佐藤沒錯。」

「佐藤先生和家人同住嗎？」

「沒有，他應該是一個人住在宿舍。不過，我聽他說過，他住在千葉的父母都還健在。」

「你知道他老家的電話嗎？」

「知道。錄用他的時候，應該問過他緊急聯絡人的電話。」

現在的確是緊急狀況吧——滑井腦海中冒出這個諷刺的念頭。

「這種死者真令人頭痛啊。」

驗屍官喃喃自語地嘟囔。

「頸部以下都已經溶解了，無從得知有沒有外傷。」

「你是說也有可能是他殺嗎？」

「據鑑識人員所說，水槽周圍沒有打鬥的痕跡，可是從現場狀況來看，很難斷定是意外還是他殺。」

親眼看到這具屍體後，不是不能理解驗屍官的懊惱。驗屍官必須製作驗屍報告，但是在這種狀態下，可以填寫的欄位少之又少。

「報警的是伊朗籍的同事對吧，他人在哪裡？」

番場一臉抱歉地開口：

「先讓他待在休息室休息，畢竟他才來日本沒多久。」

也就是需要翻譯的意思。署裡有會講波斯話的人，但是要八點過後才能請他過來，在那之前只能先靠自己用破爛的英語溝通。

「只是，哈迪他……啊，報警的伊朗人名叫哈迪。我想就算問他，也問不出什麼有力的情報。」

「怎麼說？」

「因為大夜班都是由一個人負責一個區域。哈迪是在經過這裡的時候發現了水槽裡的佐藤。他也知道裡頭的溶液是硫酸，所以急忙打電話報警，我聽聞意外發生，趕到現場的時候，哈迪已經陷入相當混亂的狀態了。」

放置有硫酸池的地方只有一個工作人員，在安全管理上非常有問題，但這點稍後再來追究。若採信番場的說詞，被害人跌落水槽時並沒有目擊證人。而且最重要的屍體從頸部以下幾乎都溶解了。

既然知道他住在哪裡，只要去他家採集毛髮之類，就能證明這具屍體是不是佐藤某某。問題在於這是意外還是他殺。要是在初步搜查做出錯誤的判斷，當時間拖得愈久，要修正軌道就愈困難。

「請問……我可以回去了嗎？」

番場的問題害滑井還以為自己的耳朵出了問題。驗屍官也毫不掩飾臉上責難的表情。

「你是現場的負責人吧？」

「嗯，算是。」

是毫無責任感，還是無法忍受與屍體共處一室呢？不管怎樣，這都不是身為現場負責人該有的反應，不禁令人感覺義憤填膺。

「除了死者的電話以外，也要請教你關於他的工作狀況及職場上的人際關係，所以請再忍耐一下。」

「那個，可是啊……佐藤是約聘員工，又幾乎都輪大夜班，所以這方面的事我也不是很清楚。我的上班時間只到晚上七點，剛好與佐藤錯過。」

義憤填膺漸次變成目瞪口呆。從他的回答就能隱約看出這家公司是如何對待佐藤尚久這個員工的。

「這也包含了犯罪調查的可能性，敬請配合。」

「犯罪調查？」

番場的臉這時才回復神色。

「也就是說，佐藤可能是他殺嘍？」

「還在初步搜查的階段，所以只是先蒐集所有的可能性。如果是他殺的話會有什麼問題嗎？」

「我只是希望最好是他殺。」

「怎麼說？」

「那個……你想想看嘛，萬一是意外……」

番場說到這裡連忙噤聲。

想也知道他接下來要說什麼。若斷定為意外，現場的安全管理及職場環境將成為眾矢之的。但如果是他殺，或者是自殺，公司就不必為員工的死負直接責任。

這個王八蛋。

所以就是公司的顏面比死了一個員工還重要的意思。

突然好想把番場關進偵訊室裡逼問一番，但職業道德立刻阻止他。

「必須請教你及其他同事一些問題，有沒有什麼地方比較方便說話的？沒有的話，可以請你們到署裡走一趟嗎？」

番場聞言，拚命搖頭。

接下來立刻展開對相關人員的訊問，才發現〈屋島印刷〉的勞動條件遠比滑井想像的還要惡劣。

海外品牌對行動電話的需求日益增加，〈屋島印刷〉也因此接到大量的訂單，然而受到最近日圓升值的拖累，必須大量生產才能確保利潤。

〈屋島印刷〉為降低勞動成本，開始傾向於雇用派遣員工及外籍勞工。利用派遣員工及外籍勞工同樣屬於弱勢立場，默許員工從事超出常識範圍的勞動。

番場起初不願據實以告，但是問完其他派遣員工及外籍勞工後，一切昭然若揭。滑井簡單計算一下，發現大夜班的時薪居然平均不到四百五十圓，而且每個工作場域的作業人員都縮編到不能再少的地步，像出現在這次案發現場的硫酸池等高危險設備倒是隨處可見。時薪過低，只好拉長工作時間，本來就已經很累了，大夜班還沒有人可以跟自己輪班，導致無法獲得充分的休息，完全就是構成典型3K職場的勞動環境。

可是他們卻不曾要求職場改善勞動環境，〈屋島印刷〉不僅沒有工會，原本應該傾聽工作人員心聲的監工在面臨自己對公司的忠誠與改善工作人員的待遇時，毫不猶豫地選擇了前者，畢竟他也只是公司的一枚小螺絲釘。

聽完工廠實際的勞動狀態後，逐漸明白佐藤摘下口罩的理由了。

含酒精的藥劑惡臭瀰漫在工廠內，所以規定工作人員一定要戴口罩，然而在印刷加工時釋放出的熱氣，讓工廠內總是處於高溫多濕的狀態，必須摘下口罩，才能擦去宛如降雨般的汗水、才能抓撓搔癢的部分，有時候一忙起來，就會忘記要再戴回口罩。眼下正在配合偵訊的工作人員中，就有人跟佐藤一樣摘下口罩，然後忘了戴回去就繼續工作，已經陷入輕微的中毒症狀。該證詞也坐實了驗屍官認為佐藤是一時不小心，才失足跌落硫酸池的推測。

滑井也問了發現屍體，向警方通報的哈迪。雖然需要會講波斯話的刑警居間翻譯，但哈迪看來是個善良的年輕人，在他身上可以充分感受到想協助調查的熱忱。

儘管如此，從他口中得到的線索依舊少得可憐。

「請問你發現佐藤先生的屍體時是什麼情況？」

「我想去休息，從我的工作崗位走向休息室的路上一定會經過佐藤先生工作的地方，結果就發現佐藤先生掉進池子裡了。」

「於是你馬上報警嗎？」

「番場先生已經回去了。我們說好，萬一發生意外要馬上打一一〇報案。」

「發現佐藤先生的時候，已經太遲了對吧？」

「脖子底下都沒有了，一看就知道已經沒救了。」

「你認識佐藤先生嗎？」

「佐藤先生會很親切地跟我們這些外國人聊天，還教我們很多新的日語。」

「佐藤先生是什麼樣的人？工廠裡曾經有誰和他起過衝突嗎？」

一提出這個問題，哈迪頓時噤若寒蟬。

「怎麼了嗎？」

「那個……一定要回答這個問題嗎？」

「如果你覺得會對自己不利，可以不用說沒關係。不過要是能從你的證詞中得知誰希望佐藤先生死掉的話，他或許更有可能安息吧。」

這句話並不是為了誘導哈迪，而是同情佐藤他們在如此惡劣的環境下工作，還不敢提出抗議的肺腑之言。

「哈迪先生，你們這些住在外國的人千里迢迢來到日本拚命工作，想必有很多苦衷，每個人對工作的態度肯定也不一樣。我相信佐藤先生也跟你們站在同樣的立場。如今他已經不能開口說話了，能替他發聲的就只有你了。」

透過翻譯，不確定滑井的話能正確傳達到幾分，但是說完以後，哈迪的表情明顯為之一變。

「佐藤先生反對公司的方針，曾經找番場先生抗議。我是沒看過，但聽說他上網公布了公司的惡形惡狀。」

「有人恨他嗎？」

「這我就不清楚了。番場先生被他抗議以後，很傷腦筋的樣子，好像還勸他不要在網路上寫公司的事。」

哈迪沉默了一會兒，有些緬懷地接著說：

「佐藤先生非常溫柔。之所以向番場先生抗議，也不是為了自己，而是為了改善我們的待遇。他說我們的休息時間太短、每個區域的工作人數太少。我們的日語不靈光，所以他是替我們表達不滿。」

這也是哈迪目睹佐藤橫死就立刻報警的原因之一。哈迪不相信公司。

中午過後，驗屍官提出驗屍報告。

內容與滑井預料的大同小異，幾乎一片空白。

死亡原因：不明。

死亡種類：不明。

驗屍所得：只有頭部。

外力造成的死因追加事項：不明。

總之沒有任何重點，簡直就像是驗屍官的牢騷。實際上，驗屍官判斷有必要進行司法解剖，也向大學的法醫學教室提出要求，但只得到〈推測死因為休克死亡〉的意見，沒有任何線索可以驗證他殺的說法。

結果驗屍官只能做出〈無法斷定為意外死亡或他殺〉的結論。

鑑識結果也一樣。案發現場的硫酸池附近並沒有爭執的痕跡，也找不到佐藤本人及工作人員以外的遺留物品。不過，如果要進入工廠，一定得換上防塵衣，並戴上防止毛髮掉落的帽子，所以原本留下證物的可能性就很低。

換句話說，即使第三者潛入現場，也不太容易留下體液及毛髮。工廠嚴格的作業規定反而造成了反效果。

滑井想到可能是第三者潛入現場，因此也詢問了這點。但問的對象不是番場，而是哈迪。因為他實在不覺得番場會坦承對公司不利的事實。

「除了相關人士，其他人有機會進到工廠裡嗎？」

「很簡單喔。」

哈迪一派輕鬆地說。

「可是要進入工廠裡，不是得通過兩道門嗎？」

「兩道門只是為了不讓灰塵飄進工廠裡，並非用來判斷是否為工作人員。」

這麼說來，滑井抵達現場的時候也沒發現任何個人認證系統。並不是因為沒通電，而是本來就沒有安裝那些設備系統。

「你們的產品是手機的印刷電路板吧，不怕業務機密外洩嗎？」

「這我就不清楚了，不過工廠裡並沒有任何限制外人出入的地方。」

「硫酸池的蓋子平常都開著嗎？」

「不，平常會關上，只有製作硫酸銅的時候才會打開。」

「蓋子會上鎖嗎？」

「不會，根本沒裝鎖。」

蒐集愈多證詞，工廠管理的鬆散愈是昭然若揭。不人道的長時間勞動和包含硫酸在內的藥劑管理過於疏忽。說是遲早會發生像佐藤這樣的意外也不為過。

滑井問完所有工作人員後，叫來番場。

「工作人員作證說，毒物管理及各種相關系統都處於非常隨便的狀態。」

由於是有憑有據的質問，無從抵賴，也不能打馬虎眼。番場遲疑了半晌，才吞吞吐吐地開始透露內幕。

「這是公司為了應付所有訂單做的努力。」

「公司的努力？」

「就是降低成本啦。如果不盡可能削減批次單位的經費，訂單不只會被同業搶走，還會流到人事費用壓倒性便宜的中國企業。為了穩定獲得來自海外的訂單，只能想盡辦法降低成本。」

「你的意思是說，不只雇用便宜的勞工，管理系統也馬馬虎虎都是為了降低成本嗎？」

「雇用的外國人多半都不太懂日文，若採行複雜的管理系統，可能會降低作業速度，所以只好拿掉複雜的工序，讓所有人都能簡單地製作出更多的產品。」

「可是印刷電路板不是企業機密嗎？任何人都能進入坐擁企業機密的工廠未免也太……」

「配線什麼的根本沒有任何企業機密，我們只是負責外包國外的零件製作，以世界水準來說，並不是最先進的技術，所以也不需要層層防護。」

「那毒物管理呢？硫酸池的蓋子根本沒裝鎖不是嗎？根據毒物及化學物質取締法，應該有規定〈保管場所必須堅固且上鎖〉。」

「不，我們並沒有違反第十一條的處理規定。因為那個水槽並不是保管場所，而是作業過程中的設備。」

想藉詞推托嗎？

恐怕有一本教他們如何應付定期檢查的教戰手冊，而且把情況控制在不至於違法的範圍內吧。本來應該用來提高安全標準的經費全都投入到生產線上了。

萬一這件事被判斷為意外，遺屬就得面對麻煩的官司……。

考量到這個層面，心情不由得沉重起來。

若沒有明確的違法事實，訟訴對有錢有閒的人比較有利。小蝦米對大鯨魚的實力差距一開始就很懸殊，要應付無數次的開庭，還要蒐集證據，律師費也絕不便宜。官司拖得愈久，原告愈是疲於奔命，就連鬥志也會消磨殆盡。這時被告再看準時機，提出遠低於普遍認知價位的和解金額是很常見的手法。

已經看穿事情會如何發展，開始同情佐藤的家人時，滑井接獲令他大吃一驚的報告。

下午三點左右，在封鎖線內維護現場完整的制服員警向他報告。

在工廠的大門口，也就是離案發現場有一小段距離，鑑識人員尚未著手調查的地方發現一張奇怪的紙條。

初步搜查時還不確定是否為他殺，再加上深夜能出動的鑑識人數極為有限，都是導致現在才發現那張紙條的原因之一，但現在再說這些也無濟於事。

令他耿耿於懷的是員警向他報告的語氣。鄭重其事的口吻中，夾雜著慌亂與膽怯。不可思議的感覺觸動了刑警的直覺，滑井不管三七二十一先趕赴現場再說。

抵達工廠，該員警立刻迎上前來。

「聽說有一張奇怪的紙條。」

「是的，是在工廠入口的門內側發現的。」

最初抵達現場時，門是開著的，再加上燈光昏暗，所以才因此疏忽了吧。

「就是這個。」

員警遞出收在塑膠袋裡的紙條，紙條上寫著以下的文字。

今天上理化課的時候調配了硫酸。什麼都可以溶解喔。把青蛙放進去看看。
冒出煙霧，青蛙一下子就溶解了。
這次從〈サ〉開始吧。

可怕的幼稚字跡及文章。
滑井總算明白員警為何會恐懼。
青蛙男。
去年的這個時候，讓飯能市一帶陷入恐懼深淵的連環殺人犯。凡是埼玉縣警的轄區，沒有人不知道這個名字。還有每次命案發生時，現場都會留下具有特徵的犯罪聲明。
滑井也看過好幾次本部送來的聲明影本，所以記得字體的特徵。
紙上的字和影本上的字幾乎一模一樣。
背上爬滿雞皮疙瘩。
滑井回到熊谷署，委託鑑識人員進行筆跡鑑定。
「不可能吧」的懷疑與「絕對不會錯」的確信在內心拔河，萬一聲明真的是青蛙男所寫，本案的脈絡就會完全不一樣，而且不再只是熊谷署自家的案子了。
上次的青蛙男事件中，儘管埼玉縣警搜查一課拚了命地調查，還是死了四個人，甚至發展出飯能署受到襲擊的衍生事件。

連環殺人案的被害者由五十音的〈ア〉開始，然而剛發現的聲明卻以這句話畫下句點。

〈這次從サ開始吧〉

意思是指要從〈サ〉行開始連續殺人嗎？*

莫名所以的感覺變成明確的恐懼，緊緊地攫住了滑井。

當天深夜，終於獲知了筆跡鑑定的結果。

〈那張紙條上的文字與去年使用於飯能市命案的聲明文字筆跡一致〉

滑井分不清是放心還是絕望地嘆息，帶著紙條證物去找刑事課長。

這不是我的，也不是熊谷署的案子了。

2

「青蛙男這傢伙，居然跳過了〈カ〉行。」

接獲熊谷署的報告之際，渡瀨勃然大怒。

古手川聽到他的怒吼，盯著渡瀨桌上的電腦看。螢幕裡是以附加檔案寄來的幼稚犯罪聲明及筆跡鑑定結果。光是看到那張圖片，就不由得機伶伶地打了一個冷顫。

---

⑰ 佐藤的片假名拼音為サトウ（satou）。

筆跡鑑定斷定這張犯罪聲明也出自於勝雄的手筆。青蛙男果然還活著，而且還在尋找獵物。

「為何要跳過〈カ〉行呢？」

古手川問道，渡瀨惡狠狠地瞪了他一眼。

「你怎麼看？總不會真的像個蠢蛋似地只會提問題吧？」

感覺渡瀨正在試探他的斤兩。在先前的事件中，每次發生突發事件，古手川都被耍得團團轉，明明還沒有培養出判斷力，就憑直覺橫衝直撞，還身受重傷。這位上司想知道他在那之後成長了多少。

「會不會是名單有所缺漏？」

「說說看。」

「以前的青蛙男在選擇犧牲者的時候，會先準備好依照五十音排序的名單，而且背下那些名字和地址。所以這次的犧牲者應該從〈カ〉行開始，之所以突然跳到〈サ〉行，會不會是因為什麼原因少了〈カ〉行的名單？」

兇手看著那張名單，照五十音的順序加以整理，從中選出接下來的犧牲者。想當然耳，稍早之前遇害的御前崎也是其中之一。

渡瀨挑起一邊的眉毛，那是不以為然的表情，表示跟古手川的意見有出入。

「這次的案發現場是被害人上班的工廠。青蛙男手邊的名單應該只有姓名和住家的地址，是要怎麼找到工作的地方？」

「像是打算在他家攻擊他卻沒有得手，所以就尾隨他到工廠去；因為他住的宿舍離工廠很近。」

「遇害的佐藤尚久住在離工廠很遠的公寓，就算要尾隨，距離也太遠了。你認為當真勝雄有辦法這樣跟蹤嗎？」

當真勝雄乍看之下很不起眼，單從這個角度來看，或許很適合跟蹤，但是卻無法應付臨時發生的狀況變化。

「好像不太可能。」古手川只能收回自己的假設。

「可是，我想有必要再檢查一次澤井牙科診所的病歷。」

這是再理所當然不過的提議，渡瀨的反應卻沒有想像中的熱烈。

「有什麼問題嗎？」

「倘若兇手的行動是基於以前的名單，事情就簡單多了。如果目標只是單純地移到〈サ〉行，下一個肯定是〈シ〉，所以只要盯緊那張名單上從〈シ〉開始的人住的地方，就能抓到兇手。」

渡瀨不以為然地說。

「可是考慮到從〈ア〉行跳到〈サ〉行、從住家跳到工作單位這兩點，會想到另一種可能性。」

「另一種可能性？」

「兇手可能拿到了別的名單。」

「別的名單？」

「你仔細想想，以五十音排序的名單在這個世上要多少有多少，問題只在於兇手拿不拿得到那些名單。」

以五十音排序的名單。

古手川立刻想到電話簿。如果是電話簿，上頭也有地址，只要找到電話亭，任何人都可以翻閱。可是這次的案子發生在熊谷市內，很難想像與當地沒有地緣關係的人會利用電話簿犯案。

想到這裡，古手川又意識到另一個不安要素。

大概是自己露出非常驚慌失措的表情吧，渡瀨也一臉心領神會地搖搖頭。

「看樣子你終於注意到了。這次的案子始於千葉縣松戶市，然後又在熊谷市發生，不像上次的案子局限在單一個市內。」

「你是說……青蛙男的目標範圍擴大了？」

「現階段還無法判斷。但無論兇手在打什麼算盤，媒體都不可能放過這一點。」

古手川恍然大悟。

媒體尚未意識到松戶市與熊谷市的案子是青蛙男幹的好事，一旦知道並加以報導，世人會有何反應呢？

上次的案子讓一整個市陷入驚慌，擔心自己會不會成為下一個犧牲者的市民殺入警察局，要求警方交出虞犯者名單。那場攻防讓古手川自己也受了傷，留下痛苦的回憶。

人間煉獄會重現嗎？

而且還是在更廣大的範圍重現。

正當最可怕的可能性令他毛骨悚然時，栗栖課長出現了。

在場的搜查員都對他行注目禮，好奇他來這裡做什麼，栗栖一直線地朝渡瀨走來，臉上掛著忌憚的表情，那是要交代工作給渡瀨的前兆。

最近就連古手川也明白了，栗栖很討厭渡瀨。不，與其說是討厭，比較像是拿他沒轍。渡瀨就連對栗栖這個上司也口無遮攔地直言無諱，表現出旁若無人的態度，與本部的方針明刀明槍地對幹，再加上他通常是正確的，經常讓負責指揮的栗栖顏面掃地。

看在栗栖眼中，渡瀨的存在簡直是眼中釘、肉中刺，但渡瀨組又是縣警本部中破案率最高的單位，因此也不能當他不存在。所以每次要分配工作給他的時候，都會露出忌憚的表情。

「熊谷市的案子也發現青蛙男的犯罪聲明了。」

「嗯，我聽說了。」

或許是看穿栗栖的想法，渡瀨回答得很隨便。

「我們和千葉縣警成立了共同搜查本部，里中本部長任命以前負責調查青蛙男事件的渡瀨組專門負責本案。」

古手川也認為這是很妥當的判斷。

「專案小組將於我們本部成立，接下來就要舉行第一次搜查會議，請渡瀨組全體出席。」

人數比平常多一倍的搜查員聚集在大會議室裡，其中一半都是不認識的人，應該是千葉縣警的刑警，還在後排看到松戶署的帶刀。

台上除了里中縣警本部長和栗栖課長，還有八木島管理官、從千葉縣警過來的三角本部長等人，渡瀨果然還是一臉彷彿有人欠他八百萬的表情坐在末座。

「事不宜遲，請看這份資料。」

照片出現在前方的大螢幕裡。管理官口中的資料，是將遺留在御前崎家的犯罪聲明以及熊谷市的案發現場發現的犯罪聲明進行筆跡鑑定後的結果。

「如各位所見，兩份犯罪聲明出於同一人之手，由此可以確定曾經在飯能市一再犯案的青蛙男又復活了。」

雖說早就知道，但是從管理官口中說出來，依舊再次感受到事情的嚴重性。

「這次的第二位被害人為佐藤尚久，三十二歲，是〈屋島印刷〉的約聘員工，在值大夜班的時候掉進設置於工廠內的硫酸池。」

第二張圖片是案發現場的照片。

一個人只剩下頭，身體浸泡在直徑達三公尺的水槽裡，遠看活像是正在泡澡，但那個浴池絕非極樂世界，而是人間地獄。身上穿的衣服和組織幾乎都被高濃度的強酸溶解殆盡。

鑑識人員拍攝的特寫照片毫不留情地映入觀者的眼中，被硫酸腐蝕到只剩下纖維的組織、溶解成極細的骨頭、染上異樣顏色的水面。

最衝擊的畫面當屬正面拍攝被害人頭部的照片。已經了無生氣的臉部底下，頸部正冒出淡淡的煙霧，繼續溶解。血管、肉片、脂肪皆已分解，在強酸池裡如漣漪般擴散的靜止畫面如今就放大在近百吋的螢幕上。彷彿正散發出異臭的畫面，讓在座所有人無不蹙緊眉頭，不知會有多少搜查員因此食欲不振。

「被害人住在三尻的公寓，離工廠約五公里處。本人平常騎腳踏車上下班。轄區刑警與鑑識人員一起在被害人住的地方搜證，比對遺留物品與DNA的結果，確定被害者就是佐藤尚久本人。今天早上，佐藤的父母也從千葉市內前來認屍，確定是本人無誤。」

想像佐藤父母突然被警察叫去認屍的心情，不知該怎麼說才好。而且還不是普通的屍體，而是頸部以下皆已溶解，非自然死亡的屍體。看到那種屍體的父母會做何感想呢。

「嫌犯為當真勝雄，二十歲。自埼玉市內的醫療機構出院後，至今下落不明。」

畫面切換成勝雄的臉部特寫照片。

「這就是當真勝雄，患有精神礙障，但言行舉止並無顯著異常，也因此至今尚未落網。」

通緝照片特有的面無表情讓勝雄的面貌顯得更加陰森。長相雖然沒特色，笑起來還是挺可愛的，但是從這張照片來看，只會覺得他是名符其實的凶惡罪犯。

「值得注意的是他的活動範圍，這次不只飯能市，已經擴大到千葉縣松戸市及熊谷市，搞不好可能會擴大到整個首都圈，甚至是全國範圍。」

搜查員開始壓低聲音，竊竊私語。

古手川想起上次的案子，一陣頭皮發麻。要是那股依序殺人，除了名字以外沒有任何邏輯的恐懼擴散到全國，將對社會造成巨大的不安。

「過去的青蛙男事件中，飯能市民就因為恐懼而陷入驚慌，就算這次的兇手是模仿犯，肯定也會引起同樣的不安，要是放著不管，警方的運作遲早會癱瘓。聽懂了嗎？我們絕不容許再有人死亡。幼稚的犯罪聲明、依照五十音順序的殺人大概都只是惡搞的故布疑陣，但無疑是對警方的挑釁。本案關係到警方的威信，無論如何一定要逮捕犯人。」

不尋常的悲壯宣言，全體搜查員都正襟危坐。

「當務之急是必須盡快逮捕嫌犯當真勝雄。當真沒有駕照，移動手段只能靠徒步或搭乘大眾運輸工具。以專職搜查員＊為主，將人員配置在千葉及埼玉的主要車站，其他人則從佐藤尚久住的公寓到〈屋島印刷〉進行徹底的查訪，蒐集嫌犯的目擊情報，向本部報告。」

換句話說，這是由千葉和埼玉兩縣的縣警聯手進行的地毯式作戰。這在鎖定嫌犯，而且確定對方只能靠走路及電車移動的情況下的確是很有效的方法。

可是古手川還是有一點不能釋懷。八木島管理官的指示很明確，換成其他人指揮，大概也會做出相同的指示。

但那是把當真勝雄當成普通罪犯來看待的情況，問題是，一般的常識、一般的理論真能套用在他身上嗎？

古手川曾與勝雄大打出手過一次。當時的勝雄簡直是沒有感情的暴力裝置，無論自己叫得多慘、流了多少血，他連眉毛都不皺一下。那次的恐懼至今仍不時在腦海中復甦。

「最後……在座的渡瀨班長曾經逮捕過當真勝雄一次。班長，可以請你告訴大家萬一遇到當真時的注意事項嗎？」

渡瀨始終耷拉著眼皮聽管理官說話，接著慢條斯理地坐直上半身，幾乎是用瞪的看了所有的搜查員一圈，這才開口：

「承蒙管理官給我機會發言，但我沒什麼要說的。」

語聲未落，八木島的表情已經不滿地僵在臉上。

「因為我不希望各位產生先入為主的概念。嫌犯有精神障礙、移動手段十分有限這些一般情況下可視為理所當然的公式不見得適用於本案，報告完畢。」

渡瀨泰然自若地說完，八木島似乎對此頗有微詞，但終究只是瞪了他一眼。

「那麼請各自全力以赴。會議到此結束，解散。」

一聲令下，搜查員全部起立，確認過自己分配到的任務後，即作鳥獸散。

渡瀨從台上站起來，看也不看其他列席的大人物一眼，走向古手川。

⑱ 專門調查本案的搜查員，即渡瀨組等人。

「走吧。」

語聲未落，渡瀨已經披上手裡拿的外套往外走。

穿著外套出去，不用說也知道是要去熊谷市。

「晚點再去確認澤井牙科診所的病歷，先去現場。」

「可是包括死者的屍體在內，所有該注意的地方都被熊谷署翻來覆去地檢查過好幾次了。」

「就算是這樣也還殘留著味道。」

「味道？」

「青蛙男的味道。能分辨出來的人寥寥可數，而你正是其中之一。」

這也是妥當的判斷。

終於聽到能信服的回答，古手川跟在渡瀨背後。

兩人前往佐藤位於三尻的住處，或許因為命案才剛發生，再加上可能是連續殺人案，佐藤的房門上貼有〈KEEP OUT〉的貼紙，還配了一個制服員警負責看守。

儘管裡頭只有一個房間再加一個廚房，宛如鰻魚窩的細長格局，看起來不是很實用的房間，但包括公寓的外觀，牆壁及天花板都還不算太老舊。

「好怪的房間，建築物本身看起來很新，但怎麼會這麼小啊。」

「因為新，所以才小。」

到底是看什麼不順眼啊，渡瀨來到這裡依舊一臉被倒會的模樣。

「這棟公寓的房客恐怕主要都是短期工或外籍勞工，信箱上的名字很多都是片假名。」

他是什麼時候注意到這一點的？

「是不是外國人還可以從名字判斷，但你怎麼知道是短期工？」

「因為可能不會長住，所以沒有門牌，信箱上也沒有名字。但大前提下，這棟公寓本來就是蓋給那種客層住的。」

以下是渡瀨的說明。短期工或外籍勞工沒有太多錢租房子，所以通常租不起一般的一房一廳。注意到這一點的管理公司就把一般的一房一廳隔成兩間，再以便宜的房租出租，剛好符合低所得者的需求，於是很快就被搶租一空。也就是開拓出只要能塞進床和衣櫥，再加上一個櫃子就別無所求的客層。

佐藤也是這種客層的其中一人吧，稱得上娛樂的東西只有電腦和塞滿彩色組合櫃裡的漫畫，查看其他的小東西和衣櫥，也沒找到任何運動器材或型錄類的雜誌。

「型錄類的雜誌是給只要發奮圖強，就能滿足自己物質需求的人看的。對於再怎麼努力也買不起的人來說，只是一種折磨。」

牆上貼著美少女動畫的海報。比起三次元，對二次元還比較有興趣嗎。衣櫥也只有一套西裝，而且還是兩套一萬日圓的便宜貨，除此之外幾乎只有大量生產的襯衫和毛衣。

電腦的瀏覽記錄已經由鑑識人員解析完畢，內容無非是與動畫有關的網站、色情網站、以及網路留言板這三種，其中留言板是以匿名的方式控訴〈屋島印刷〉的勞動問題，還寫出工廠主任番場的名字，足以證明佐藤的抗議並非只是說說而已。

遺留在房裡的物品勾勒出一個受到壓抑，不斷向社會提出抗議，卻始終沒人理會的青年輪廓。全國至少有幾萬、幾十萬與他年齡相仿、遭遇相似的人，佐藤只不過是其中之一。

「書架也找過了，但是沒有畢業紀念冊或工作人員名單之類的東西，也沒有合照或團體照片，全都是漫畫書。住在這種房間，存款餘額頂多只是在四位數與五位數之間來來去去，是個平凡到不值一提的被害人。」

這句話說得有點狠，但聽習慣的古手川明白他的言下之意。渡瀨的意思是說，找不到想殺或被殺那種複雜的人際關係，也沒有會讓他人產生非分之想的資產。一無所有的人因為鬱鬱不得志，一時昏頭而衝動殺人的可能性不是沒有，但不太可能成為被害者。

沒有個別的動機。因為被選中的是從〈サ〉開始的名字——思考到這裡時，終於理解渡瀨板著一張臉的理由了。青蛙男只對名字感興趣，與其他的條件屬性沒有任何關係。這點跟上次發生的連續殺人案一模一樣，足以讓不特定的多數市民陷入恐慌，但也不能因此省略過濾相關人士、徹查不在場證明的調查，所以每死一個人，搜查員的人手就會更加窘迫。如果是一般的連續殺人案，嫌犯的範圍會隨著案情發展逐漸縮小，但青蛙男的案子只會讓調查範圍不斷擴大，完全不能相提並論。

這次雖然成立埼玉縣警與千葉縣警的共同搜查本部，但著實不認為人數增加就能加快逮捕犯人的速度，再加上被害人的範圍延伸到其他縣市，條件還是一樣，反而會因為上意下達的組織惡習，讓搜查本部陷入空轉。

在那之後兩人又花了將近一個小時在房間裡翻箱倒櫃，並未得到比熊谷署的搜查員更多的收穫。

渡瀨的臉色愈發猙獰，正當古手川擔心他會不會踹飛散落在地板上的物品時，他胸前口袋的手機響了。

「是我。嗯？剛到嗎？那請他們稍等一下，我馬上過去。」

渡瀨掛斷電話，惡鬼般的臉色稍微和緩了一點。

「佐藤的父母去熊谷署領回遺體了，我們也過去。」

語聲未落，渡瀨已轉過身去，快步走向門口。

現在要去向父母打聽被害人的另一張面孔，以及職場以外的交友關係。古手川無意質疑辦案的基礎，但是一想到才剛目睹兒子不成人形的死狀，父母會悲痛成什麼樣子，就覺得心情沉重。

抵達熊谷署，負責本案的滑井立刻迎上前來。滑井看上去是個耿直的男人，從說話的方式也能感受到他對家屬的顧慮。

「渡瀨警部，你是來向家屬問話嗎？」

「可以馬上開始嗎？」

「這個嘛……現在還不行。雙親都處於半瘋狂狀態，實在不是能問話的情況。」

司法解剖結束時，大部分的法醫都會在能力所及的範圍內修復好屍體，像是仔細地縫合斷肢、洗淨出血的部分，因此家屬看到屍體的時候，通常狀況都比剛發現時好多了。

但佐藤的屍體完全沒有可以縫合或洗淨的餘地，因為頸部以下幾已完全溶解，就連殘存的骨頭都少得可憐，看到自己的孩子變成那樣，天底下沒有幾對父母能保持冷靜吧。

「不好意思，警部，聽說你以前調查過青蛙男的案子。」

「那又怎樣？」

「因為是縣警內的案子，我也知道個大概。請問……人類真的能做出那麼殘酷的事嗎？」

滑井毫不掩飾厭惡的感覺。

「雖然不到警部的資歷，但我也看過不少死於重大犯罪的被害人屍體，可是，可是這次的屍體顯然已經超脫常軌了。破壞屍體是基於怨恨、肢解是因為心理不正常，或是需要搬運而產生的行為，這樣解釋我還能接受，可是這次真的難以理解。只留下頭部，頸部以下全部溶解……簡直是把人類當成玩具。」

「就我所知，人類是地球上最殘酷的生物。只是，青蛙男又是其中的極端。雖然也有人說那封幼稚的犯罪聲明是為了製造演出效果，但青蛙男的確照字面上的意思擺弄屍體，所以不盡然只是一種演出效果。這次也不例外。」

聽完渡瀨的回答，滑井露骨地大皺其眉。

「真可怕啊。」

「也不是現在才開始的，我從事這份工作已經四分之一個世紀了，人從那個時候開始就是殘酷的生物。」

「總之等佐藤的父母離開太平間，我再帶他們過來。」

滑井請他們到另一個房間等待，沒多久，佐藤的父母就來了。

父親佐藤尚樹表現得還算堅強，但眼神十分空洞。母親富江哭到雙眼又紅又腫，而且尚未完全冷靜下來，抓著尚樹，口中念念有詞地不知在叨念些什麼。

等他們坐下就開始進行偵訊，明明不冷，兩人的身體卻簌簌發抖。

「那到底是怎麼回事……」

尚樹的語氣滿是悲憤。

「尚久到底做錯了什麼？有什麼理由要被那樣殺害？太、太過分了。」

「我們就是想知道這一點，才請二位過來的。」

渡瀨冷酷無情地說道。當回答的人處於激動的狀態，這是最恰當的態度。

「請你們冷靜地聽我說，殺人手法是有原因的，通常那個原因正是鎖定兇手的線索，二位明白這是什麼意思嗎？」

尚樹搖頭。

「也就是動機。如果目的是劫財，只要殺死對方就行了。如果有深仇大恨，則會破壞屍體。」

「你是說，小犬被人恨成這樣嗎？」

「還有一個原因，可能會讓您覺得很難受，但世上也有想透過不尋常的行為，向世人強調自己並不尋常的人。」

「小犬……尚久是為弱者發聲的人，或許會被有權有勢的人視為眼中釘，但絕不是招人怨恨的人。」

尚樹目光炯炯地直視著渡瀨。

「小時候當過好幾任班長，從以前就很愛照顧別人，班上如果有人被欺負，他一定會保護對方。」

古手川也有同感，大概從那個時候就已經養成他日後會為了改善工作環境而大聲疾呼的正義感。

「請教一個不禮貌的問題。尚久先生似乎對現在的工作環境有所不滿，您知道這件事嗎？」

「嗯，知道……但這或許也是沒辦法的事，畢竟他只是約聘員工，不是真心喜歡才進那家公司的。」

「他以前在哪裡服務？」

「呃，小犬找工作失敗了。大學考上第一志願，在那之前也算是一帆風順，但畢業時正好是就業冰河期，參加過好幾家公司的面試，都沒收到錄取通知……肯定是不想讓我們操無謂的心，也沒跟我們商量，就自己去人力派遣公司登記了。」

這點古手川也記憶猶新。二〇〇〇年前後因為金融機構的壞帳無法回收，景氣一口氣跌落谷底，失業率屢創新高，進入所謂的就業冰河期。隨著就業冰河期來臨，出現了打工族、啃老族、以及派遣員工，成為社會現象。

「起初也很努力地想從派遣員工升格成正式員工……但是過了三十歲以後，好像有點沉不住氣，開始跟我們談起他對現在這家公司的不滿。」

「找、找不到工作只是運氣不好，不是尚久的錯。那、那孩子真的很善良，是很為他人著想的孩子！」

至今始終未發一語的富江突然開口，比起證詞，更像控訴。

「太善良了，不會踩著別人往上爬，這點無疑不利於找工作。可是他從沒有因此怨天尤人，總是全力以赴。對屋島印刷的不滿也不是為了自己，而是替其他工作人員的待遇表示不滿。那、那孩子總是把別人的事看得比自己還重要，總是因此受盡委屈，或許會被其他懂得察言觀色的人瞧不起，但絕不至於招人怨恨。」

富江說到這裡，蒙著臉，開始嚶嚶啜泣。

看樣子，同事和父母眼中的被害人並無二致。這樣一來，可以推測被青蛙男鎖定果然只是因為佐藤尚久這個名字。

然而，渡瀨沒忘記小心駛得萬年船。

「那麼，請問這裡面有二位見過的人嗎？」

渡瀨拿出八張照片，其中五張是與本案無關的人，另外三張則是御前崎教授、有働小百合、當真勝雄的照片。

但尚樹和富江只是不約而同地搖頭。

3

向佐藤的父母說明領回遺體的手續後，古手川獨自驅車前往飯能市，目的地是澤井牙科診所。上次的事件中，兇手用來選擇被害人的名單就是這裡的病歷。所以古手川的任務就是要檢查那些病歷中有沒有出現佐藤的名字。

雖說是星期六下午，澤井牙科診所的停車場卻空蕩蕩。以前總是停滿看診病患的車，一百八十度的大轉變令古手川有些意外。

走近櫃台，有過數面之緣的護理師就坐在那裡。

「哎呀，古手川警官。」

護理師雖然不算美人，卻有一雙圓滾滾的大眼睛，令人印象深刻。從制服上的名牌認出她姓〈東江〉，底下的名字好像是叫結月來著。當古手川身負重傷來到醫院時，是她為古手川做的緊急包紮，算是他的救命恩人。

「啊，好厲害，受了那麼重的傷，居然連傷痕都沒留下，古手川警官真是強壯，到底是什麼樣的身體構造呀。」

老實說，反而是衝進醫院以後受的傷更重，尤其是左腳，當時醫生說至少要一個月才能完全康復，後來也留下走路會稍微拖著左腳的後遺症。但他還是回到工作崗位，在那個差遣人從不手軟的上司底下工作，可見自己的確很勇健沒錯。

「真是意外。」

「什麼意思？」

「我還以為妳一看到我就會對我撒鹽。」

「怎麼說？」

「因為我逮捕了勝雄。」

「哦……」

結月難為情地輕聲嘆息。

「你逮捕當真的時候，我確實有想過下次如果再見到你，一定要對你撒鹽或是潑消毒藥水……可是你也被他整治得很慘呢，所以這次就算扯平。」

這樣就扯平對古手川也太不公平了，但眼下還是不要提出反對意見比較好。

「言歸正傳，今天有什麼事嗎？智齒痛？還是又來查案呢？」

「不好意思，我又來查案了。我想再看一次貴院的病歷。」

「又來了啊。」

結月雙手叉腰，可愛地噘起嘴巴。

「上次讓你看病歷的事，害我被院長狠狠罵了一頓，教訓我就算是警察，也不能隨便公開病歷。又不是我隨便公開病歷，是古手川警官擅自跑進病歷室……」

「那次真是對不起妳。」

古手川趕緊低下頭，在對方真的動氣以前道歉……這是渡瀨傳授的謝罪之道。話說回來，他一次也沒看過渡瀨誠心誠意道歉的畫面。

「所以我這次特地準備了這個。」

古手川從胸前的口袋裡掏出A4大小的文件。

搜索票。本來是用於蒐集特定嫌犯的情報，這次則是用來鎖定犧牲者。

結月接過文件，迅速地瞥過上頭的文字。

「稍等一下，我去請示院長。」

結月丟下這句話，消失在走廊盡頭。

古手川坐在候診室的椅子上，四下張望。從空蕩蕩的停車場多少可以想像，患者果然只有小貓兩三隻，就連護理師的人數也比以前明顯少了一些。

腦海中不經意閃過勝雄的身影。

那天，勝雄穿著鞋帶鬆掉的鞋子，提著裝有醫療廢棄物的袋子，在這裡摔了一跤。古手川看不下去，幫忙收拾好廢棄物後，還帶他去附近的鞋店買新鞋送給他。

勝雄拿著簇新的鞋子，露出滿臉笑容。沒錯，簡直像是直接從聖誕老人手中收到禮物的小孩。他的笑容撫慰了古手川，感覺在殘虐無比的連環殺人事件中被勝雄純粹的笑容拯救了。

然而那只不過是他一廂情願的幻想。還以為跟勝雄心意相通了，才沒幾天，古手川就差點被勝雄打得半死，害古手川對人類愈來愈失去信心。

刑警就是要經歷過一個又一個的案子，才能培養出看人的眼光。經手的案件會塑造出刑警的人生——渡瀨是這麼教育他的。那麼，青蛙男事件究竟帶給自己什麼，又從自己手中奪走什麼呢？

就在他想著這些有的沒有的時候，結月回來了。

「院長答應了，我跟你一起去，請跟我來。」

「妳負責監視我嗎？」

「這是交換條件。」

即使有警方的正式公文，上次的事似乎還是令他們餘怒未消，提出交換條件只是為了解氣吧。

「那就麻煩妳了。」

古手川老老實實地跟在結月後面。

「你剛才在櫃台前面東張西望對吧。」

結月的心思比想像中敏銳。

「心裡想著患者和護理師都減少了對吧。」

「……是因為事件的影響嗎？」

「是吧。一旦知道工作人員是連續殺人案的犯人，醫院的病歷又被拿來做為挑選犧牲者的名單，患者當然會敬而遠之。既然患者減少了，當然也要減少護理師的人數才不至於虧本。」

勝雄被捕後，八卦雜誌立刻報導了他與澤井牙科診所的關係，以及病歷遭到惡用一事，即使勝雄後來一度洗清嫌疑，報導過他就是兇手的雜誌也不曾訂正或道歉。

「好不容易平靜下來，患者終於開始回流，沒想到青蛙男又復活了，於是乎患者又嚇得不敢上門了。」

結月對古手川投以譴責的眼光。

「喂，我看了新聞，當真好像又受到懷疑，真相究竟為何呢？」

不能告訴她，雄勝目前的確是嫌疑最大的人。或許是察覺到他的顧慮，結月聳聳肩。

「就算問你，你也不能說吧，對不起。」

「不，我才該道歉……勝雄後來回來過嗎？」

「只有一次。」

結月的語氣裡隱含著怒氣。

「當真因為上次的事被捕時，立刻被院長開除，然後他就一直住院不是嗎？」

「是的。」

「他放在宿舍的私人物品本來就少得不得了，所以就算不是本人，也能馬上整理好行李。

當他出院，回到這裡的時候，澤井院長親自把行李丟給他，要他滾蛋……那是最後一次。」

「當時的勝雄是什麼樣子？」

「那孩子原本就不善於表達情緒，所以把行李交給他的時候也沒什麼反應。不過，我猜他肯定很傷心。」

「可是後來不是有別人被捕，證明他是無辜的嗎？為何還要開除他？」

這句話或許輪不到逮捕勝雄的自己來說，但還是脫口而出。

結月繼續用視線譴責古手川。

「即使洗清嫌疑，人們也只會記得他曾經被當成嫌犯，更何況當真和其他人不太一樣，所以就更不用說了。」

簡直就像是有前科的人受到的待遇。

「這完全是偏見，但又無法向任何人抗議。畢竟患者是真的減少了，也不是不能體會澤井院長想早點與當真劃清界線的心情……」

偏見的確很麻煩。面對不特定多數的對手，自然無法一一說服他們，再加上偏見是感情的產物，有理說不清。正因為有理也說不清，再怎麼仔細說明也無法消除對方的偏見。

最糟糕的是，一旦發現受到偏見看待的人並非百分之百無辜，偏見就會更加牢不可破。

「上次的案子曾經懷疑過他對吧，即使證明他是無辜的，只要再次提到當真的名字，任何人都會覺得果然是他幹的。」

古手川無法反駁，正因為不小心看到過勝雄隱藏在內心深處的惡意，才更加無法反駁。事實上，埼玉縣警與千葉縣警也正傾全力追查勝雄的下落，已經不是用偏見就能解釋的階段了。

「他有什麼行李？」

「只有幾件換洗衣服和文具。房裡大部分的東西都是醫院提供的，幾乎沒有私人物品，所有的家當只用一個普通的背包就能裝完。」

「有筆記本嗎？」

「當真就只有一本筆記本，上次已經被警察扣押了。」

古手川也看過那本筆記本。勝雄被沒收的私人物品在他出院時已經全部還給他了。搜查本部仔細地檢查過筆記本的內容，並未找到與犯罪有關的記述。

然而，這並不能減輕勝雄的嫌疑。

只要看過一次就能牢牢記住姓名或地址是勝雄的特技。搜查本部一致認為，就算沒有筆記本，他也能輕易掌握被害人的行蹤。

兩人走到院內藥局前，病歷室就在隔壁。

「請進。」

結月率先走進房間，被煙燻黑的檔案櫃還是跟以前一樣。

趕緊翻開〈サ〉行的檔案夾，有三個姓佐藤的人，不過都是跟尚久同姓的人而已。勝雄果然是用御前崎製作的名單犯案嗎？

放心與失望同時浮上心頭。

慎重起見，古手川用手機拍下從〈サ〉到〈ソ〉的患者名單。可能性或許不高，還是要注意一下，說不定裡頭會有人成為下一個犧牲者。

「有什麼線索嗎？」

「還不清楚。要是能從中找到線索，比我更精明能幹的刑警肯定會蜂擁而至。」

「這麼謙虛？在我眼中，古手川警官已經夠能幹了。」

「妳太抬舉我了。」

既不是場面話，也不是自卑，這是他的真心話。

在那之後又偵辦了好幾個案子，每次都看到人性的黑暗面，重複品嚐到絕望與希望的滋味。但若問他是否因此培養出看人的眼光，他也無法馬上回答。

上次的青蛙男事件徹底粉碎古手川從小到大習以為常的觀念，害他完全失去人生方向，不知該相信什麼才好。這種刑警哪有什麼能力可言，只能一頭栽進有任何一絲可能性的地方。

「不好意思，可以也讓我看一下他的房間嗎？」

「可以，不過當真的私人物品已經全部撤走了。」

「如果還沒有人搬進去的話，請務必讓我看一下。」

結月雖然感到訝異，但還是答應了。

兩人離開醫院，走向座落一旁的小公寓。記憶至今仍歷歷在目，二樓最左邊那間就是勝雄的房間。

開鎖進門。上次來的時候，窗簾全部拉上，日光燈也快要報廢，所以只給人非常陰暗的印象，如今截然不同，窗簾全部拆掉，陽光從窗外照亮了整個房間，斑駁的天花板及牆壁顯示著建築物的屋齡已久。原本孤零零地放在三坪房間裡，勝雄愛用的書桌也搬走了，原本僅容旋馬的套房突然變得異樣地寬敞。

但造價便宜的木質地板還殘留著淡淡的血跡，大概再怎麼擦也擦不掉。為了消除那個痕跡，必須換掉整塊地板，看得出來沒有那麼多預算。

那血跡無疑是古手川的血跡。勝雄被捕之際，古手川差點死在這個房間裡。

看到殘留的血跡，當時所受的皮肉痛不期然甦醒。即使骨頭和皮膚皆已重新長好，深入骨髓的痛楚依舊隨時都有可能被喚醒。

每次憶起那股痛楚，心都會隱隱作痛。

被相信過的人背叛的痛苦。

得知信賴只是一種幻想的空虛。

還有就是比起什麼都還要棘手的恐懼。警察手冊和手銬都派不上用場的壓倒性暴力。遭受狂風暴雨般的拳打腳踢卻無法反擊，面對直擊而來的恐懼，只能祈禱自己趕快昏迷。

「你沒事吧？臉色發青了喔。」

一旁的結月開口問他，古手川這才回過神來。

勝雄被捕後，飯能署的搜查員檢查過這個房間的每一個角落。據結月透露，在那之後，雖然不夠徹底，但也請人來打掃過一遍，所以這裡已經沒有任何物證了。

只剩下絕望與恐懼的殘渣。

第二天是禮拜天，古手川進入搜查本部，只見渡瀨正一臉活像要揍人似地瞪著報紙，總是有如被誰倒了八百萬的表情，今天早上更是只剩下凶狠。

從他背後偷看報紙的內容，登時明白他這麼火大的原因。

埼玉日報的早報頭版。

〈青蛙男重現江湖〉

『埼玉縣警與千葉縣警成立了共同搜查本部，正在調查二十日發生在熊谷市御稜威原印刷工廠的命案與同月十六日發生在松戶市白河町的爆炸案兩者之間的關聯性，兩個案發現場都發現了被警方視為重要線索的紙條，紙條上以幼稚的字跡與文章寫著犯罪聲明，共同搜查本部……』

看到標題及導言，就連古手川也眉頭緊皺。

可惡——情不自禁脫口而出。

埼玉日報的獨家報導。

警方尚未於公開場合發表在御前崎家與印刷廠發現紙條的事實。不僅如此，就連兩縣成立共同搜查本部的事也都還瞞著媒體。原因無他，無非是還不想讓社會大眾知道青蛙男的存在。然而，印刷廠命案發生至今不到三天就見報。

顯然是走漏了風聲，再不然就是埼玉日報裡肯定有個消息特別靈通的記者。

腦海中浮現出一個不願意想起的記者奸笑的臉。

「班長，這是……」

「是〈老鼠〉幹的好事。他寫的報導一目了然。這種陰濕又煽情的文章無疑是那傢伙的落款。」

埼玉日報社會部記者尾上善二，俗稱〈老鼠〉。無論什麼鬼地方都潛得進去，而且還能帶回獨家新聞的資深記者。上次的青蛙男事件中，就是因為這傢伙寫的報導才讓市民陷入不必要的不安，引發近似集體恐慌的噩夢。

「那個王八蛋絕對是明知故犯，明知自己這麼做會造成多大的波及效果，還故意寫成這種報導。」

渡瀨火冒三丈地將報紙扔在桌上。

古手川撿起報紙繼續往下看。渡瀨會用陰濕和煽情等字眼來形容一點也沒錯，明明什麼證據也沒有，居然能讓他嗅到兩起命案是新青蛙男事件的序幕。

『發生於去年年底的飯能市連續殺人案，被害人的姓名皆以〈ア〉行開頭，依序遇害。這次的犯罪聲明暗示將從〈サ〉行開始，展開殺戮……』

下次的目標是姓名以〈シ〉開頭的人——隱晦的寫法反而更讓人毛骨悚然，等於是拐著彎恫嚇讀者。

古手川再次被迫面對青蛙男的本質。青蛙男的可怕之處除了本身的殘虐性，還有將與命案並無直接關係的世人及媒體一起捲入，讓恐懼無限延伸這點。

「這麼一來，全國性的報紙肯定會接著寫追蹤報導，明天的早報將是清一色的青蛙男復活大戲。」

「會再發生類似包圍飯能署的事嗎？」

「當時還沒超出特定範圍，就算引發恐慌，也還鎮壓得住，還可以說是茶壺裡的風暴。可是啊，這篇見鬼的報導揭露了這次青蛙男的行動範圍不只是飯能市，已經擴大到埼玉、千葉兩縣，搞不好還有繼續往外延伸的可能性。」

渡瀨似乎還一肚子氣，要是把報紙遞給他，可能會氣到撕成兩半，再吐一口口水。

「可是班長，範圍一旦擴大，自己變成目標的恐懼不是也會稀釋嗎？光是從〈シ〉開頭的名字，埼玉和千葉加起來就是原本的好幾倍。」

「你自己都遇到那種事了，還不明白恐懼的真面目嗎？」

渡瀨瞪著古手川。

「所謂的恐懼，是未知與赤手空拳的產物。不知道攻擊自己的是何方神聖，所以才會害怕。即便知道對方是何方神聖，如果無從預防，也會害怕。被盯上的機率確實只剩下一半，但這和恢復平靜的生活是兩回事。」

「這話怎麼說？」

「因為機率是理論，恐懼是情緒。看了青蛙男的報導後，電視裡死者的慘狀已經深入意識底層，要是這時再被丟到黑暗裡試試？除非是神經特別大條的人，否則基本上都會風聲鶴唳、草木皆兵，只有極少數的人才能理智到足以對抗迫切的情緒。你應該已經很有經驗了才對。」

沒錯。古手川咕嘟一聲嚥下口水。襲擊警察局的暴徒身影在腦海裡甦醒。

四肢百骸的疼痛記憶也同時被喚醒，無法輕易忘記當時慘遭毆打的痛楚。

受到恐懼的驅使，擔心自身安危的人一下子就喪失自制力。所有的動物都有自衛本能，人類也不例外。

「跟傳染病一樣。」

渡瀨咬牙切齒地恨聲說道。

「誰都會得傳染病。一旦被媒體報導出來，若不知感染途徑，也不知道治療方法，都會先躲在家裡不出門吧。恐懼只會逐漸擴散，而不會稀釋。」

古手川理解他想說什麼。

與性別、資產的多寡、美醜、平日的行為、住在什麼地方、肉體的特徵，是正常還是殘障人士無關。

一旦知道自己可能只因為名字就出現在犧牲者的名單上，是人都會覺得莫名其妙，為此感到憤怒，陷入無可救藥的戰慄，而且無處可逃。或許逃到海外就能放心了，但是因為害怕殺人魔就買機票出逃的人畢竟是少數。

「不只埼玉日報，其他報紙及八卦雜誌都會煽動讀者不安的情緒，呼籲安全反而會讓恐懼更加擴大。」

「要求報導自肅……不行嗎。」

「兇手的目標其實只有幾個人，可是案件一旦擴大，有機會成為被害者的人就會增加，我們要追查的嫌犯也會增加。」

渡瀨說完，陷入沉默。

古手川知道。渡瀨沉默的原因不只是因為不爽，同時也是有所擔憂。

擔心去年的青蛙男事件會重演。

兇手會趁搜查本部對鎖定犯人束手無策時繼續犯罪，媒體報導得沸沸揚揚，市民也更加不相信警察。

渡瀨說不安是一種傳染病，市民間互相傳染的恐懼遲早會讓社會陷入不安。這麼一來，警方的工作不再只有追捕犯人。擔心自己成為下一個犧牲品，向警方尋求保護的人、自稱兇手的人、以及檢討警方無能的人……只有警察能應付這些雜事，但此舉會稀釋搜查本部的人力，癱瘓警察機構的功能，害偵辦的腳步滯礙難行。偵辦的腳步一旦滯礙難行，兇手就會繼續犯罪，讓社會更加不安，儼然形成惡性循環。

傳染病最可怕的地方不在於症狀，而在於傳染的速度及範圍。即使是致命的疾病，只要能保證不會波及到自己，人就能保持平靜。然而，一旦知道自己可能會受到傳染，就會突然不知所措，尋求避難所，互相搶奪彼此的退路與疫苗。

還有一個重點，那就是這次的病原體會移動。勝雄顯然是搭電車前往御前崎家。換句話說，只要是交通網絡能到達的地方，勝雄的活動範圍就會無限擴大。

古手川感覺背脊一陣惡寒。

去年的案子局限在飯能市內還算好的，萬一擴大到埼玉和千葉兩縣，甚至是整個首都圈，到底會變成什麼情況？

渡瀨猜得沒錯，隔天的各家報紙都用了一整面的篇幅議論青蛙男的復活。

〈捲土重來的噩夢〉

〈是模仿犯？還是連續殺人鬼再臨？〉

〈災情會擴大嗎？〉

早上的談話節目也全都在討論這件事。自稱評論家的垃圾藝人、不知靠什麼維生的名嘴、各電視台的導播不知從哪裡手忙腳亂才找來的犯罪心理學家、已經離開第一線很久的退役檢察官……這些烏合之眾一臉凝重地講著那些沒有人不知道的事，嘴臉說有多醜惡就有多醜惡。

『這是因為上次的案子一度受到懷疑的嫌犯無罪釋放，然後就這麼放牛吃草對吧？那個人很可能就是兇手。』

『警方是在追查他的下落沒錯，但還不能斷定他就是嫌犯。』

『上次的案子發生在飯能市內，這次該不會擴大到整個首都圈吧。名字可能被兇手鎖定的人都不能隨便外出了。』

『不，就算躲在家裡也一樣喔。因為第一個案子的被害者御前崎教授就是待在家裡的時候被攻擊的。』

『哇！好可怕。就沒有任何自保的手段嗎？』

『說得極端一點，除非逃到北海道或沖繩，或是乾脆逃出日本，才能真正放心吧。話說回來，要是警方能早點逮捕兇手，我們就不用擔心受怕了。』

『我倒是認為這很困難。因為這次被視為涉嫌重大的人並非鎖定特定的對象，只有名字才是重點，地址、年齡或社會地位根本無關緊要。更何況，名字以〈シ〉為開頭的人成千上萬，站在偵辦的立場也無法縮小範圍。根據我透過特殊管道蒐集到的情報，兇手一直在移動，要搜索這種居無定所的人其實是很困難的事。現在跟以前不一樣，還可以在網咖過夜，即使沒有身分證，也有很多可以藏身的地方。』

『那個，我是這麼想的，各位都說得很避重就輕，但目前警方正在追捕的人有精神障礙對吧？我以前從事過社工的工作，接觸過住在精神病院的人，看過那些患者的殘障手冊，啊，正式名稱是精神病患保健福利手冊。對方甚至還大言不慚地說：「我們有這項法寶，就算犯罪也不會被怎樣喔。」──』

『這個問題牽涉到精神病患的人權，現在暫時先別拿出來討論比較好。』

『不，正因為是現在，才更要拿出來討論。以前有個男人闖入大阪的小學，砍傷好幾個兒童，那傢伙不就是剛從精神病院放出來的人嗎？要是一直把他關在醫院裡，無辜的孩子們就不會受到傷害了。』

『呃，關於這一點，國會已經討論過無數次，要如何防止可能有觸法之虞的精神病患再犯，但如果以實質上的保安處分一直對這種人進行控管，可能會侵犯到受到憲法保障的基本人權。』

『包含遇害的孩子們在內，沒有任何罪過的一般市民當然可以享有你口中的基本人權，可是已經犯過一次罪，而且有再犯之虞的人和我們的人權相提並論，不覺得有點難以接受嗎？』

肆無忌憚的言行舉止在談話節目中特別明顯。發言後，主持人當然也沒忘記表示歉意，但光是邀請會講這種話的人來上節目，製作單位的司馬昭之心就已經路人皆知了。

一旦扯到人權問題，就無法暢所欲言地討論，但也正因為如此，更容易抓住觀眾的目光，不上不下的話題對收視率毫無助益。另一方面又怕有問題的發言會引來BPO*（放送倫理．番組向上機構）的處分，一看就知道製作單位要的是擦邊球的節目內容。

其他政論節目、新聞報導的論調都巧妙地規避了精神障礙的問題。埼玉日報搶到獨家的那一刻，各新聞媒體也已經掌握到警方正在追捕的嫌犯就是當真勝雄，只是死都不說破。

所謂違法精神病患，指的是觸犯法律卻不用負刑事責任的精神病患。不只是依刑法三十九條獲判無罪或減刑的人，也包含在起訴前的精神鑑定中判定為心神喪失，連起訴都沒起訴的嫌犯。各新聞媒體在處理這種違法精神病患的議題時都非常神經質。

為了撲滅重大犯罪，希望盡可能擬訂出預防的對策是世人口中的社會正義。另一方面，不管發生任何事都要一視同仁、公平地對待所有人，則是所謂的基本人權，亦即眾生平等的思想。要怎麼對待違法精神病患，同時也是上述社會正義與平等權的拔河。近年來之所以經常討論到這個問題，主要也是因為違法精神病患的再犯率愈來愈高。

根本輪不到名嘴發表高見，國會過去早就討論過好幾次這個問題了，之所以遲遲提不出相關法案，始終處於再觀察看看的狀態，也是因為人權問題太過棘手。看在對違法精神病患的犯罪特別神經質的國民眼中，立法機關這種多一事不如少一事的態度更是令人氣不打一處來。

網路的世界就更顯著了。不只匿名留言板，就連個人的部落格、社群網站也都充斥希望隔離違法精神病患的論調。古手川雖然只約略看過一些這方面的網站，但是幾乎所有匿名的意見不是〈隔離危險人物〉就是〈廢除刑法三十九條〉這種歇斯底里的主張。其中最恐怖的，莫過於這種歇斯底里的主張底下隱藏的正當性，也就是「有必要尊重犯罪者乃至於虞犯者的人權到寧願犧牲不特定多數人的生命安全也在所不惜嗎？」這種單純的疑問。

古手川認為那是一般市民的真心話，尤其是站在不只為了自己，也必須保護家人的立場上，

---

⑲ Broadcasting Ethics & Program Improvement Organization。由日本放送協會（NHK）和日本民間放送連盟（民放連），以及加盟會員組成。其宗旨在於確保言論表現自由與視聽者權益的同時，監督廣電節目的播出道德倫理。

更是會這麼想。

對始終以拖待變的立法機關與人權問題對峙感到不安的媒體、以及愈來愈失去耐性的市民。

彷彿捧著炸彈的動盪氣氛下，當真勝雄依舊不知所蹤。

4

渡瀨坐在由古手川開的車上，命他駛向浦和區高砂。距離坐擁埼玉地方法院、埼玉拘留所的所在地僅有咫尺之遙。順著中山道＊筆直前進，面向馬路的大樓帆布招牌上寫滿律師事務所的名稱。

為了節省花在交通上的時間，基本上所有的法院附近都林立著律師事務所，就像捕魚的河岸附近林立著壽司店，但是數量多到這樣也太壯觀。

「負責為當真勝雄辯護的律師名叫清水幸也。」

「沒聽過這個名字呢。」

「衛藤律師去世後，立志扛起人權大旗的後起之秀，但其實還只是受雇律師，聽說沒什麼人要指名找他辯護。」

造訪鱗次櫛比的律師大樓之一，四樓就是他們要找的樫山法律事務所。門牌底下果然有清水幸也的名字，職稱也的確是掛受雇律師。

在櫃台表明來意後，又等了五分鐘，清水律師才姍姍來遲。

「讓二位久等了，我是清水律師。」

年約三十出頭，相較於矮小又弱不禁風的體格卻擺出一副高高在上的態度，從鼻孔看人。眼神裡充滿物欲，比起野心，流露更多的是不服輸。只不過，他能擺出高高在上的態度也只到直視渡瀨為止。渡瀨的凶相就連黑道的幹部級人物也望塵莫及，也難怪清水律師一看到他就夾起尾巴。

「如果是為了當真勝雄的事，請恕我無可奉告。」

不知哪裡得罪他，清水打從一開始就祭出不合作的態度。

「咦，您不是他的監護人嗎？」

「是沒錯，但他現在處於不知去向、聯絡不到的狀況，能不能繼續委託合約還很難說。」

「可是您好像還沒提出解除委任狀？」

「在找不到當事人的情況下，想提也無從提出。反正只要寄出主張解除委任關係的存證信函，我這邊就仁至義盡了。」

什麼仁至義盡，這句話聽起來有夠噁心。

---

⑳從東京的日本橋出發，通過埼玉、群馬、長野、岐阜、滋賀，抵達京都的道路。

勝雄現在下落不明，就算寄存證信函到他的最後一個地址，也就是澤井牙科診所的宿舍，也沒有人簽收，只會拖過郵局的保管期限，一旦超過保管期限會先退回，然後再寄一次，如果第二次再被退回，就可以改用平信寄出，到時候不管有沒有人拆開來看，在手續上皆已盡到告知對方解除委任的義務。簡而言之，他只想趕快與勝雄劃清界線，不管勝雄本人的意願。

也不清楚有沒有感受到跟古手川相同的想法，渡瀨的口吻滿是嘲諷。

「我記得上次的案子落幕後，您在記者會上不是這麼說過嗎——這是警方對人權的重大侵害，我一定會與委託人齊心協力，要求縣警本部道歉及賠償損失。」

「我在記者會上說的話並無虛假，也不誇張。他在青蛙男事件中的確是被害人，我願意奮不顧身地捍衛他的權利。然而，關鍵的當事人如今下落不明，我也心有餘而力不足，不是嗎？」

瞧他說得彷彿自己一點錯也沒有，反而讓渡瀨和古手川更加惱火。即便警察與律師平素就是敵對關係，那也不是可以當著對方的面說的話。就連語彙不夠豐富的古手川都這麼想了，一般社會大眾更難接受吧。不禁有點同情起所謂的人權派，居然由這種貨色的律師來扛大旗。

渡瀨看人的眼光要比自己凌厲許多，肯定會給予更苛刻的評價，果不其然，渡瀨猙獰的臉上多了幾許輕蔑的色彩。

「我只想知道當真勝雄的近況、想知道他的病情改善到什麼地步、想知道他出院後打算做什麼。最後與他會面的是您，所以您一定知道吧。」

事實上，古手川已經問過醫療設施勝雄出院前的狀況，得到的答案是〈基於保密義務，無可奉告〉，反應十分冷淡。這麼一來，能打聽到什麼的就只剩下為勝雄辯護的清水律師。

然而，清水律師氣憤地說：

「你以為我能隨便回答這個問題嗎？律師也有保密義務。」

「您剛才不是說，能不能繼續委託合約還很難說嗎？」

「是很難說沒錯，但是在無法確認當事人意願的情況下，我身為律師的立場還是沒變。」

清水雄辯滔滔，但表情可不是這麼說的。從他臉上只看到因為自己是律師，不願意提供線索給警方的幼稚孩子氣。

再也沒有比拿頭銜當武器，用來輕視別人的人類更滑稽、更愚蠢的生物了。清水律師就是這種人。而渡瀨非常懂得如何對付這種人。

「原來如此。也就是說現階段，您與當真勝雄之間還有牢不可破的委任關係。」

「至少現階段可以這麼說。」

「那麼，您知道千葉縣警與埼玉縣警現在視當真勝雄為連續殺人案的最重要參考人，正在追查他的下落嗎？」

明明渡瀨的態度與表情都跟方才一模一樣，只是稍微調整一下講話的速度，清水律師就立刻慌張起來。

「當然知道，報紙和電視報導都炸開鍋了。」

「倘若您與那位最重要參考人的關係如此密切，掌握了他最近的動向，就算不是警方的人，也會覺得您即使藏匿他也不奇怪。」

「你在胡說什麼。」清水律師沉不住氣地打斷他。「你認為我窩藏犯人嗎？」

渡瀨可從沒說過犯人這兩個字。當他在心裡自動把勝雄與犯人畫上等號之際，這個人對勝雄的心證就已經昭然若揭，同時也顯露他只是在虛張聲勢。

「我只是提出這個可能性而已，因為警察的工作就是不斷提出並排除所有的可能性。只是，即使不用扯到代理權的概念，委託人與律師間的關係也很密切。畢竟是與橫跨千葉與埼玉兩縣命案有關的人，清水律師身為他的代理人，就算被視為命運共同體，受到世人有口無心的砲火攻擊也是無可奈何的事。」

「砲火？」

「以埼玉日報為首的地方報及電視台都還記得青蛙男事件的噩夢，如今令人毛骨悚然的事件似乎又要捲土重來。為那個嫌犯說話的人恐怕也會受到有形無形的攻擊。各位律師至今也為不少惡性重大的犯人辯護過，肯定受過許多莫虛有的騷擾，律師也真是一種因果報應的職業啊。更何況——」

渡瀨提起一邊的嘴角，光這樣就足以讓原本已經夠凶狠的臉更添幾分猙獰。

「這家事務所的老闆樫山律師其實是很耿直的人，肯定會努力保護您。」

一抬出事務所老闆的名字，清水律師的臉色驟變。傲慢與虛張聲勢如潮水般退去，露出底下小心翼翼的上班族嘴臉。這也難怪，雖說是律師，也只是受雇於人，萬一惹老闆生氣而遭到開除，就萬事休矣。

「可能是我說明得不夠清楚。」

清水律師的語氣轉了一百八十度。

「律師與委託人的委任關係並非靠一張紙維持，而是建立在雙方的互信基礎上，一旦我方覺得無法再信任對方，委任關係在那一瞬間就結束了。解除委任狀或卸任通知只不過是手續上的文件。」

這傢伙知不知道他現在講的跟剛才講的話完全相反啊——古手川聽得目瞪口呆。律師再怎麼辯才無礙、舌粲蓮花，扯到這個地步根本與詐騙集團沒兩樣了。

渡瀨絕不會錯過對方放鬆防禦的瞬間。

「以上可以解釋為律師與當真勝雄之間的委任契約已經形同虛設嗎？」

「形同虛設。沒錯，就是你說的這樣。」

「那麼，請您站在一般市民的立場告訴我，您最後一次探視當真勝雄是什麼時候？」

「今年七月中。」

勝雄十月底出院，表示他們有將近三個半月的時間不曾會面。

或許是察覺到渡瀨無言的抗議，清水律師繼續找藉口解釋：

「二位也知道他的病情吧？這種說法或許不太好聽，但是要跟他交流簡直比登天還難，我實在不認為他聽得懂我在說什麼。腳的槍傷恢復得很順利，但精神上的障礙始終不見好轉。我與主治醫師討論之後，決定再觀察一下，等他的精神狀態更穩定一點再說，所以探視的時間才會隔那麼久。」

會不會認為他言之成理因人而異，但是在看過他翻臉比翻書還快的反應之後，只會覺得他只是嫌麻煩才不去探視。

「問題是，出院那天總要去接他吧。」

「這個嘛……他比預定提早兩天出院。醫院那邊當然也通知了我這個監護人，但是和我們這邊的員工在聯絡上出了一點問題，所以出院當天來不及去接他。當我發現聯絡上出問題時，他已經出院了……」

古手川覺得這個藉口也很不合邏輯。當案件落幕已達一年，社會大眾也失去興趣，再向世人控訴勝雄的人權問題能得到多少好處？如果是真心想為人權問題奮鬥的律師另當別論，但是對於從利弊得失的角度來選案件的人來說，勝雄就跟已經過了賞味期限的食材沒有兩樣。

渡瀨大概也有同樣的想法，態度變得愈來愈桀驁不馴。

「那麼請問律師，您最後一次見到當真勝雄時對他有什麼印象？請務必告訴我這點。」

「能有什麼印象，跟第一次見到他的時候一模一樣。是不至於凶暴，但不管我說什麼都沒反應，要說他偶爾掛在嘴邊的口頭禪，不是『老師好狡猾喔』就是『我才是青蛙男』這種近似譫妄的話。」

古手川的胸口一陣疼痛。

我才是青蛙男——勝雄住院以後也繼續這樣堅持嗎？靈魂被支配成那樣、被利用於股掌之間，依舊無法擺脫束縛嗎？

「慎重起見，我再問一次。自從七月的會面以後，您就再也沒見過他嗎？」

「確實沒有。」

「知道他可能會去投靠誰嗎？」

「要是知道，我早就去見那個人了。」

渡瀨瞪了清水律師一眼，慢條斯理地站起來。看樣子是判斷他沒有說謊。

「不好意思，沒有幫上忙。」

一臉偽君子的說話方式反而更讓人噁心，古手川終於忍不住脫口而出：

「律師您最好從此以後都別再見勝雄。」

「什麼意思？」

「報紙上也寫了，青蛙男的遊戲已經移到〈サ〉行，而且也已經有姓名以〈サ〉開頭的人遇害了。接下來輪到〈シ〉喔，清水律師。」*

渡瀨只是微微挑眉，並沒有責備他的意思。

只見清水律師的視線開始游移不定。

㉑清水的片假名拼音為シミズ（shimizu）。

＊

咻──

突然吹起北風，讓兵老忍不住抖了一下上半身。

到了十一月下旬，就連空氣也變得冷凜如刀，吹過荒川的寒風滲入骨髓，買來已經超過五年的羽絨衣有好幾個破洞，今天睡覺時看來得多穿一件衣服。

埼玉市的荒川綜合運動公園幅員遼闊，即使角落紮了上百個帳篷，自成一個村落，也不會影響到使用者的權益，有損美觀則是沒辦法的事。這裡是兵老生活的據點，就算控告他們損害市容，大家也不可能就此撤退。

街頭巷尾都說新政權上台多少帶動一點景氣的復甦，但兵老他們的生活依舊一天比一天窮困，每天收集空罐換來的錢也愈來愈少。詢問原因，說是因為日圓升值。雖然很想繼續追問日圓升值為何會降低破銅爛鐵的交易價格，但要是太不知好歹，對方可能會要他去找別人收購，所以也不敢回嘴。

視線不經意瞥向足球場，剛結束比賽的小學生正魚貫地走出場地。

其中一個長得很像自己的兒子。

盯著看了好一會兒，與男孩對上眼，男孩露出看到髒東西的眼神，頭也不回地立刻走開。

唉，這也沒辦法。無論是什麼樣的未來，看在還有未來的他眼中，自己確實與路邊的狗大便沒兩樣，肯定就連對上眼都覺得污穢。

那個年紀的人都是這樣的，就連做夢也想像不到自己會成為人生的失敗者，對自己一定能過上幸福安穩的人生深信不疑。知道這一切只是幻想時，通常已經太遲了。

兒子的臉驀地閃過腦海。

雖說是兒子，但也三十好幾了，說不定已經結婚、生兒育女。最後一次和他說話是五年前嗎？還是六年前呢？

若重回故里，老婆應該還住在那棟破舊的透天厝。只要有一張福澤諭吉*就能馬上回去，之所以回不去，是因為兩心的距離隔得比實際距離還遙遠，實在無顏踏進家門。從什麼時候開始沒寄錢回家了？事到如今哪還有臉厚著臉皮回去。就算回到那個窮鄉僻壤，也不見得能生活得比現在更好，可能會受不了左鄰右舍侮蔑及嘲笑的眼光。相較之下，漠不關心的都會人與熱鬧的城市反而更能讓心情平靜。

身體在寒風中簌簌發抖，關節互相傾軋。光吹個風，身體就受不了，是因為已經坐六望七？還是因為平常營養不良？抑或是兩者皆有呢？

飢餓與寒冷是流浪漢的天敵，沒有流浪漢會因為夏天天氣太熱死掉，但死於凍死或營養失調的人卻多如過江之鯽。求生本能讓人需要暖和的床鋪和營養均衡的食物。實際上，只要向埼

㉒此指日幣萬圓鈔。萬圓鈔票上印著日本知名思想家福澤諭吉的肖像。

玉市的社會福利支援中心或巡訪諮商師求助，也不是不能過得像樣一點。

但兵老還不打算接受市公所的接濟，或許遲早有一天會登門求助，但現在還不是時候。不管世人如何看待自己，他還沒忘記人要為自己負責這句話。明明是自己選擇了現在的人生，卻厚顏無恥地接受別人的照顧，這點令他心生抗拒。不只是兵老，這個帳篷村裡還有許多跟他一樣倔強的人。

兵老走向自己的帳篷。可不能小看這些帳篷，光用紙箱疊成三層牆壁，外頭再包上藍色塑膠布，就能遮風蔽雨。雖然無法完全擋住從縫隙鑽進來的寒氣，但只要用睡袋緊緊包住，就能熬過漫漫長夜。

今晚來吃好久沒吃的鍋燒烏龍麵吧，應該還有已經超過賞味期限兩個禮拜的冷凍食品。冬天唯一的好處就是沒有冰箱也能保存食物。

鑽進帳篷，把卡式瓦斯爐放在 Amazon 的空箱上。Amazon 的紙箱非常扎實，能承受一定的重量，最適合用來代替桌子。

住在公園裡，不只有瓦斯，還有電可用，但是當然不會私接電線去偷公園內設施的電。兵老他們向專門做這個的業者購買太陽能板，利用白天蓄電，以電池供應電力。只可惜蓄電量很微弱，無法支應長時間的暖氣所需。

兵老轉開卡式爐，隨著轟的一聲，火點燃了。兵老把手放在火上取暖，微弱的火苗逐漸暖化凍結的皮膚。

每次拿出卡式爐，為了安全起見，他都會讓帳篷的出入口洞開。其實應該是禁止在公園內用火的，但實在是沒得選擇。就算被在公園巡邏的警官發現，他們也只會無奈地警告一下，平常都睜一隻眼、閉一隻眼。

為了節約瓦斯，轉成小火加熱鋁製容器裡的食物時，有道影子打眼前經過。

又是那個男的。

中等身材，但是因為彎腰駝背，看上去更加矮小，總是將外套的連帽拉得低低地遮住雙眼，所以看不出長相及年齡。

男人大約從兩個禮拜前出現在這座運動公園，外套到處都是擦傷，褲子滿是污泥，球鞋也很老舊，都已經褪色了。明顯是新面孔，還沒有人跟他說過話。

縮成一團的背影看起來很淒涼。

「喂，那邊那個戴帽子的人。」

消失了許久的同情心令他出聲叫住對方。人類這種生物，寂寞的時候好像會變得比較溫柔。

男人慢慢地停下腳步。

「不嫌棄的話，要不要過來坐坐。卡式爐的火剛好可以暖手。」

被搭訕的男人只是轉頭過來，依然站在原地。新來的多半都是這副德性，兵老以前也是這樣。因為一蹶不振而流落到這裡來的人，會覺得周圍的人都很可怕，所以光是被叫住，就嚇得有如驚弓之鳥。

與生俱來的雞婆又推了兵老一把。

這裡的居民基本上都不太想提過去的事，雖然也有人會眉飛色舞地話當年勇，但那只是例外的少數，對其他絕大部分的人而言，緬懷過去只是掀開瘡疤的行為，不想問，也不想被問，所以就算帳篷搭在隔壁，也只會聊些不痛不癢的日常瑣事。不與他人產生交集，是帳篷生活的不成文規定。

儘管如此也有例外。阻止正要踩進泥沼的人泥足深陷是人類寥寥可數的美德之一。

「別呆站在那種地方啦。」

兵老走近男人，抓住他的手。男人的戒心發作，全身僵硬。

「我又不會吃掉你。反正都要用火煮東西，一個人取暖和兩個人取暖並沒有差別，過來吧。」

男人有一瞬間的抵抗。兵老不由分說地抓住他的手臂，他也就乖乖地跟在兵老身後。

「你坐那邊吧。」

兵老隔著卡式爐，請他坐在自己對面。男人一臉疑惑地坐下，雙手探向前方，手上戴著黑色手套。跟他身上的衣服比起來，只有手套特別新，莫非是誰給他的東西。帽子依舊低低地拉下來遮住眼睛，看也不看自己一眼。

這也無妨。不肯正視自己的雙眼，表示他還沒放下戒心，硬是要跟他大眼瞪小眼也不是辦法。

「這陣子突然冷起來，早晚特別難熬。這麼說來，前天早上草皮居然結霜了，你有看到嗎？」

即使問他，男人也沒反應。

「世人都說什麼地球暖化，既然都要暖化，這個時期乾脆一路暖化下去好了。要是就這樣進入冬天，光靠卡式瓦斯爐和太陽能板實在撐不過去。露宿在公園裡的傢伙裡，有人會因為實在太冷而投靠支援中心尋求住宿，一旦受過關照，那邊的職員就會一直要求你加入自力更生支援專案或去接受職業訓練，囉嗦得很，我無論如何不想踏進那個地方。」

他對男人說的話並無虛假，職員也確實來找他商量過，但兵老還是拒絕了。之所以刻意提起這件事，無非是想告訴他，走投無路的時候可以去哪裡求助。

「市公所的職員找過你嗎？」

男人還是低著頭，對取暖的事和有建設性的話題都提不起興趣。在他臉上看不到走投無路的樣子，不是已經習慣長時間的流浪生活，就是對自己的下場已經看開了。

「不過，像我這種上了年紀的人，就算投靠支援中心，也不會得到什麼像樣的工作，所以自力更生的支援根本是個屁，搞到後來，中心也不知道該怎麼安置，只好又回到這裡來。另一方面，市政府的人也確實花光了預算，所以不會有罪惡感。結果只是為了證明社會福利支援中心的存在意義，才暫時照顧我們一段時間，一點幫助也沒有。仔細想想，還真是莫名其妙。」

男人一動也不動地保持雙手放在卡式爐前的姿勢，時而微微頷首，所以並非完全沒在聽他說話。

「自立更生或支援什麼的，當然是感激不盡，但是有許多過慣這種生活的人認為這只是多管閒事，不想接受別人的好意，但又無意與上面對著幹，只希望能互不干涉，不要理他們就好，因為光是未經許可擅自利用公園或河川地就已經很過意不去了，不想再增加無謂的罪惡感。不過，政府的工作就是管理這些設施，檯面上也不能放任不管，但願他們能在腦海中記得一件事，那就是世界上有很多人事物都是放著不管比較好。」

兵老認為住在帳篷村裡的人，絕大多數都希望政府可以不要理會他們，否則早就投奔社會福利支援中心了。

「話說回來，你還真安靜啊。該不會是無法說話吧？」

只見男人慢條斯理地搔頭。

「……不喜歡……說話。」

耳邊確實傳來低沉的聲音。

原來如此，就連說話也很吃力。這種人在這裡也不少見。如果想斷絕人與人的一切交流，不開口是最簡單的方法。

要強迫不愛說話的人開口，是一件勞心又勞力的事。兵老只要能得到對方的附和就心滿意足了。

不知不覺，鍋燒烏龍麵已經煮熟了。關掉卡式爐，掀開上蓋，蒸氣裊裊上升。

「要不要吃一點?」

男人再度微微點頭。兵老從帳篷裡拿出免洗筷和紙盤，趁熱撥了點烏龍麵到紙盤中。

「給你。」

遞出裝滿烏龍麵的紙盤，男人有些遲疑地伸手接過，輕輕地點頭致意，開始吸起麵條。

雖然不說話，但光是面對面坐著，吃著同一鍋飯，心裡就暖暖的。話說相逢即是有緣，已經很久不曾像這樣和別人一起吃飯了。社會上雖然吹著無情的冷風，還是能透過與別人接觸得到一絲絲溫情。單是能體會到這點，邀請這個男人就有價值了。

男人默默地動著筷子，從他不算狼吞虎嚥的吃相來判斷，似乎還沒餓過頭。

兵老也吃了一口麵，口感稱不上頂好，但是當麵條咕嘟一聲滑過喉嚨，感覺身體從內側暖和起來。

「關西人都說關東的烏龍麵不好吃，但說歸說，還是挺好吃的不是嗎?你是關西人嗎?」

當然也得不到回答，但兵老不以為意，繼續自顧自地往下說。語言真是不可思議，即使對方毫無反應，光是能確認對方聽懂自己在說什麼，就能感覺安心。

「姑且不論味道好不好，接下來的季節還是吃鍋最好了。吃再多冷的東西，體溫也只會一直降低。體溫降低真是一件麻煩的事，體內一旦太冷，就很不容易睡著。你睡覺的時候要做好禦寒措施喔，這可是攸關生死的問題，唯有這點一定要牢牢記住。」

說老實話，同一個帳篷村的居民是死是活都與自己無關，但是聊了這麼久，雖然還不是很熟，也不免湧出一股親切感。

「還有啊，萬一真的快不行了，也要稍微想一下死後的事。什麼都好，身邊一定要有一樣能證明身分的東西。屍體被發現的時候，知道身分才能聯絡家人。萬一已經賣掉戶籍或連名字都捨棄，就會有點麻煩，最後只能由發現屍體的轄區公所社會福利科進行火葬，保管到有家人來認領為止。除非超過保管期限，我記得是四年吧，才會埋進公墓，真是太慘了。身分不明的話，就連死了也不能成佛。」

男人還回吃完的空盤，禮數周到的舉動令人產生好感。

「剛認識，我就不問你本名了，不過這也是一種緣分，以後見到面還是可以打個招呼。這邊的人都叫我兵老，我要叫你什麼呢？」

兵老倒也沒期待他會回答。果不其然，男人始終保持沉默。

三、輾壓

1

十一月二十九日上午十點，JR神田站。

完成與大夜班的交接後，牧野明人衝上一、二號月台。

愈靠近月台，電車的奔馳噪音愈大，車站內帶著塵埃的熱氣變得稀薄，取而代之的是室外清冽的空氣竄入鼻腔。

已經過了上班的尖峰時段，月台的監視變得比較輕鬆。站務員的業務從精算票價到打掃車站，內容琳瑯滿目，監視月台基本上只要站著就好，但卻是最累的。因為只要有任何理由導致電車遲到，搞不清楚狀況的乘客首當其衝就會找站務員抱怨，是一份吃力不討好的工作。

雖說已經過了尖峰時段，月台上依舊人滿為患。一號月台的京濱東北線從現在到下午三點三十分不會停靠神田站，因此要往東京方向的乘客全都得搭乘隔壁二號月台的山手線。

牧野吞下哈欠，注視二號月台的邊緣。接下來的一個半小時都要像這樣監視電車的發抵。視線盯著軌道，腦海中則反芻著上司瀧川剛才在朝會上講的話。

「牧野，昨天有人吐在三號月台上，沒有完全擦乾淨喔，你這樣也算是正式員工嗎？這樣怎麼給約聘員工當個好榜樣？」

那傢伙，下次調動能不能調去其他車站啊——站務員的業務基本上都是很單純的作業，要說輕鬆也的確是滿輕鬆的，但工作人員很固定，所以裡頭要是有跟自己不對盤的人，士氣就會萎靡不振。對牧野而言，那個人就是瀧川。

完成月台的監視後，就得和他一起回收自動精算機的錢與票根，這次要如何熬過這段痛苦的時間。

認真地只討論工作上的話題？還是說點黃色笑話來緩和氣氛呢？乾脆有問才回答，徹底當他不存在吧……。

漫不經心地想著這些有的沒有時，京濱東北線的快速電車從後方滑進月台。

悲鳴在下一秒鐘響起。

是女人的尖叫聲。被經過的電車噪音蓋住，聽不真切。伴隨著尖叫聲，還有什麼東西被拖曳輾碎的聲音。

下意識回頭，有個穿著大衣的年輕女性正一屁股跌坐在地上。

「怎麼了？」

急忙衝上前去，女子的嘴巴彷彿咬不緊牙關似地又開又闔。

「……剛、剛才有人跳軌了……」

四下張望，目擊證人似乎不只她，還有個貌似上班族的男人正一臉鐵青地呆站著。

瞧你幹的好事。

第一個浮現心中的感想並非對發生死亡意外的驚訝，也非對自殺者的同情，而是對稍後得從軌道上清理肉片的憂鬱。

或許是錯覺也未可知，彷彿聞到刺鼻的血腥味。

大概是別的站務員按的，月台上警鈴大作。

接著是車站內的廣播。

『業務聯絡。一號月台發生人身事故。一號月台發生人身事故。』

『各位乘客請注意，目前一號月台發生人身事故。京濱東北線暫停行駛……』

通過的電車大概也收到指令了，軌道的另一邊傳來警笛聲。

幾聲短音，一聲長音。

聽過一次就不會忘記的警笛聲。依規定，電車聽到這個聲音都必須停在軌道上。

牧野幾乎是以脊椎反射的動作往軌道看，然後馬上就後悔了。

再也沒有比急行電車的輾斷力更強的武器，畢竟是幾百噸的鐵塊以八十公里以上的時速通過，就連汽車的車身也能像紙屑般揉爛、壓扁、撕成碎片，更何況是活生生的人。

原本還是人體的碎片大範圍地散落在軌道上。

前面的鐵軌上拖曳出長達幾公尺的血跡，夾雜著碎裂的衣服，紅色及黑色、甚至還有黃色的物體沾黏在枕木及碎石上，那光景說有多可怕就有多可怕。黑色是頭髮，黃色是殘留在腸子裡的糞便吧，還是脂肪呢。惡臭撲鼻而來，那是糞便、尿液及胃酸混在動物性蛋白質獨特腥味裡的臭味。

嘔──

感覺背後有人吐了。

站在二號月台上的乘客視線全都集中過來。趕著離開的人一臉遺憾的表情，不趕時間的人則靠過來想要看熱鬧。

「各位，請退到黃色警示線後面。」

牧野從記憶的抽屜裡拉出發生意外時的處理指南，自己該做的是先留下目擊證人，警察很快就會趕來，為了配合警方問話，必須將他們帶到站長室以協助說明。

恢復通車的速度會因為是不是自殺大不相同。如果是自殺，只要「回收」散落在軌道上的乘客即可，如果研判有他殺的可能性，警察就得花上一整天調查，那條路線勢必也得停駛一整天。這麼一來，不管是否排班，站務員都得以二十四小時的態勢處理沒完沒了的退票、安排乘客到其他車站搭車、重新安排車次等作業。

詢問過周圍乘客，確定看到有人跳軌的只有發出尖叫聲的女生和臉色蒼白的上班族。牧野陪同他們回到站長室。

還以為自己的工作至此告一段落，負責調度站務員的瀧川卻抬起頭來看他。

「你在做什麼？」

「呃，我把目擊證人帶來了。」

「這種事不用說，看也知道。神田署的員警馬上就到了，你下去軌道幫忙吧。」

你下去軌道幫忙吧。這句話的意思就是「你去協助回收作業」。

「動作快！又不是菜鳥，不知道這種時候一定要分秒必爭嗎！」

說歸說，但他自己顯然沒有要下軌道幫忙的意思。

混帳東西。

牧野在心裡破口大罵，拿著回收用的水桶和夾子走出站長室。

經由員工專用通道從月台側面走下軌道，方才的異味更濃更臭了。即使戴著口罩，作嘔的感覺依舊由腹部泉湧而上。抬頭望向月台，警方已經抵達，制服員警與站務員一起疏散乘客，幾個便服警官則與鑑識人員在月台上進行現場蒐證。

完成現場蒐證之前，任何人都不能接近月台下方，牧野及其他負責回收的人只好先從月台兩端沿著鐵軌撿拾殘留物。這種回收作業是站務員的所有工作中最痛苦的。內容雖然大同小異，但令人頭皮發麻的程度絕對是處理嘔吐物時比不上的。遭電車輾過的屍體以黑話「鮪魚」代稱，只要親眼看過一次，就會認同這個形容十分貼切。說得具體一點，就像是被任意搗爛的紅肉與內臟一起散落各處。就算能接受這種形容，也無法泰然處之地面對。毛骨悚然的氣氛幾乎令人窒息。散落一地的東西並非動物的肉片，而是直到剛才都還跟自己一樣呼吸的人類。一想到這裡，背脊就會掠過一陣惡寒。

電車輾過的速度愈快，肉片散布的範圍就愈廣。如果是急行電車，至少要有長達上百公尺的心理準備。

用夾子夾起黏在枕木和碎石上的肉片及組織、衣服的碎片，放進不同的水桶裡。已經不是能讓家屬看到的模樣了，這也不是回收的目的。

逐漸習慣恐懼與驚悚的情緒後，取而代之的是憤怒湧上心頭。

要跳軌也別在我上班的車站跳啊。

如果要自殺，就不能去不會給站務員及其他乘客添麻煩的地方嗎。如果只是單純的意外，就給我在另一個世界好好地反省。掉落月台的意外八成都是喝醉酒或邊走路邊玩手機的疏忽所致，就連幼稚園小鬼也知道在那種狀態下走在月台邊緣有多危險。知道問題所在的人也想將「邊玩手機邊走路」每年都在跌落月台原因榜上推進名次的事實公諸於世，以呼籲世人提高警覺，但囿於來自手機公司的龐大廣告費，相關人士對此諱莫如深。即使在鐵軌上，金錢依舊重於人命。自己的薪水也是從那筆龐大的廣告費裡來的，所以也不好多說什麼。

一邊忍住作嘔的感覺、一邊持續以半蹲姿勢撿拾，實在相當難受。只好走沒幾公尺就休息一下，然後再繼續作業。牧野好不容易結束回收作業，已經是下午兩點過後的事。

回到站長室，不見兩位目擊證人的蹤影，大概是警方已經問完案了。

「死者是個年輕的小姑娘。」

瀧川自顧自地說，對回收作業沒表示半句慰勞的話。

「從遺留物品中找到身分證明，死者名叫志保美純，是個二十五歲的粉領族。」

「現場蒐證已經結束了嗎？」

「嗯。雖然有目擊證人，但兩個目擊證人都只看到她掉下月台的瞬間，沒看到有人從後面推她。意外發生在乘客摩肩接踵的情況下，再加上死者個子不高，即使已經檢查過車站內的監視器畫面，但關鍵的地方還是被人潮淹沒了。」

「那還會繼續調查嗎？」

「不會，警方好像認為沒有他殺的可能性。」

「咦？」

「因為在軌道上採集到手機和耳機的殘骸，你應該明白這代表什麼意思吧。」

「邊聽音樂，邊看手機……」

「視覺和聽覺都被隔絕，沒注意到電車進站是常有的事。要是腳底剛好絆了一下，或是被人群推擠，就會頭下腳上地栽進月台。已經有好幾起這樣的例子，所以負責偵辦的刑警也就不疑有他地收工了。」

果然是這樣嗎。可惡，給人添了天大的麻煩。

「就是那樣，趕快去換衣服。」

瀧川露骨地大皺其眉。

「鮪魚的臭味滲進去囉，啊，好臭！好臭！」

那是什麼態度，明明是你命令部下去做那種吃力不討好的工作——怨言幾乎要脫口而出，趕緊在最後一秒吞回去。

「收拾好鮪魚後，要記得寫報告喔。」

「報告也要我寫嗎？」

「你離目擊證人最近，你不寫要誰寫。」

就連回答也提不起力氣，牧野無言地走出站長室。

結果那天的京濱東北線延遲了六個小時才又重新行駛。如釋重負的只有回家的乘客，牧野等站務員還有堆積如山的工作等著處理。

首先是結束退票補償的服務，再讓售票機恢復正常運作。宛如解開纏成一團亂痲的線，先讓卡在停駛區間的列車開回車庫，火速安排機組人員換班。要恢復正常行駛時，一定要先由電腦排出修正計畫，但更重要的還是人力。拜這起人身事故所賜，神田站的工作人員根本沒時間休息，必須徹夜完成復駛作業。

第二天的凌晨四點四十五分，天一亮，牧野揉著惺松的睡眼，走出站長室。只要再撐兩個小時，就能好好地休息了。

還沒發車的車站內不見半個人影，昨天的一片混亂簡直像是騙人的一樣。忙還不是最大的問題，最大的問題是會受到那些無法充分理解補償方式的乘客不講理的質問。又不是站務員害電車停駛，卻有人凶神惡煞地抓住他們的衣領。為何這些奧客都是人格不健全的人，無一例外呢？

為了進行發車前的檢查，牧野先望向東票閘門。

沒有異常——正當腦海中閃過這個念頭時，牧野在車站內的圓柱上發現了奇妙的東西。為因應改建工程設置的臨時圓柱上掛著月台的指示牌，在接近圓柱根部處好像貼了一張紙。發生意外或災害時，如果會對列車行駛造成影響，除了車站內的廣播以外，也會張貼海報來通知乘客，但從沒聽過有這張紙條。

神田站內的指示牌動不動就會更換張貼的場所及內容，使得乘客惡評如潮，最近就連負責張貼的站務員都採取視而不見的態度，再加上昨天一整天忙得不可開交，所以才沒人注意到這張紙嗎？牧野走近圓柱，彎下腰。紙條上的文字拙劣得像是小學低年級生的字。

電車好神奇啊。什麼都可以壓扁。所以我把青蛙丟到月台上看看。

骨頭、肉、皮都被壓得扁扁的。要全部撿起來還真麻煩。

幾個禮拜前才在新聞裡看到類似的文章。

「青蛙男……」

牧野喃喃自語，一屁股跌坐在地板上。

＊

得知在JR神田站發現青蛙男的犯罪聲明，渡瀨和古手川立刻趕往神田署。

這次是東京都內啊——古手川握著方向盤，心裡恨聲嘀咕。這麼一來，犯人的活動範圍終於擴大到整個首都圈了。媒體尚未公布這件事，一旦公布，肯定會引起一陣騷動。

松戶市的案子、熊谷市的案子見報時，媒體的處理方式還局限於案發當地，因此全國版的新聞還能採取隔岸觀火的報導。

如今火苗終於延燒到東京。青蛙男只用名字選擇目標，這次殺害的女性是以〈シ〉開頭的志保美純＊，接下來當然是〈ス〉。東京都居民高達一千三百萬人，感覺每個人分配到的恐懼應該會少一點，但事實上正好相反，就跟自然災害一樣，隨著災情範圍擴大，感受到威脅的人也變多了。

偷偷看了副駕駛座一眼，渡瀨坐車時多半是眼睛要閉不閉地看著前方的景色，本人大概只是陷入沉思，但是因為長相極為猙獰，看起來就像在打什麼壞主意。

「你想問什麼？」

聽在初次見面的人耳中，這句話除了挑釁之外，聽不出其他意思。

「該不會是模仿犯吧。」

「這麼想的根據是什麼？」

「沒什麼，就只是靈機一動。」

㉓ 志保美的片假名拼音為シホミ（shihomi）。

「你只是希望是模仿犯幹的吧。」

被他說中了。

「模仿犯雖然也很討厭，但基本上都是很快就能逮到的雜碎，所以不是什麼嚴重的問題。只是犯人一旦擴大活動範圍，問題就會變得比較棘手。而且還不能採取地毯式搜索，因為很難預測犯人在沒有地緣關係的場所會怎麼移動。若成立共同搜查小組，不只神田署，大概連警視廳也會出動吧，又不是增加獵犬的數量就能抓到獵物。」

「可是，警視廳的破案率平均超過八成喔。」

「誰曉得這次會不會剛好是另外那兩成。再說，那個八成的數字也會依管理官的運籌帷幄產生相當大的歧異。」

古手川本身還沒有跟警視廳聯手調查的經驗，只知道刑事部搜查一課有十三位管理官。借用渡瀨的話來說，這十三位管理官中，有天才，也有蠢才。

「誰是有問題的管理官呢？」

「你的問題比管理官大多了。」

渡瀨沒好氣地說。從他的語氣聽得出來，的確有專門扯調查後腿的管理官。

渡瀨班之所以能創下縣警最高破案率，在於由渡瀨坐鎮指揮，他才不管搜查一課長或管理官怎麼想。這個彷彿啣著警察手冊出生的男人，靠著長年的經驗與動物般的直覺，以及辦案時可能會被認為沒必要的大量知識追查犯人。雖然很多人對古手川的這位上司不以為然，但渡瀨無疑是位優秀的刑警。而在渡瀨上頭如果沒有優秀的領導者，這種人往往不會被善用。
埼玉縣警與千葉縣警，再加上警視廳，當案子發展成橫跨這三個地區的調查時，就連古手川也知道彼此之間的合作至關重要，但特別突出的能力不適合與人合作。接下來去到其他轄區現場，渡瀨是會到處找人吵架、還是會意外產生相乘效果呢？古手川完全無法預測。
向神田署告知來意後，立刻被帶進刑警的辦公室。這裡似乎也久聞青蛙男的惡名與渡瀨的大名，署內緊張的氣氛就連古手川也感覺得到。
「你們總算來了。」
警視廳搜查一課的桐島前來迎接他們，年齡與渡瀨不相上下，個頭也差不多，那張臉宛如能面面具般，沒有絲毫表情。
「本案由你負責啊，桐島警官。」
「是管理官指定的，我沒有選擇現場的權利。要是我有選擇的權利，誰要和渡瀨警部硬碰硬啊。」
「誰是負責的管理官？」
「鶴崎管理官。」
從桐島咬牙切齒的語氣和渡瀨一聽到這個名字就皺眉的表情，不難猜出這位鶴崎某某的風評。
「由那種人負責，你也夠慘了。」

「這句話請讓我原封不動地還給你。旁邊這位是你小弟嗎？看起來好年輕。如果是的話，小哥你也夠慘的。」

「我是埼玉縣警搜查一課的古手川。」

古手川稍微行了一禮，桐島面無表情地揮揮手。

「你最好小心一點。跟著這位警部大人，如果是普通刑警，沒兩下就夭折了。跟不上他的速度還算好的，一個搞不好，可能會遭受池魚之殃，身受重傷喔。」

還以為這兩個人惺惺相惜，沒想到這麼不對盤。古手川決定與雙方保持距離，沒有必要的話絕對不要靠得太近。

「有空擔心別人家的新人，還不趕快告訴我狀況。車站裡的犯罪聲明真的是青蛙男寫的嗎？」

「你自己看。」桐島拿出一張紙。

具有特徵的字，內容平鋪直述，感覺不到絲毫溫度的文章。

無庸置疑是出自那傢伙之手。

「筆跡鑑定呢？」

「還在鑑定中。你怎麼看？青蛙男不是你的好兄弟嗎？」

「這麼醜的字也不是到處都看得到。掉在現場哪裡？」

「不是掉在現場，而是四個角都用膠帶固定在靠近票閘口的柱子上。」

「很顯眼的地方呢。有目擊證人嗎？」

「人身事故發生在上午十點，京濱東北線受事故影響暫停行駛，車站內擠滿了要轉車或退票的人。貼著這張紙的地方也是在膝蓋以下的高度，直到今天早上輪值的站務員發現以前，沒有任何人注意到。只要混在人群中蹲下，不太有人會看到貼上的瞬間。」

「車站裡應該有監視器吧。」

「遺憾的是監視器都朝著票閘口的方向，柱子剛好在死角。」

「至少有拍到從月台上推人下去的瞬間吧。」

「也沒有。電車進站的時候，月台上人山人海，個頭嬌小的被害人被人潮遮住。雖然有兩個乘客目擊到死者摔落月台，但是並沒有看到決定性的瞬間。」

「被害人的身分是？」

「非常普通的粉領族，在位於新橋的出版社上班。」

「家人呢？」

「一個人住在東京。老家在栃木，昨天已經通知家人了。」

「已經清查過她和松戸市的御前崎教授、熊谷市的佐藤尚久之間的關係嗎？」

「接下來的第二次調查會議才要仔細討論。」

「我們已經開會開到不想再開了。」

「喂，這次輪到你們提供情報不是嗎？」

「關於這兩個案子的調查資料，應該已經整理好寄給你了。」
「你的腦袋裡還有沒整理進來的資料吧。我要你提供的是那個。」
「告訴你也沒用。」
「你說什麼。」
「我的腦袋裡只有妄想和雜七雜八的知識，全都是對大名鼎鼎的警視廳搜查一課班長沒有幫助的東西。」
這兩個人既不激動，也沒揪住對方的衣領，但是在一旁聽下來，氣氛卻劍拔弩張得令人坐立不安。
「如果是不知變通的管理官，肯定會要求我們找出三位被害者的共通點吧，要是被那種刻板觀念耍得團團轉，只會讓搜查員疲於奔命喔。」
「……怎麼說？」
「青蛙男的判斷標準就只有名字。志保美純之所以被盯上，只因為她的名字是以〈シ〉開頭。」
「你是認真的嗎？」
「單從現狀來看，至少這麼解釋是極為妥當的。」
「喂，青蛙男真的是心理變態嗎？」
「關鍵在於兇手怎麼知道她叫志保美純。」

桐島出乎意料地眨了眨眼。

「一個人生活的年輕女性不可能將姓名公開在電話簿裡，也不可能像候選人那樣主動披上繡有名字的肩帶。」

也就是說，知道她叫志保美純的人就是兇手。

「如果是我，與其尋找那三個人的共通點，會把重點放在這上面。」

倒也不是故意隱姓埋名，只是在現實生活中，可以知道本名的機會其實不多。以古手川為例，知道他叫古手川的頂多只有同學和老家的鄰居、工作上的同事。渡瀨說的有道理，把重點放在知道她名字的人，就算不中亦不遠矣。

即使是看不順眼的人說出的話，桐島似乎也不會全盤否決對方的意見，他露出理解的表情，微微頷首。

「我會當成一個突破口，向上級呈報。」

「然後是媒體對策。」

「你還有建議啊。」

「上次埼玉縣警被整得非常慘，所以你聽一下也沒壞處。不管是向記者俱樂部*施壓，還

㉔由特定新聞媒體在中央或地方政府機關、政黨、企業等民間團體設置駐點，是向各單位爭取採訪與訊息自由的組織。具有相當程度的排他性和既得權益，但也可能反過來成為受訪單位控制訊息的手段。

是對每個記者動之以情，總之別讓他們煽動一般市民的恐懼情緒。萬一助長恐慌，就得瓜分人力來安撫民眾的情緒，拖慢搜查的腳步。」

古手川想起那段苦不堪言的回憶。上次的事件中，名字可能成為攻擊對象的政商名流只想到自己，要求警察保護，警力因此被稀釋，無法應付市民的恐慌。

「你或許沒什麼真實感，桐島警官。青蛙男是會催化人類恐懼心理的怪物喔。」

「怪物……」

「說是神出鬼沒的隨機殺人魔比較容易理解吧。要是有個笨蛋拿著刀子在大馬路上揮舞，大家肯定會四處逃竄。之所以逃得掉，是因為看得到對方的身影。但如果看不到對方呢？假設有個持刀的異常者在黑暗中無聲無息地走來，你不覺得就算是成年人，也會失去冷靜的判斷力嗎？無論青蛙男有什麼用意，單靠五十音順序殺人這種不合常理的手法已助長了恐懼的氣焰。〈シ〉後面是〈ス〉。光是東京都內，姓名以〈ス〉開頭的人不知凡幾。鈴木、須藤、杉山、菅谷、角谷……要多少有多少。尤其是鈴木，光是鈴木就有幾十萬人吧。當然不是所有這些名字的市民都會陷入恐慌，但只有要百分之一的人失去冷靜，轉眼間就會讓社會陷入不安。」

「這裡可是日本喔，是最能保有社會秩序的國家，哪可能隨便就發生暴動或恐慌，不說別的，首先我們的民族性就不是如此。」

「之所以能保有社會秩序，無非是建立在對治安的信賴上。倘若警方遲遲無法抓住一個連續殺人犯，對治安的信賴一下子就會土崩瓦解。至於民族性嘛，你口中的民族一時沖昏頭，硬是挑起顯然毫無勝算的戰爭還只是僅僅七十年前的事喔。泡沫經濟也是同樣的道理，每個人都毫無根據地盲目相信土地和股票會一直上漲。這個國家的人民既沒有你說的那麼冷靜，也不聰明。」

大概是最後的舉例還殷鑑不遠，桐島只是咬緊下唇，並未反唇相譏。

「你還是這麼會說話。不如在調查會議上與管理官來場熱烈的論戰吧。」

「我已經不年輕了，不會對聽不懂人話的傢伙白費唇舌。」

「總之這次是與警視廳的共同搜查，不好意思，埼玉縣警請在後方支援。」

「恕難從命。」

渡瀨不算太委婉地拒絕。

「我沒打算反抗共同搜查本部的方針，但我有自己的作法。」

「別太仗勢著自己的破案率比較好，鶴崎管理官最討厭這種個人秀了。」

「不難理解他在自己的地盤收到犯罪聲明後想爭一口氣的心情，但我們不是第一次面對青蛙男的挑釁，犯人並不是那位管理官可以理解的膚淺對手。」

「你很看得起犯人呢。」

「眼下已經有三個人遇害了。不是我看得起犯人，是你們太小看他了。」

有那麼一瞬間，桐島臉上浮現出稱得上表情的反應，但隨即消失殆盡。到底是平常就努力不讓感情表現出來，還是與生俱來就面無表情，古手川無從判斷。

「你要氣呼呼是無所謂，但是不要對著我，太臭了。」

2

志保美純的父母住在栃木市，要前來神田署領回女兒的遺體。渡瀨命令古手川直奔神田署。才剛讓警視廳的桐島表現出那種態度，也沒知會一聲就跑去轄區警署，會受到什麼待遇大概想像得出來，但渡瀨一點也不在意。

果不其然，一抵達神田署，負責本案的搜查員完全沒給他們好臉色看，問題是沒人凶得過渡瀨，果然只講了兩三句話，搜查員就不情不願地帶他們到志保美夫妻所在的小房間。

「純為什麼會遇到這種事？」

這是母親志保美奈津子抓住渡瀨，劈頭的第一句話。

「我們聽說她被電車撞了，連忙從栃木趕來，這次又說是被青蛙男什麼莫名其妙的獵奇殺人犯殺害，到底什麼時候才可以把女兒還給我們？」

渡瀨惡狠狠地瞪了神田署的負責人一眼，該搜查員只是尷尬地撇開視線。

「遺、遺體都變成那樣了，你們難道不能體會父母想趕快為她火葬的心情嗎？一般市民有義務要協助警方的調查到這種地步嗎？」

「奈津子，別這樣。」

志保美純的父親卓從失去理智的奈津子背後環抱住她的肩膀。

「如果純是被殺的，請務必逮捕兇手。刑警他們也正在為此努力，我們就再忍耐一下吧。」

「可是，讓那孩子一直處在那個狀態，純實在太可憐了……」

古手川不習慣面對這種哭哭啼啼的場面，但也不是不能理解奈津子的心情。

再也沒有比遭電車輾壓或從高處墜落的遺體更令人鼻酸了。與其說是遺體，不如說是骨肉的殘骸，說是變得連父母都認不出來也不為過。

倘若在完成驗屍的階段判斷為意外，神田署應該會馬上將遺體交還給父母，但本案因為有他殺的可能性，遺體轉送到法醫學教室。對於想趕快讓女兒安息的奈津子而言，實在難以忍受。

「關於這一點，請不用擔心。」

雖然渡瀨這麼說，但是因為他的長相太過猙獰，奈津子的臉上依舊充滿著不安。

「司法解剖只是一種形式，所以令嬡的遺體應該很快就可以交還給二位。」

這是渡瀨的詭辯。凡是有他殺可能性的屍體，司法解剖的確是形式上的一個必經過程，但志保美純的遺體已經被輾碎了，根本沒有解剖的餘地，法醫學教室要研究的頂多只是檢查血液中是否含有藥物成分，因此得以判斷作業程序很簡單，想必可以早一點將遺體還給父母。

長相固然兇惡，但渡瀨的話還是有一定的說服力，再加上丈夫的勸阻也奏效了，奈津子終於恢復冷靜。

「接下來的問題可能會跟神田署的問題有點重複，但還是請二位再回答一次。首先，請看這些照片，請問你們見過這兩個人嗎？」

渡瀨放在奈津子夫婦面前的照片是御前崎和佐藤尚久，也就是前兩位死者的大頭照。

奈津子和卓目不轉睛地看著照片，然後互看一眼，搖了搖頭。

果然與前兩位死者無關嗎。

「請問東京近郊有多少人知道純小姐現在的住處？」

「東京近郊嗎……大概只有高中大學的同學中，目前住在那一帶的人，據我所知只有幾個人，爸爸呢？」

「真不好意思，我不曾和那孩子聊過這方面的事……」

「可是刑警先生，為什麼要問這個？」

「因為兇手不是誰都好，而是擺明以純小姐為目標，所以至少要知道純小姐的個資才辦得到。」

「你是說，純並不是被隨機殺人魔盯上？」

奈津子又回到一開始的神情。

「你是說，有人明知那孩子是誰，還把她從月台上推下去嗎？怎麼可能！純才不是會讓人恨成那樣的孩子。」

又要重演剛剛才落幕的戲碼嗎——渡瀨不耐煩地打斷奈津子。

「令嬡被盯上的原因不是她這個人，而是她的名字。」

「……什麼？」

「調查上的事還不能說得太詳細，但純小姐是基於某種偏執狂的理由被選為犧牲者，與她的長相、以前到現在的所做所為、交友關係等其他諸多要素全然無關。從這個角度來說，說是隨機殺人魔幹的好事也不算錯。」

奈津子又與丈夫面面相覷，這次改用充滿憤怒的眼神瞪過來。

「這我不能接受，太沒道理了！」

「殺人這種事啊……太太，」渡瀨壓低聲音說道。「對於被殺的人及其家人來說，本來就是沒道理的。世上原本就沒有哪一個人的死是有意義的。」

在請志保美夫妻就他們知道的寫下志保美純住在東京近郊的朋友，對夫妻倆的偵訊就此結束。

古手川也覺得直接回搜查本部太沒效率，渡瀨的行動果然無懈可擊，一走出小房間，立刻又叫住才剛鬆了一口氣的搜查員。

「對目擊證人的偵訊告一段落了嗎？」

「是的。當時在被害人附近等電車的只有一位家庭主婦和一位上班族。」

「被害人跌落月台時是什麼情況？」

「案發當時，京濱東北線過站不停，所以前往東京方向的乘客都排在對側的山手線月台，被害人就排在最後一個。就在京濱東北線的電車進站前一刻，被害人背對月台墜落。兩位目擊證人都是聽到短促的尖叫聲後，回頭一看時，被害人已經掉下去了，沒看見被推下去的瞬間。」

「隊伍的最後一排人多到擠到對側的月台上嗎？」

「那個時間好像是那樣沒錯。也正因為如此，起初才會以為只是單純的意外。」

搜查員的語氣裡夾帶著辯解的口吻，渡瀨只是從鼻子裡冷哼一聲，不以為忤。

「接著是被害人的公司。想當然耳，已經找人來問話了吧？」

「那是由另一個人負責……」

「我也想請教一下對方。如果不方便請他再過來一趟的話，我可以過去找他。」

不僅蠻不講理，還不知道要客氣。無論是什麼樣的組織，恐怕都會對這種人敬而遠之吧，儘管如此，還是有人例外，不僅存活下來，還繼續為所欲為，渡瀨就是活生生的範本。

志保美純任職於新橋的〈風雅出版〉。大概是已經知道來龍去脈了，向櫃台表明來意後，立刻被帶到會客室。

以極端戒慎恐懼的態度前來應對的女性是她的直屬上司，名叫矢島一枝。

「那個，關於志保美的事，已經向神田署的刑警報告過了……」

「我們是另一個單位的人，所以接下來的問題可能會有點重複，還請見諒。」

哪有什麼見不見諒，打從看到渡瀨的瞬間，矢島就嚇得有如驚弓之鳥。

「聽說貴公司是與音樂題材相關的出版社。」

「是的，專門出版樂譜和專門書之類的出版品。」

「既然如此，員工也多半都曾是音樂家的生力軍嘍。」

「並不是全部，但的確有很多員工是如此，志保美也是其中之一。」

「哦，她也是嗎？」

「雖然已經是過去式了，她畢業於東京都內的音樂大學。只是我想您也知道，並非所有音樂大學畢業的人都能成為音樂家。若想成為音樂家，無論如何都要有出類拔萃的天分與得天獨厚的環境、運氣及人脈。」

聽到這裡，古手川想起有働小百合。她也有出類拔萃的天分和人脈，但終究沒能成為一心想成為的鋼琴演奏家。她缺少的只是環境和運氣而已。這麼想來，音樂之神也太壞心眼了，為何只給她光輝燦爛的天分，卻不祝福發誓對自己忠誠的人呢？

「換句話說，志保美小姐少了其中一項嗎。」

「不是少了其中一項，而是全部都沒有，唯有對音樂的熱情不輸任何人，但這也不是志保美才有的問題。她還算幸運，雖然是出版業，至少找到跟音樂有關的工作。以我為例，我也畢業於名古屋的音樂大學，同一屆的畢業生中，只有五個人順利成為音樂家，所以光是能進一般企業工作，就要謝天謝地了。」

「那志保美小姐也算是幸運的人。」

「這是音大畢業生一般的看法。不過，她不見得也這麼想就是了。」

「對工作有所不滿嗎？」

「倒是沒聽她說過。」

意即是有表現出不滿的態度。之所以沒挑明說，是因為死者為大，抑或這是矢島個人的印象呢。

「除了工作以外，有沒有其他煩惱？」

「畢竟是二十五歲的女性，不可能沒有任何煩惱。」

「我換個方式問好了，有嚴重到會想要自殺的煩惱嗎？」

「我想沒有。要是有那麼嚴重的煩惱，再怎樣周圍的人應該也會略知一二。」

口吻隱含怒氣，顯然對掌握部下的心理狀態很有自信。渡瀨肯定早就預測到矢島會出現這種反應才這麼問的，真是個壞心眼的男人。

「原來如此，那麼生活中的煩惱呢？像是交友關係出了問題，演變成被逼入絕境的狀態。」

「我並沒有聽說過她有和什麼人交往。」

「即使本人沒有注意到，但也可能被別人恨之入骨。」

「關於這點，我沒有頭緒。」

「對誰都很溫柔，和誰都能打成一片嗎？」

「不是，是不介入別人的生活，也不讓別人介入自己的生活，是個工作與私生活分得很清楚的人，所以沒人會對她產生特殊的感情，也沒人會對她懷恨在心。」

「有人知道她住在哪裡，或是上班的路線嗎？」

「住處屬於個資，我猜只有人事部那邊才有資料。至於上班路線，頂多是在申請月票的時候，總務課才會知道。據我所知，她好像不曾和誰一起下班過。」

「慎重起見，可以讓我看一下職員名單嗎？」

「……請去找人事課商量。」

詢問過人事課，確定職員名單過幾天就會寄到搜查本部。

「之所以要追問個資的保管狀況，是為了確認對警視廳的桐島警官說過的話嗎？」

離開出版社，古手川這麼問渡瀨。

「『關鍵在於兇手怎麼知道她叫志保美純。』」

原封不動地重現渡瀨說的話，被渡瀨惡狠狠地一眼瞪過來。

「這麼好的記憶力怎麼不用在別的地方。」

「班長認為個資是從公司的記錄洩漏出去嗎？」

「只是有這個可能性。」

「但是要竊取個資，必須入侵公司的主電腦。佐藤的情況也不例外。問題是當真勝雄有本事入侵電腦嗎？」

「犯不著由當真本人去做這件事，只要給他就連他也看得懂的名單就行了。」

「你是說有共犯，或是有人提供情報給他嗎？」

「這也是可能性之一。」

還是老樣子，猜不透他在想什麼。

但古手川也明白，這個可能性不小。

當真勝雄的自我遠比一般人薄弱，只要有相關方面的知識和經驗，操縱他並非難事。可以的話，還真希望是這樣。真不希望是勝雄自己開始沉浸於殺人的快感。

古手川握緊方向盤，胸口掠過一股略帶憂傷的痛楚。

渡瀨與桐島的不對盤，就連外人也看得一清二楚。

「與不知道在想什麼的傢伙聯手辦案，真是太令人鬱卒了。」

雖然渡瀨說道，但古手川還真想一字不漏地把這句話原封不動地還給他。

這位難以取悅的上司之所以這麼不爽，無非是因為與警視廳的情報共享果然不如想像中順利。警視廳一方面鉅細靡遺地向縣警問出前兩起案件的調查資料，但除非是縣警主動要求，否則絕不輕易提供志保美純的資料。

心裡有數的渡瀨能利用別的管道蒐集資料還好，但是各縣警若無法同心協力，增加搜查員就一點意義也沒有了。這也一如渡瀨所料，古手川只能悻悻然接受。

合作形同虛設在共同搜查會議上更是一目了然。依照不成文的規定，警視廳的搜查員坐在最前面，縣警的人只能坐在後面。渡瀨身為現場負責人，雖然也坐在台上，但即使坐在管理官旁邊，還是跟平常一樣，板著一張臉。

「根據俗稱〈青蛙男〉的犯人留下的犯罪聲明，確定發生於十一月二十九日，志保美純在神田站遭殺害是第三起連續殺人案。鑑定的結果指出，筆跡與前兩起命案一致。」

鶴崎管理官以高八度的嗓音開始報告。

「已經確定〈青蛙男〉的真實身分就是上個月底還關在醫療機構的當真勝雄，但直到現在都還找不到當真的下落。第一起案件發生在松戶市、第二起案件發生在熊谷市，足見兇手的犯案範圍已經跨越縣境，緝捕行動卻一再落後，終於連累了東京都民。」

這種說法簡直是在指責千葉縣警和埼玉縣警辦事不力，瞬間就讓古手川心生不滿。縣警搜查員的臉上頓時閃過不豫之色，應該不是他的錯覺。

「當真有智能障礙，識字能力也只能看懂平假名。儘管如此，行動範圍卻能跨越縣境，絕對不能掉以輕心。要是繼續讓他為非作歹，法治國家的威名就會蕩然無存，各位請將這點謹記在心，全力以赴地調查。」

古手川贊成他的說法。因為智能有障礙，就認為這種人不容易犯罪或行動範圍狹窄只不過是偏見。此時此刻，比起勝雄的識字能力，更應該警戒他的破壞力。因為不識字就小看對方，只會要了自己的小命。

「還有，各位可能難以置信，聽說兇手是以五十音的順序選擇犧牲者。熊谷市的佐藤尚久之後是東京都的志保美純，接下來的犧牲者可能是名字以〈ス〉開頭的人。關於這點，想請教一下埼玉縣警的渡瀨警部。」

矛頭轉到自己身上，渡瀨挑起一邊的眉頭。

「其他什麼的都無所謂，只以五十音的順序來選擇犧牲者。〈青蛙男〉真的是這種偏執狂嗎？」

「先不說是不是偏執狂，但一板一眼這點應該沒錯。包含松戶的御前崎教授在內，這三個人之間沒有任何共通點，年齡、性別、戶籍、住處、工作、學歷、交友關係、興趣……完全找不到共通點。能把他們連繫起來的，就只有五十音的順序這一點。」

「五十音的順序有什麼意義嗎？」

這點請你直接去問犯人吧——古手川心想。渡瀨大概也是同樣的想法，只避重就輕地丟下一句「線索還不夠」。

「哼，畢竟是心理不正常的犯罪者，試圖從這種人的想法中找出與常人無異的理性與動機也只是緣木求魚。不用去思考這種異常者有什麼動機，應該要思考的是如何防止下一次犯案，盡可能迅速逮捕對方。」

「那麼是要呼籲整個首都圈名字以〈ス〉開頭的人特別要注意嗎？」

桐島對渡瀨綿裡藏針的建議做出反應。

「這麼做只怕會引起不必要的恐慌，埼玉縣警以前不就因此吃了大虧嗎？」

「沒錯，是吃了大虧，所以至今還沒讓各大媒體知道〈青蛙男〉與本案有關。只不過，警方的牽制或許對記者俱樂部的人行得通，但部分的地方報和八卦雜誌才不吃這一套。消息靈通的記者光是從大陣仗的搜查本部與被害人的名字，就能察覺其連續性也說不定。而且看過那些有如小孩子惡作劇的犯罪聲明，其中有人說溜嘴的可能性也不是沒有。」

桐島面無表情地撇開臉。不確定他是把渡瀨的話當成警告，還是恫嚇。

鶴崎的反應比桐島更大，似乎完全把渡瀨的話當成恫嚇，臉上藏不住焦躁的神情。

「不能讓市民陷於不安，但也無法監視所有名字以〈ス〉開頭的人。我們該做的只是盡可能迅速逮捕兇手，除此之外再無其他。」

咦……古手川滿頭問號。

語氣是很斬釘截鐵啦，但他說的話毫無內容可言，既沒有策略，也沒有具體的指示。以管理官的發言來說，簡直是無能的證明。管理官也有各種不同的類型，但是沒想到居然有人會傻到毫不掩飾自己的無能。

鶴崎恐怕還藏了一手。

看著台上的渡瀨和桐島，桐島依舊面無表情，渡瀨則一臉受不了似地背對鶴崎。過去看過無數次他這種態度了，不用問也知道，這表示渡瀨對對方已經完全失去興趣。

「那麼關於嫌犯當真勝雄。」

這次由松戶署的搜查員站起來回答。

「當真勝雄的父親在他七歲的時候就去世了，十四歲的時候，當真囚禁住在附近的女童，對其施暴後加以勒斃，當場被捕，但是在起訴前的鑑定診斷出患有肯納症候群，因此不起訴處分，直接住院。當時他唯一的親人，也就是母親當真日南子已經失蹤了。三年後，主治醫師認為他沒有再犯的可能性，家事法庭裁定交由保護管束，其後由有働小百合代替母親擔任他的觀護人，但現在就連有働小百合也關在八王子醫療監獄，所以當真勝雄已經沒有所謂的親人。」

古手川邊聽報告，內心不禁湧起一股微微的寒意。在勝雄被捕時失蹤，表示母親已經放棄兒子了。就算是智能障礙的人，被母親拋棄的孩子，絕望都是相同的。這恐怕也是勝雄對小百合傾心的理由之一。

「雖說是醫療機構，八王子也跟監獄沒兩樣，所以不可能輕易從外部侵入。換句話說，當真勝雄目前無依無靠。他母親後來去了哪裡？」

「住民票＊上看不出移動的蹤跡，還在繼續調查，但至今還是下落不明。」

「保護管束時認識的人呢？」

「當真曾經在飯能市的澤井牙科診所上過班，但是並沒有特別親近的同事。假日總是關在宿舍裡，交友圈非常狹窄。」

「可惡！」鶴崎脫口而出。從他不在乎被部下看見自己的焦躁和困惑，就能看出這個男人的器量。

結果調查會議只下達了縣警搜查員繼續對被害人及加害人身邊的人進行調查，並要求其他搜查員徹查當真勝雄的生活經歷，對他可能會去的地方進行地毯式搜索，以求早日逮捕當真勝雄這種說了等於沒說的方針之後就結束了。

渡瀨轉動脖子，一副肩膀很酸的模樣走下台。桐島眼神充滿責備地瞥了他一眼，但又馬上站起來走人，活像不想與他扯上關係。

「這麼做沒問題嗎？班長。」

「什麼問題？」

「對警視廳的管理官擺出這麼高高在上的態度。我聽起來是覺得很爽，可是接下來不會變得很麻煩嗎？」

「這種煩惱真不適合你。」

「我不是這個意思……」

「不用在意。那種人遲早會因為自己的利欲薰心及缺乏經驗值而自掘墳墓。」

「管理官是不是在隱瞞什麼啊？看起來非常焦躁的樣子。」

渡瀨露出有些意外的表情。

「連你都看得出來，那個男人離入土為安也不遠了。」

果然有什麼隱情。

「因為被釘了。那種會對底下的人狐假虎威的傢伙一旦被上頭的人釘，就會方寸大亂。」

「被釘了？」

㉕日本市町村與特別區的住民相關記錄。記載個人基本資料、社會福利、住民登錄時間、居住地變更等訊息。

「表面上是警視廳的高層，但實際上在幕後的人是法務省。再讓當真勝雄繼續作奸犯科，想也知道民眾的砲火會集中在決定安排那傢伙住院和出院後接受觀護的法務省身上，輿論一定會砲轟法務省為何輕放可能會再犯的危險人物在外面亂跑。大概是怕事情變成這樣，所以嚴正要求他早日破案吧。」

大概是這樣──話說回來，渡瀨到底是從哪裡弄到這個情報的？

社會大眾總是這麼任性。誰也想不到更生人或醫療監獄的特定患者會再犯。一方面呼籲要讓受刑人重返社會，一方面又怪罪更生人再犯，這不是很矛盾嗎？

「老實說，要是一般監獄或醫療監獄的設備符合實際所需，或許當真勝雄就不能那麼輕易地出院。」

「這話怎麼說？」

「因為床位、醫師、還有工作人員都不夠。」

渡瀨一臉憤慨地說。

「上次不是去見了有働小百合嗎？你對八王子醫療監獄有什麼感想？」

「空間很大，但工作人員很少。」

「不只八王子，分布於全國各地的四個醫療監獄的預算和人手都不足。大家可能不太清楚，醫療監獄的薪水比一般醫院低，更重要的是，患者與一般人大不相同，設備也不像大學醫院那麼齊全，所以志願來工作的人當然不多，就算來了，實際接觸過那個環境後也會開始考慮要跳槽。」

這也是無可奈何的事。從醫療監獄這個名字也看得出來，在此執勤的醫生及護理師都是醫療相關人員，不是警察，會感覺安全受到威脅也很合情合理。

「另一方面又不斷地把基於刑法三十九條，相當於患者或病人的受刑人送進這種地方。更麻煩的是大部分的精神病患就算已經沒有出現症狀，但也不是完全治癒，而是緩解，復發的可能性並非為零。」

要是能讓有精神障礙的前科犯在醫療監獄裡關一輩子，就能免於再犯——這就是偏見與自以為慎重的論點的立論根據。

「聽起來很自私……但也表示害怕的人很多。」

「因為實際上的確有人再犯，標榜人權派的人也不敢作聲。不過立論的根據既不是動之以情，也不是述之以理，說穿了還是錢的問題。若繼續收容這些患者，所有的醫療監獄都會人滿為患，因此除非是重度患者，否則實在沒辦法長期收容。」

「即使沒有緩解，也必須強制出院。結果又再次犯罪，引起社會不安……」

醫療監獄非但沒發揮應有的功能，還助長有前科的人再次犯罪，有比這個更諷刺的事嗎。

「明白了嗎？站在法務省的立場，當真勝雄明明有殺害女童的前科，卻只判觀護處分，如今又成了連續殺人案的嫌犯，而且至今還逍遙法外的事實，除了顯示政府無能以外什麼都不是，會盯緊搜查本部的負責人也在情理之中。」

也就是說，當真勝雄這個青蛙男是法務省及司法體系的污點。冷不防，內心深處萌生出一股陰鬱的情緒。不是對於勝雄，而是對權力及體系這種無形之物的不信任感。

「你看起來很不舒服。」

「至少不是爽快的心情。」

「那我再告訴你一件更不舒服的事吧。雖然還只是小道消息，但法務省希望本案快點落幕還有另一個原因。」

「還有什麼原因？」

「法務省的失誤會幫其他單位加分。你也知道，在他們的世界裡，只要一有風吹草動，就會影響到退休後的出路。萬一醫療監獄或更生保護機構無法發揮其應有的功能一事公諸於世，其他政府單位就會開始鑽法務省辦事不力的空子。」

「怎麼可能。」

「聽起來很蠢吧，但那群人的確只要嚐過一次既得利益的甜頭，就死都不肯放手，再加上身為特殊法人的監察機關出爾反爾也有不少前例可循。不妨告訴你吧，他們的地盤意識與霸權主義比警察內部的烏煙瘴氣有過之而無不及。」

剛剛才萌芽的不信任逐漸變成憤怒。

為了防堵犯罪、為了不要再有人犧牲，搜查員在第一線跑得鞋底都要磨破了，但是對於上面的人來說，他們只是用來爭奪地盤的棋子。

「窩囊的是，警察高層也被這些行政機關玩弄於股掌之間，那個腦袋空空的管理官就是最好的例子。由這種貨色掌旗的軍隊經常會搞錯該進攻的對象，浪費彈藥，造成無謂的死傷。」

渡瀨丟下這句話，離開大會議室。

古手川恍然大悟。

這就是渡瀨與共同搜查本部保持距離的原因嗎？

古手川追上去，感覺有滿肚子的怨言想發洩。

敵人不只是青蛙男，無能的警方也是他們的絆腳石。

3

松戶市常盤平八丁目。

隔著新京成線的南側是一片公寓大廈，北側則是林立著獨棟房子的閑靜住宅區，但今天卻特別不平靜，為數眾多的媒體記者圍在八丁目轉角的一戶住宅前。

透天厝的格局大概跟隔壁相去無幾，蓋好至今將近三十年，徹底褪色的牆壁已經看不出原來的顏色。

門牌上寫著〈古澤〉二字，如果是眼力比較好的人，肯定看得出那塊門牌比屋況還新。成群的記者們正圍住那塊門牌。

埼玉日報的尾上善二站在離那群記者稍微有一段距離的地方觀察古澤家的動向。那麼多媒體圍在大門口，就算想出門也不敢出來。不如退一步，仔細觀察二樓的動靜還比較實在。

在醫療監獄住院的古澤冬樹最近就會出院的新聞於昨夜傳遍各大報社。本部廣報課尚未正式發表這個消息，所以不外乎是警察幹部或相關人士走漏的風聲。因為是精神病患，即使是命案被告也必須小心處理，一個不小心可能會受到侵犯人權的抨擊，因此警方的嘴巴通常都閉得比蚌殼還緊。

儘管如此，古澤冬樹出院的消息還是傳開了。大概是有人認為古澤並非真的精神異常，故意洩漏消息。

四年前的判決記憶猶新。古澤被告和衛藤律師在法庭上表演的那齣大爛戲，至今回想起來仍令人噴飯。顯然是要引用刑法三十九條，法庭上的攻防簡直亂七八糟。鑑定醫師診斷出古澤患有思覺失調症，法院也採信這個鑑定結果。後來才知道衛藤律師和鑑定醫師是老朋友，但當時檢方已經放棄上訴，判決定讞了。

衛藤律師還仔細地陳述了古澤被告的精神異常是因為幼兒期受到虐待。

據他所說，被告在孩童時代就被父母覺得礙眼，還套上狗鏈限制他的行動。

據他所說，被告沒有被父母疼愛過的記憶。

據他所說，雖然現在已經痊癒了，但被告身上曾經有過無數被毒打的傷痕……。

當然，法官並未採信辯方的推論，只是以上所介紹的虐待全記錄的確大大地影響了法官的心證，這點並不難想像。

然而，這些全都是騙人的。古澤家是很普通的上班族家庭，他又是獨生子，可說是備受父母的關愛。古澤是從國中畢業才開始出現反社會傾向，還因此荒廢學業，結交狐朋狗友，根本是罪有應得。

但是為了法庭上的攻防，衛藤說服古澤的父母要這麼做才能勝訴，於是古澤的父母也同意陪他們演那齣鬧劇。

以上這些全都是判決確定後才浮上檯面的事實，對輿論完全沒有任何影響。俗話說的好，打鐵趁熱，媒體及社會大眾只對現在進行式的案子感興趣。當案件已成過去，就算發現新事實，社會大眾的興趣也早就轉移到別的案子上了。

當然也有記者對社會大眾的喜新厭舊感到義憤填膺，但尾上的態度有點不太一樣。被告方的權謀算計、檢察官與法院的操之過急、社會大眾的幼稚對於尾上來說，採訪價值都是一樣的。

辯方高呼被告的人權，檢察官與法院比起事實，更急於誇示自己的威信，而相較於是非曲直，社會大眾更在意腥羶色及淺顯易懂的結論。每個人都堅持自己才是對的，認為對方是低三下四的水準。

尾上最喜歡訪問這種人，只要藉由報導就能凸顯出他們的愚蠢。

說到底，人類只有笨蛋與大笨蛋之分。笨蛋看到尾上筆下的大笨蛋報導，自尊心就能得到滿足。另外，尾上認為自己還算是有自知之明的笨蛋。

尾上之所以總是站在退一步的立場觀察案件的變化，也是為了客觀地俯視被新聞題材耍得團團轉的媒體們。從他的角度俯瞰一切，聚集在古澤家的媒體居心實在是最好笑的素材了。殘殺了一對無辜的母女，居然還獲判無罪的人即將重回社會。殺戮的血腥味被醫院的消毒藥水味沖淡，而這個殺人魔即將戴著人畜無害的面具歸來。

但凡有一點想像力的人，除了害怕以外，應該不會再有其他的感覺。若是住在隔壁的人，就算想立刻搬家也不足為奇。因為這等於是突然被一隻野獸闖進自己平凡的生活。他們正要將這種恐懼感染給社會大眾。媒體總是置身事外地高呼人權，如今卻又致力於強調精神病患的危險性。

尾上很喜歡這種毫無節操可言的媒體，欣賞他們藏在公器之名下的八卦精神、欣賞他們高揮著報導使命的大旗，肆無忌憚、恣意妄為的扒糞態度。水清則無魚，正因為報導的世界如此渾濁，像自己這種人才有安身立命的地方。

因為再怎樣也無法得知古澤出院的正確日期，所以記者們打算在這裡守株待兔，直到古澤現身為止。

觀察了一陣子，現場終於有動靜了。從馬路對側開來一輛警車，以為古澤在那輛車上的媒體不約而同地湧向那台停在屋子門口的警車。

可惜辜負了記者的期待，最後只有兩個制服員警下車。大概是古澤的父母或左鄰右舍叫來的，一到場就開始與媒體發生推擠。

「我說你們，一直把攝影器材放在這裡，會給左右鄰居添麻煩喔。」

「我們有採訪的自由。」

「採訪的自由跟造成鄰居困擾是兩回事。再說了，你們沒有取得道路的使用許可吧。」

「我們只是採訪，不需要每次都申請許可。」

「沒錯，天曉得案件什麼時候會發生。」

「問題是……你們已經完全影響到用路人的權益了。」

「請他們繞道而行不就好了嗎。」

採訪小組中已經有人沉不住氣地槓上警官。

遠遠地坐山觀虎鬥的尾上這時陷入沉思，報警的是古澤的父母，還是附近的鄰居呢？如果是附近的鄰居，除非太吵，否則應該不至於報警。因為喜歡說長道短的左鄰右舍才不會主動把這麼誘人的八卦拒於門外。

那麼顯然是古澤父母報的警，換言之，他們認為記者堵在家門口不太好。但是也能由此得知，古澤冬樹出院在即的事應該不是空穴來風。

尾上鑽進報社配給他的車子裡，繼續觀察古澤家。包括自己在內，他自認所有的媒體從業人員都是鬣狗，鬣狗中也有優秀的和不那麼優秀的類型。姑且不論尾上本身優不優秀，但會在人家門口和警官互嗆的記者肯定不是優秀的鬣狗。

更何況，尾上還握有了解青蛙男事件的優勢。放眼望去，那群人多半是當地的報社或八卦雜誌的記者，想必沒幾個人知道飯能市連續殺人案的來龍去脈，這也是以埼玉縣內為主要採訪區域的尾上特地跑到松戶來的原因。

古澤冬樹正是御前崎教授的仇人。心愛的女兒和孫女慘遭殺害，卻因為刑法三十九條逃過法律的制裁。看在教授眼中，古澤是他恨到即使碎屍萬段也不夠的對象。

御前崎教授本人在十一月十六日遇害。兇手是新誕生的青蛙男，後來還又連續犯下兩起命案。無巧不成書，古澤冬樹最近就要出院了。

兩者之間沒有直接關係。假設古澤是青蛙男的獵物之一，考量到他的名字，就算會被殺也排在很後面*。但又不覺得兩者之間毫無關係。單就被害人是依名字的五十音順序遇害的事實來看，現階段古澤似乎與青蛙男事件沒什麼相關，但尾上身為社會事件線的記者，直覺命令他必須盯緊古澤的動靜。既然尾上是第一個將熊谷市命案與青蛙男連結起來的人，沒理由違背第六感的命令。

搜查本部隱瞞了印刷工廠命案的犯罪聲明，全靠尾上的手腕與嗅覺，才能從相關人士口中嗅出這個情報。因此尾上對自己的第六感相當有自信，不可能猜錯。

話說回來，看完自己寫的報導，最惱火的莫過於埼玉縣警的那個渡瀨吧。一想到這點，尾上自然地流露出笑意。站在渡瀨的立場，無疑想盡量隱瞞青蛙男涉案的可能性，但自己怎麼可能讓他如願呢。倘若兇手意圖營造出一齣劇場型犯罪，打蛇隨棍上就是自己的任務。

老實說，尾上不討厭渡瀨，也對他宛如昭和遺產般的風骨，以及從外表完全看不出來的聰明另眼相看。就尾上所知，他可是現役警官中最優秀的男人之一。

然而，最讓他對渡瀨產生共鳴的，並非他的能力，反而是他那事事愛唱反調的個性。恐怕再也沒有比渡瀨更不相信司法正義或警察公權力的人了，與他立場迥異的自己在這點上倒是英雄所見略同。

正因為如此，他想知道渡瀨會怎麼對抗青蛙男，他想隔岸觀火地欣賞絲毫不相信司法正義及大眾善意的這個男人，究竟要怎麼對抗充滿惡意的劇場型犯罪。

盯著古澤家看了好一會兒，或許是終究無法與警察對槓，媒體一一敗下陣來。這也在尾上的意料之中。

人潮終於從古澤家前消失，接下來若有任何動靜，就是撿到了，就算沒有，尾上也不以為意。他有自信，等待絕不會白費工夫，報導題材一定能手到擒來。

但是大概過了快一個小時，什麼也沒發生，正要打道回府之際，有個人影出現在古澤家門口。

皺巴巴的牛仔褲和前端已經翹起的球鞋，穿著連帽外套，看不見臉上的表情，彎腰駝背得

㉖古澤的片假名拼音為フルサワ（furusawa）。順位離前一位被害者志保美純的拼音字首〈シ〉還有很長一段距離。

很厲害，所以無法判斷身高，只能從外表推測來人像是個流浪漢。

雖然不覺得流浪漢也有地盤意識，但是在這種住宅區看到流浪漢也挺稀奇。

尾上拿出望遠鏡，把焦點對準流浪漢。

仔細觀察，流浪漢彷彿想到什麼似地在古澤家前停下腳步，東張西望，確定路上沒有其他人之後，從懷裡拿出免洗筷，伸進信箱裡。

到底在做什麼？

尾上屏氣凝神。

慢慢拉出來的免洗筷前端夾著信件。流浪漢將郵件塞進外套內側，若無其事地沿著來時路離開。

沒聽過哪個小偷是只偷郵件的。再者，附近還有好幾戶看起來比古澤家有錢的人家，如果是尋常小偷，很難理解他只偷古澤家的原因。

好奇心登時被挑起，尾上下了車，開始跟蹤流浪漢。跟蹤技巧雖然不及刑警，但也足以不讓對方發覺。

流浪漢的腳步非常緩慢。是因為不熟悉這一帶，還是身體本來就不好？總之每一步都比蝸牛還慢。

米白色的外套比想像中更不起眼，再加上慢條斯理的動作，使得流浪漢完全融入周圍的風景。

走出大馬路，繼續往前走沒多久，新蓋好的高樓大廈映入眼簾，大樓的腹地內有座小公園，流浪漢轉身走進公園。

他在公園一隅的長椅上坐下，從懷中拿出偷來的郵件，開始查看內容，傳單或帳單之類連看都沒看就扔進旁邊的垃圾桶，看來打從一開始便已鎖定目標了。

約莫翻了五、六封信後，貌似沒有找到自己想找的東西，流浪漢把郵件全都扔進垃圾桶，不以為忤地站起來。

從一連串的行為看來，顯然不是普通的流浪漢，接下來只要知道他的身分和目的即可。尾上繼續跟蹤。

走出公園後，對方並非走向車站，而是又沿著來時路往回走。這也很正常，沒聽說哪個流浪漢會搭電車的。

從大馬路轉進巷子裡，又拐過幾個轉角。流浪漢果然對這一帶不熟，每次要轉彎的時候都會猶豫一下。

流浪漢隨後走進勉強只能容納一個大人通過的窄巷，尾上過了一會兒也追上去。

然而，就在轉過下一個轉角的瞬間，尾上當場愣住。

眼前是一堵牆，流浪漢的身影忽然消失了。

怎麼可能。

尾上連忙衝向那堵牆。

就在那一瞬間，後腦勺遭到突來的重擊。

尾上就此失去意識。

＊

一走出神田署，渡瀨和古手川就被嚴陣以待的記者團團包圍，不，正確地說，媒體的目標好像只有渡瀨。

其中一位女記者立刻迫不及待地遞出錄音筆。

「您是埼玉縣警的渡瀨警部吧？我是〈Afternoon JAPAN〉的朝倉。關於神田站的人身事故其實是他殺，這件事是真的嗎？」

一開口就直搗黃龍而來。

定睛一看，自稱朝倉的女記者才二十出頭，閃閃發光的雙眼充滿野心與好奇。

古手川窺探上司的表情，只見渡瀨板著一張臉不回答。絕大部分的記者看到他這個表情就會把問題吞回去，但這位女記者似乎不太一樣。

「坊間都在傳聞這是人稱青蛙男的異常者所犯下的案件。」

這句話實在不能聽聽就算了，古手川走向朝倉。

「請問是哪位傳出的消息呢？妳掌握到情報來源了嗎？」

「這個嘛，那是……網路上寫的。」

「最近的記者只要抄網路上的情報就好了嗎？真輕鬆啊。肯定是哪個留言板上不負責任的匿名留言吧，你們居然當那些胡言亂語是真的嗎？」

「可是其中有個推特主說自己在車站裡發現了青蛙男的聲明文喔。」

聽到這句話，渡瀨也終於有了反應，對朝倉投以目帶凶光的視線。

關於青蛙男的聲明，已經對所有相關人員下達封口令，但情報還是外洩了，絕對是哪個相關人員得意地到處吹噓。從這句話的內容推測，在網路上留言的大概就是那個站務員牧野。

古手川氣得咬牙切齒。搜查本部再怎麼進行情報管制，消息還是會從別的地方走漏，也還是會有能敏銳地察覺到真相的人。渡瀨的預感又成真了。

「再說，埼玉縣的刑警為何會從神田署裡出來？這不就證明神田站的命案與松戶及熊谷的案子有關嗎？」

朝倉的指責一針見血，但也沒必要特別肯定她。

「媒體的工作是還沒有證據就隨便散布無憑無據的謠言嗎？」

「萬一不是謠言呢？還是警方打算隱瞞正逼近市民身邊的危險？」

古手川本來就很討厭媒體人這種死纏不休的地方，但朝倉的糾纏甚至超越他的想像。

「我們也調查過了，去年發生在飯能市的連續殺人案，負責偵辦的就是渡瀨警部。這次的案子也跟那件事有關吧？」

自己該擺出什麼表情，怎麼回答呢？朝倉肆無忌憚地伸出錄音筆，她那相信被詢問的人一定要回答的態度令人深惡痛絕。

對你們來說，這無疑是甘甜如蜜的新聞。對於電視機前的閒人、手裡拿著電腦或手機看熱鬧的傢伙來說也是茶餘飯後的好話題。

可是，對於接下來的五十音順序可能來到自己的犧牲者候補人選而言，在出現新的屍體以前都不能睡個好覺。直到肉眼看不見的巨大俄羅斯輪盤朝別人扣下扳機，都必須嘗盡極限的恐懼滋味。

古手川氣得眼前發黑，再這樣下去，一切不就跟飯能市那時候一模一樣嗎？

他惡狠狠地撥開遞到眼前的錄音筆。

「本案還在調查中。」

「就是因為還在調查中才問的，如果是已經破案的事件，誰還會感興趣啊。」

就在古手川快要失去可以控制自己的信心時，始終當朝倉不存在的渡瀨將臉轉向她。

「小姑娘，妳說妳調查過了，請問妳見過命案的相關人員，跟他們談過話嗎？」

「沒有，但我看了當時的記錄……」

「最好別以為刊登在報紙或雜誌上的記錄就是一切，別以為寫出來的報導就是百分之百的真實。你們就不會動動自己的腦筋嗎？」

被渡瀨這麼一問，或許是被踩到痛腳，朝倉以外的記者很多都露出尷尬的表情。

「從這些成員來看，好像也有從千葉或埼玉來的記者朋友。既然齊聚一堂，不如請教一下埼玉日報的人如何？我沒有要讚美他們的意思，但埼玉日報的報導最下流、最煽情、也最正確。」

這時，一直在朝倉旁邊隔著觀景窗盯著他們看的男人終於放下相機。

「如果你是指埼玉日報的尾上先生，暫時是沒辦法了。」

「〈老鼠〉怎麼了？去哪裡出差了嗎？」

「不是，是昨天被人攻擊，送進醫院裡了。」

渡瀨挑起一邊的眉毛。

「被攻擊？」

「沒錯。不確定是不是正在採訪當中，總之是在住宅區的正中央，而且還是光天化日被襲擊，聽說還沒恢復意識。」

「犯人呢？」

「還沒抓到。」

「在哪裡被襲擊？」

「松戶市的常盤平，應該是那裡吧。」

聽到地點的瞬間，渡瀨撥開群聚的記者，加快腳步。

「去松戶署。」

「班長，你這是怎麼了？」

「古澤冬樹的家就在常盤平。」

「古澤……啊，殺害御前崎教授的女兒和孫女的犯人。」

「〈老鼠〉的採訪雖然很窮追猛打，但絕不會以身犯險。那傢伙遭到襲擊就表示他已經深入到對犯人來說相當不妙的危險水域。」

光天化日之下，而且還是在住宅區遭到襲擊。搶劫的可能性確實不高。

兩人跳上車，朝松戶署疾駛而去。

抵達松戶署，帶刀迎上前來。一問之下，他剛好也是尾上遇襲案件的負責人。

「沒想到那位記者和渡瀨警官交情匪淺。」

「說是交情匪淺，其實只是孽緣。話說回來，被害人的狀況如何？」

「後腦勺遭到磚塊的重擊。根據腦部斷層檢查顯示，頭蓋骨凹陷骨折，骨頭壓迫到腦部的一部分。已經在醫院動了清除骨頭碎片的手術，但本人還在昏迷。而且就算本人清醒過來，可能也問不出什麼有力的線索。」

帶刀半放棄似地搖搖頭。

「沒有打鬥的痕跡，是突然從背後來的一擊。恐怕連回頭的時間都沒有吧。當然，鑑識人員試圖從現場及凶器的磚塊採集證據，但沒有顯著的成果。」

「案發現場在常盤平嗎？」

「沒錯，就在這裡。」

帶刀從搜查資料中拿出附近的地圖。案發現場是大馬路進來的第三條巷子，寬度非常狹窄。

「光看地圖，好像是不適用於道路法的公有地呢。」

「沒錯。大概是賣房子的時候跟隔壁的地主沒有談攏，這一帶經常可以看到這種巷弄。他是在死巷的正前方受到攻擊，請看這裡。」

帶刀指著死巷前方的羊腸小徑。

「從被害人是後腦勺受到重擊的狀況來看，應該不是被追趕之後受到攻擊，恐怕是被害人追著犯人在死巷裡迷失方向，遭到躲在路邊的犯人從背後毆打……我猜大概是這樣。」

「有目擊證人嗎？」

「沒有。畢竟巷子這麼窄，兩旁都是圍牆，剛好形成死角。不過被害人遇襲前，有人看到報社的車停在八丁目的路上。」

帶刀指著馬路上的一點，從那個地點可以看到古澤家。

「他採訪的對象是古澤冬樹嗎？」

「應該沒錯。不過，根據堵在古澤家的記者說，他似乎沒有在大門口蹲點。」

「先從相隔一段距離的地方綜觀全貌是那傢伙的作風。」

「有襲擊現場以外的目擊證人嗎？」

「有。附近的主婦看到剛好走在大馬路上的他，看起來的確像是正在跟蹤誰。」

「到底是在跟蹤誰呢……」

「關於這點，有個令人在意的情報。」

帶刀翻開另一份資料。

「同一時間，有人目擊到從八丁目走向車站的可疑人物。不過雖說是可疑人物，其實也只是附近沒見過的人而已。」

「什麼樣的人？」

「穿著連帽的髒外套、皺巴巴的牛仔褲、再加上前端已經翹起來的球鞋，也就是所謂的流浪漢。帽緣拉得很低，所以看不清楚長相。目前沒有被害人與流浪漢起衝突的情報，所以不確定是否有關。」

「就算看不清楚長相，身高或體型呢？」

「聽說背駝得非常厲害，身上的衣服也很寬鬆，無法確定體型，只知道走路的速度非常慢。話說健步如飛的流浪漢也很少見就是了。」

尾上當真是受到流浪漢的攻擊嗎——偷偷觀察渡瀨的表情，只見他跟平常沒兩樣地板著一張撲克臉。

「媒體聚集在古澤冬樹家，是因為有人透露他即將出院的消息吧……這也跟襲擊事件有關嗎？」

「要是無關的話，犯人也太大膽了。附近湧入大批媒體，居然還在光天化日下動手，至少不是有計畫的行凶。」

渡瀨低下頭，一副想問的事都已經問完的德性，帶刀又補了一句：

「被害人就醫的急診室就在附近，要去看一下被害人的狀態嗎？」

就像帶刀所說的，醫院就在馬路的對側。

渡瀨也沒說要去，就逕自走向醫院。古手川也不敢多說什麼。

渡瀨向櫃台表示身分、告知來意後，立刻被帶到病房。想必是松戶署的刑警已經來過好幾次了。

尾上的病房並非加護病房，而是普通病房。當然還是要保持安靜，但也不用凡事小心翼翼。

在主治醫師的陪同下走進病房，尾上躺在床上，頭上包著繃帶，一動也不動。

「手術本身是成功了，但意識尚未清醒。」

醫師的口吻十分就事論事。

「頭蓋骨凹陷之際，可能壓迫到腦部。腦膜也因為右後腦勺受到損傷而破裂，細菌可能侵入到頭蓋骨內，這部分必須繼續觀察才能判斷。」

「萬一遭到細菌入侵會怎樣？」

「可能會受到感染，對腦部造成重大的損傷。」

「哼。」渡瀨哼了一聲。

「患者送到這裡時，可有說過什麼？」

「沒有。關於這點我也向松戶署的刑警報告過了，從發現他倒在現場到現在，一次也沒有清醒過來。」

「醫生對他的外傷有什麼看法？像是可以從攻擊力道鎖定犯人嗎？」

「損傷部位在後腦勺，但因為患者本人身材矮小，很難推測犯人的身高體重。再加上我聽說凶器是比成人拳頭大一號的磚塊，使用那個不需要太大的臂力，所以也無法判斷犯人的性別。」

也就是說，這裡也沒有任何線索的意思。

「謝謝你。」

渡瀨簡單地行個禮，轉身離去。古手川正打算跟上去時，兩人又被醫師從背後叫住。

「你們也好，松戶署的刑警也罷，都好無情啊。只想知道與犯人有關的訊息，卻連跟患者說句話也不肯。」

語帶責難的發言令渡瀨回過頭來。

「你是要我對他加油加氣嗎？醫生。不好意思，這個男人不需要那種安慰。就算沒有人為他加油打氣，他也一定會清醒過來。要不要打賭？」

「你有什麼根據這麼說？」

「像這種被人憎恨至極的傢伙不會那麼輕易死掉的。正所謂禍害留千年，我也一樣。」

4

進入十二月以後，窗外的景色逐漸變換。從病房往外看，不知名的樹木已經變得光禿禿的，葉片全部掉光，宛如直立的微血管。

有慟小百合的行動範圍極端狹小，一天頂多去一趟音樂室，其他時間就只能待在自己的房間裡。儘管如此，移動時還是能看到許多景色。有些患者根本不能離開房間半步，小百合算是幸運的了。

剛進來的時候一整天都要隨時穿著拘束衣，自從不再發作、能夠專心演奏鋼琴後，就連在自己的房間裡也被允許相當程度的自由了。

被逮捕、接著被關在拘留所的那段時間遠離了琴鍵。像小百合這種身兼鋼琴老師的演奏者就算只休息一天，也得花上一個禮拜的時間才能恢復原本的水準。自從由這個監獄收監以來，她沒有一天不彈琴，但是距離完全恢復原本的水準還有好長一段路要走。可以的話，她其實想在有鋼琴的房裡醒來，但是囿於監獄的規定，這是不可能的。

風嘎啦嘎啦地吹響了窗戶。

外面的空氣到底是什麼味道？又有多冷？在以中央空調管理的醫療監獄裡，永遠只能聞到鐵鏽般的臭味，感受也很黏膩。

冷不防，耳邊傳來呼喚自己的聲音。

病房裡只有小百合一個人，但確實有人在叫她。

有人正以非常懷念的聲音呼喚自己。那個人正從五里霧中呼喚著自己的名字。

那是誰的聲音——在記憶裡翻箱倒櫃，但始終無法具體成像。

在絞盡腦汁地思考時，有人闖了她的思緒。

「有働小姐，吃藥的時間到了。」

是負責照顧自己的護理師，名字好像叫百合川來著。

得說點什麼才行。

「今天的天氣真好。」

雖然偶有陽光，但天空烏雲密布，可是她一時想不到其他不痛不癢的話題。

因為加裝了鐵窗，從窗戶看出去的視線範圍非常狹窄，但希望視野能更開闊一點只是奢侈的想法而已。鐵窗除了要防止受刑人逃走，也具有防止受刑人跳樓的用意。

護理師百合川望了窗外一眼，露出困惑的表情，但也只是一瞬間。

「對呀，天氣真好。」

醫療監獄的護理師有八成都是像百合川這樣的女性，這點跟一般醫院沒兩樣，但事實上卻是募集各地的獄警投入，並協助她們取得準護理師*的資格，再分發到各個單位。或許也因為如此，即使穿上護理師的制服，她們身上也散發出與獄警相同的氣味。

或許是包括薪水在內的所有待遇都令人不滿，醫療監獄長期處於人手不足的狀態。獄方為了填補這個缺口，也曾向一般醫院尋求支援，無奈與患者應對的方式和普通醫院終究不太一樣，所以來的人都撐不久。

「感覺有點冷。」

「是嗎？應該沒有人去動到病房的空調設定……我稍後再檢查一下。」

小百合還被視為危險的患者時，百合川不會自己一個人過來。接受診查的時候一定會有另一位獄警負責監視，而且除了診療的話題以外，不會多說一句話。就算具有醫院的功能，這裡依然是監獄。

是開始進行音樂療法以後，才改變了這個環境。

雖然遠離琴鍵好長一段時間，小百合畢竟是以演奏維生的人，要抓住聽眾的耳朵並非難事，上次古手川和御子柴不就聽得如癡如醉嗎。

不只受刑人，小百合彈奏的旋律對醫生及獄警似乎也有一定的影響力，隨著演奏技巧逐漸恢復，待遇也得到改善。最近就連彈琴以外的時間，她也乖得像隻借來的貓*，所以像現在這樣接受診查時，不用再受到獄警監視。長期為人手不足傷透腦筋的醫療監獄必須有效率地分配

㉗日本的一種護理職資格，因應戰後對護理人員的需求而產生。和正式的護理師由厚生勞動大臣頒發國家認證不同，準護理師在經過最短為期2年的教育訓練並畢業後，是由道都府縣知事頒發資格。必須在接受醫生或正式護理師的指示下進行醫療協助。

㉘原文為「借りてきた猫」，日本俗語。用以形容和平常不同，相當安靜老實的樣子。據說古時候在貓還是稀有動物的時期，有人向養貓人家借用貓來驅趕老鼠，貓卻因為來到陌生環境而感到不安，所以一動也不動。源自這個習性才出現了這樣的形容法。

獄警的人力才行。

無論如何，接受診查時能與百合川單獨相處真是太好了。雖說只是站在那裡，但旁邊站著一個不苟言笑的獄警，還是讓人靜不下心來。

「百合川小姐。」

「什麼事？」

百合川極其自然地回答，這也是最近才開始的現象。起初喊她的名字時，她會露出詫異的表情。後來才知道自從當上獄警之後，大家不是叫她管理員，就是老師，所以不太習慣。

「妳每次給我打的那個是什麼藥啊？」

「是讓妳心情平靜下來的藥喔。」

如果是鎮定劑，直說就好了，但或許是獄方有規定，百合川才避重就輕地說。

「我不喜歡那個藥，每次打完都會迷迷糊糊的。」

「沒有人喜歡打針吧。」

「不能不打嗎？」

「妳想要治好的話，就請聽從醫生和我的指示。」

「治好以後，可以出去嗎？」

準備針劑的手停止動作。

「……這不是我們能決定的事，我也無法判斷。」

百合川有些困惑，但也只是一瞬間的事。

小百合知道她困惑的理由。

但刻意跳過這點，繼續往下說。

「我想出去。」

「想去散步嗎？可能有點困難。」

「我想出院。」

「妳還不能在外面生活。有働小姐，請不要讓我太為難。」

小百合正視百合川的雙眼，只見後者的眼神遊移不定。

「而且就算出院……」

「就算出院會怎樣？」

「……沒什麼。這裡也沒有那麼糟吧。再說了，這裡的工作人員和其他患者都很喜歡妳彈的鋼琴。啊，我當然也是。」

語氣驟然一變。百合川很清楚只要讚美她的演奏，小百合的心情就會變好。

「就像上次律師來探視妳的時候，妳彈的那首曲子。雖然也有人感到不安，覺得妳彈得比平常激昂，但我非常喜歡。那首曲子叫什麼名字？」

「貝多芬的鋼琴奏鳴曲〈熱情〉。」

「〈熱情〉啊……我對古典音樂和鋼琴一竅不通，但確實能從曲風中感受到熱情呢。該怎麼說呢，感覺自己的內心深處受到觸動。妳平常都彈一些比較寧靜、比較柔和的曲子，為何那天會特別選擇〈熱情〉呢？」

「應觀眾要求。因為那天來的人當中，有兩個人都很喜歡貝多芬。」

「能當場回應觀眾的要求真厲害啊！而且也不是隨時都有樂譜可以看吧。」

「因為已經背下來了，全部都記在腦子裡和手指上。把樂譜放在譜架上只是為了以防萬一。有人會邊演奏邊翻譜，但我是幾乎不看的。」

「那真的很厲害呢！我可以理解記在腦海中，但用手指記憶是什麼意思？」

「就是字面上的意思。即使腦子在想別的事，手指也會自顧自地照樂譜彈。」

「即使是那麼長的曲子嗎？」

「百合川小姐在打針或量脈搏的時候也不會一一思考吧，就跟那個一樣。」

「才不一樣，才不一樣。」

百合川慌張地又搖頭，又搖手。

「因為只要花上幾年，就能取得準護理師資格、學會該怎麼工作。但是要舉辦售票演奏會至少也得經過十年以上的時間，我聽說如果不從還沒學九九乘法表的階段就開始學琴的話，就沒意義了。再加上醫療行為只要熟練就能從事，但音樂或藝術的世界還是要有天分才能長久待下去不是嗎？」

「百合川小姐把彈鋼琴想得太難了，彈鋼琴不需要什麼才能或天分。硬要說的話，只要有一首朗朗上口的歌就行了。」

「朗朗上口的歌？」

「百合川小姐喜歡唱歌嗎？」

「喜歡到沒有音樂就活不下去，上下班途中都會在車上用 iPod 聽音樂……」

「想起喜歡的音樂旋律，身體就會想動起來不是嗎？彈鋼琴只是把活動範圍縮小到手指上，妳要試試看嗎？」

「咦？」

「我都會教剛接觸鋼琴的人一個訣竅，只要透過這個方法，就能知道那個人適不適合演奏。請先伸出雙手。」

或許是受到小百合的老師口吻驅使，百合川言聽計從地坐在床邊，伸出雙手。小百合把自己的手重疊在她的雙手上。

「試著邊哼出妳喜歡的歌，邊動動手指。」

百合川依言照做，十指上下彈動。

小百合用掌心感受一下她的動作，悠然搖頭。

「妳太緊張了，放鬆一點。」

小百合從床上站起來，慢慢地繞到百合川背後，再次將自己的手重疊在她的手上。

「我不在妳面前的話，是不是就不會緊張了？好，再試一次。」

百合川又開始彈動手指。

「接下來請閉上雙眼，想像自己與音樂融為一體。」

從背後觀察她的反應，百合川老實地閉上眼睛。

就是現在。

小百合用右手從背後繞過百合川的脖子，事出突然，對方連叫的時間都沒有。小百合用自己的體重將百合川放倒在地上。

「唔！」

左手以迅雷不及掩耳的速度摀住對方的嘴巴。獄警多少都學過一點武術，但被人從背後偷襲，而且是整個人坐在她身上，想要反擊也無能為力。

在她手忙腳亂地掙扎同時，頸動脈已經被小百合的手臂勒緊。

一分鐘，兩分鐘。

百合川的動作漸趨緩慢。

然後終於靜止不動。

小百合為求慎重起見，依舊沒鬆開勒住對方的手。自從以彈琴維生後，她對自己的臂力就很有自信。

當她終於放鬆手臂的力量時，百合川就跟洋娃娃一樣，癱軟在地。是死是活都無所謂，只要暫時不動就行了。

這時，又從遠處傳來呼喚自己的聲音。

得快點去才行——。

小百合剝下百合川的護理師制服，穿在自己身上。把脫到一絲不掛的百合川塞進床底下，用絲襪將她的手腕綁在床腳，再把睡衣一角揉成一團，塞進她嘴裡。

死了也無妨，但萬一一息尚存，這麼做可以避免她呼救。

換好衣服，不經意地將手插進口袋裡，指尖似乎摸到了什麼東西。

好像是置物櫃的鑰匙。

走出病房，若無其事地走在走廊上。在醫療設施裡，護理師的身影也是景色的一部分。據百合川所說，其中也請了一些臨時雇用的護理師，所以只要換上制服，誰也不會留意到小百合。

走了一會兒，有個年輕的獄警朝自己走來。

「不好意思。」小百合邊說邊主動走上前去。「我是昨天才來的臨時人員，不小心迷路了……請問更衣室在哪邊？」

獄警親切地告訴她該怎麼走。照獄警的說明在走廊上轉彎，更衣室隨即映入眼簾。

從口袋掏出鑰匙，鑰匙上還好心地寫著編號，告訴她置物櫃的位置。

置物櫃裡除了百合川的便服以外，還有手提包，打開手提包一看，化妝包及智慧型手機、錢包、票夾一應俱全。

她趕緊換上便服。但是在剛剛還穿著護理師制服的時候就感覺到了，百合川的身材比自己嬌小，扣上釦子後幾乎喘不過氣來。算了，出去再買合身的衣服就好了。

已經幾個月沒有化妝了。

小百合從化妝包拿出口紅和眼影，開始塗抹在自己臉上。化得稍微濃一點。光是這樣，給人的印象就大不相同。

對隨身鏡中的自己感到滿意，小百合關上置物櫃，走出更衣室。

從牆上的平面圖掌握玄關的位置。換上便服後，沒有人會多看她一眼。

推開大門的瞬間，冷凜的空氣刺向肌膚。那份痛楚意外地舒服。

老師——。

那個聲音又在呼喚自己了。

小百合彷彿受到聲音的指引，走出醫療監獄的正門。

*

「八王子醫療監獄到底在幹什麼！」

聽到有働小百合從八王子醫療監獄逃獄的消息時，古手川忍不住朝周圍發火。話說回來，自從開始調查青蛙男的案子，古手川和渡瀨就形影不離，所以能發火的對象也只有一個人。即便正往八王子醫療監獄前進的現在，古手川也一路都在發牢騷。

「就算是醫療設施，也還是監獄吧。居然讓受刑人從監獄逃走，再怎麼鬆懈也該有個限度。人手不足根本不是理由，不如說那還是工作人員太多的證明。」

得知消息的那一刻，古手川忍不住踢飛了腳邊的椅子。聽說負責照顧小百合的是獄警，才剛放下一顆心，馬上就發生這種事。

「既然是獄警，至少也該學過擒拿術吧，卻被外行人，而且還是女人撂倒，還有比這個更荒謬的嗎？」

上次去探視小百合的時候，她還為自己和那個混帳律師彈了令人懷念的曲子，記憶也停留在被捕之前，看起來十分穩定。

沒想到她居然會攻擊護理師，變裝逃走。怎麼想都不覺得那是突如其來的行動，絕對是事先計畫好的作戰。

那麼，呈現在他們面前的言行舉止只是在演戲嗎？就連她的演奏也只是表演嗎？

「因為狀態一直很穩定就不認真監視是什麼道理？就算是患者，她也是罪犯。就不能連同每個人的房間在內都裝上電子鎖，二十四小時派人監視嗎？」

古手川對小百合又愛又恨，乃至於比起逃獄的本人，無論如何都會比較針對讓犯人跑掉的獄方。

「法務省也不要這麼小氣，比起確保那些官員的薪水，更應該把錢花在擴充監獄的設備上吧！」

上次與渡瀨前往八王子醫療監獄，就曾經被那裡的警備之單薄嚇了一跳，早知道事情會變成這樣，當初為何沒不顧一切地要求獄方提高警戒呢？

「要是給工作人員的薪水太低，沒有人要來工作的話，那就提高薪資水準嘛！如果是監獄的警備體制不足，就引進最新型的保全系統嘛！到底是為了幹什麼才向國民收稅的！」

始終抱著胳膊坐在副駕駛座的渡瀨終於冷冷地開口：

「古手川。」

「什麼事？」

「吵死了。」

直到抵達八王子醫療監獄之前，渡瀨都不准古手川再多說一句話。

到了那裡，現場已經一片騷動了。

員警比古手川至今見過的任何一個案發現場都還要多，也比任何一個案發現場還更殺氣騰騰。圍了十幾二十圈的媒體和看熱鬧的群眾被重重的封鎖線隔絕在外，一隻螞蟻都別想混進去，就連想拍攝建築物的攝影師也被擋在外面。前所未有的大陣仗令記者們發出不滿的聲浪，警官們全都當作沒聽見。古手川和渡瀨走進建築物時，警官和記者正在眼前上演一齣小型的全武行。

「搞什麼嘛，拍張照片也不行嗎！」

「這裡是監獄，如果要拍照，請先向搜查本部申請。」

「你沒聽過報導自由嗎？這是國家權力的濫用！」

「是嘛是嘛。如果要抗議的話，請透過公關部門。我們只是照著上級的命令執行任務。」

「重刑犯逃獄了！向我們公開資料，引起社會大眾的注意才是維護治安之道吧！」

還以為進到裡面至少會安靜一點，但病房裡也擠滿了大批的警官和鑑識人員。看到外套上的徽章，不只八王子署的人，警視廳的搜查員也來了。不同於平常的案發現場，每張臉上都寫滿焦躁，彷佛正被什麼東西追趕著，忙著走來走去。

「班長，這是……」

「光是讓受刑人從冠有監獄之名的設施逃走，八王子署和警視廳的面子已經完全被踩在腳下了，現在已經陷入火燒屁股的狀態，所以才會緊張成那樣。要是讓重獲自由的有働小百合再犯下什麼可怕的案子看看，為了負起讓猙獰猛獸逃出去的責任，你猜會有幾個人的烏紗帽要因此被摘掉。所以他們才會怕成那樣啊。」

原來如此。古手川想伸手拍打自己的臉頰。

那個利用旋律，攪亂聽眾心情的鋼琴演奏家，對於自己和御子柴以外的人而言，只不過是精神有毛病的殺人犯。

「可是班長，一頭撞進氣氛這麼緊張的八王子署和警視廳的刑警們當中，我們不會被當成不速之客嗎？」

「你在說什麼傻話。」

渡瀨一副事到如今還有什麼好說的語氣。

「不是被當成不速之客，根本就是不折不扣的不速之客。我們是為了青蛙男事件而來，但是站在八王子署的立場上，有働小百合的逃獄是獨立的事件。其他轄區的刑警插手管自己轄區闖的大禍，沒幾個人能泰然處之。」

「那……」

那你還一派天上地下唯我獨尊的態度——古手川連忙吞回這句話。

「別擔心，我已經跟上面報告過了。」

攔住一位警官詢問後，得知負責指揮現場的是掌管八王子署強行犯科的警部，還以為會出現在現場的警部只有渡瀨，但換個角度思考，表示本案嚴重到必須由警部階級親自出馬，坐鎮指揮。

誰是那位姓神矢的警部很快就一目了然了，想必就是正在小百合的病房前痛罵部下的男人。

「埼玉縣警的搜查一課？」

神矢狐疑地打量渡瀨和古手川。即使渡瀨說明原委，神矢的視線始終尖銳。他的言行舉止就連客套話都無法形容為處之泰然。

「這不是你們該管的事吧。」

「我剛才說過了，有働小百合與我們正在追查的案子有關。」

「就算有關，她也不是嫌犯吧。而且完全接觸不到外面，連參考人也稱不上。」

「目前是這樣沒錯。」

「你說什麼。」

「沒有人能保證有働小百合出去以後會不會與青蛙男聯絡。萬一兩邊搭上線，你可以想像我們手中的線索有多大的價值。」

哪來的跟上面報告過了。

古手川決定靜觀其變。關於這方面的交涉，沒有人是渡瀨的對手。果不其然，神矢上勾了。

「……上頭不會同意讓其他轄區的人介入。」

「我們沒有要介入，只是交換情報而已。不妨告訴你，這個小伙子在上次的案子一直盯著有働小百合，再也沒有人比他更了解調查資料裡沒有的線索了。」

聽到一半，神矢打量古手川的眼神變了。

班長，你居然拿我當談判的籌碼……。

「再順便告訴你一聲，在這次遇襲的護理師之前，這小子就曾被有働小百合攻擊過了，對她的經驗值比任何人都高。」

經驗值——古手川對這個字眼心生不滿，但又敢怒而不敢言。

「可是你們能提供的情報，只有鑑識人員在這裡找到的成果和查訪的結果。光憑這些線索，不可能鎖定她的去向。所以說，交換情報對誰比較有利？」

看得出來功利主義與虛榮心正在神矢心中拔河，渡瀨不可能放過這個機會。

「如果放任她繼續在逃，那個女人一定會鑄下大錯。退一百步來說，就算沒惹出任何麻煩，就算今天就抓到她，還是免不了被追究責任，居然放任精神異常的受刑人在外面趴趴走。多拖一天就多一個人被究責，拖兩天就有兩個人被究責。對於現場指揮官而言，掌握現在這個瞬間才是最重要的關鍵不是嗎？」

雖然每次都這樣，但古手川還是在一旁聽得目瞪口呆。不只嫌犯，他連自己人也敢毫不在乎地威脅。

神矢不到十秒鐘就棄械投降。

「你們問完就會離開吧？」

「我本來就是這個打算。」

神矢一旦下定決心，動作倒是挺快的。

「被有働小百合攻擊的護理師在另一個房間。」

跟我來──神矢率先往前走。

「清醒過來了嗎？」

「除了頸動脈，氣管也受到壓迫，要是再晚一點發現，可能有生命危險。據本人所說，有働小百合藉口教她彈琴，繞到她背後，從背後勒住她的脖子。由於是在身體緊貼的狀態下被勒住，沒辦法還手。有働小百合搶走她的衣服，假裝成護理師，溜出病房後，換上置物櫃裡的便服，堂而皇之地從正門離開。」

「回診的時候不是規定要有獄警陪同嗎？」

「因為護理師與獄警的人數都嚴重不足，對有慟小百合那種不需要費心的受刑人貌似就比較放鬆戒備了。」

「不需要費心嗎。」

古手川忍不住出言相譏。神矢難為情地回答：

「八王子署的所有人都跟你們想的一模一樣。渡瀨警部所言甚是，無論事情怎麼落幕，所長以下，矯正部長、醫療部長肯定都要引咎辭職。」

「倒也不見得。」

渡瀨的話讓神矢挑了挑眉。

「什麼意思？」

「有慟小百合自從一審判決以後，樣子就變得很奇怪，所以才會送來這裡。可是，要不是因為她有心神喪失的可能性，應該要關進戒備更森嚴的小菅拘留所才對。」

「渡瀨警部……你該不會想說，有慟小百合是裝病的吧？」

「當然也有可能是真的心神喪失，因為音樂療法奏效，暫時處於緩解狀態也未可知，不過最好不要忽略那個女人比我們想像的都還要狡猾的可能性。」

「要送醫療監獄可是經過精神科醫師的診斷喔。」

「即使為同一個患者看診，不同的醫師也會有不同的見解。所謂的精神科，說穿了就是這麼回事。認為醫生比患者聰明只是先入為主的幻想。最好不要以為逃獄的有働小百合只是區區的精神病患。別看她那個樣子，又會彈具有療癒效果的鋼琴，可能會給人天真爛漫的印象，但千萬別忘了有働小百合在上次的案子親手殺了四個人的事實。」

這句話雖是對神矢說的，卻也刺進古手川的心裡。不，毋寧說這是對自己的警告。

別忘了有働小百合是異常殺手。

這點他很清楚。

應該很清楚吧。

名叫百合川的護理師躺在另一個房間裡，看樣子已經恢復得差不多，正從床上坐起來。

「我真的太不小心了。」

百合川無地自容地垮著肩膀。

「她說要教我彈琴，因為她的教法太自然了，害我不知不覺背對著她……不，這都是藉口，一切都是因為我的大意。」

「被搶走的皮包裡有什麼東西？」

「化妝包、錢包和票夾，還有手機。」

神矢亟欲辯解地插嘴。

「現在正從儲存在票卡裡的資訊過濾使用履歷。」

既然是內藏晶片的票卡，應該能回溯過去的使用履歷。透過上下車的地點和時間，就能鎖定使用者的位置到一定程度。

然而這一切都建立在票卡被使用的前提下。

「錢包裡有多少現金？」

「我記得有兩萬多。」

「那可以搭計程車了。」

「JR八王子站和京王片倉站當然不用說，主要幹道都設點盤查了，也通知所有的計程車行。已經布下滴水不漏的天羅地網。」

「可是包括我們在內，附近的警局接獲通報時，距離事情發生已經過了四個小時。」

「真難以啟齒，八王子署花了一點時間才接獲通知。」

神矢自嘲地苦笑。

「是八王子醫療監獄太晚通報了，原因不用說也知道。」

隱瞞缺失——先動員所有在監獄裡工作的人分頭找，實在沒辦法了，才通知八王子署。

混帳東西。

神矢和百合川都看到古手川嘖了一聲，卻沒有說什麼。

「相隔四個小時才設下的天羅地網已經沒什麼太大用處了。四個小時都可以去神戶了。要是她用自動售票機購買車票，想追也無從追查起。」

渡瀨大概說中了他們的心聲，神矢和百合川一臉懊惱地緊咬著下唇。

那天下午，有慟小百合逃獄的消息總算解禁，以八王子市內為中心，不安在市民之間蔓延開來。

各小學和幼稚園臨時決定集團放學，由八王子署的員警保護兒童回家。

晚報和新聞節目全都放上小百合的大頭照，平常對加害人，尤其是患有精神疾病的刑事被告特別慎重的媒體，也在提醒市民注意這個冠冕堂皇的理由下自我解禁。

對警方的不信任感與抗議日益高漲，究責的聲浪宛如野火燎原般不斷延燒。

另一方面，小百合的行蹤依舊無人知曉。

四、粉碎

1

十二月三日。

末松健三結束看診，與輪班的同事打了聲招呼後，走出醫院。

時間為晚上十點三十分。車站前的商店已經熄燈，路上行人也只剩下小貓兩三隻，唯有停車場特別顯眼的站前大道顯然是重劃失敗的範本，對於喜歡熱鬧、追求流行的末松而言，再也沒有比這個更令人鬱卒的景色了。

要是自己有錢、要是有賞識他的人願意出資，就能在人潮更多的地方開業。每次走在路上，他都會重複這句充滿怨念，宛如咒語的祈願，但至今未能實現。

接下來比起肉體的疾病，無疑是心理疾病將大行其道，末松就是在這種不純的動機下成為精神科醫師，但他想得到的事，別的醫生也想到了。實際上，來看心理醫生的患者的確變多了，但仔細觀察，精神科醫師也逐年在增加，在同業競爭下，末松要出人頭地可以說是難若登天。

到底是哪裡出了錯。

思前想後，依舊無法做出其實是自己太沒人望，所以才不得人心的正確判斷，一直把曾經不只一次受到媒體注目的過去拿出來說嘴，既不謙虛、也不誠實的人，不會有誰會對這種人產生共鳴的。但他卻誤以為自己會被孤立是因為周圍的人不了解自己。

時間逼近晚間十一點，這時候還開著的店頂多只有居酒屋，但末松的自尊心不允許他混在上班族或學生之間，喝著便宜的酒。還是回到空無一人的房間喝白蘭地吧，雖然一個人喝酒索然無味。

可惡。末松又想抱怨了。

不應該是這樣的。

他所描繪的未來是在東京都內開一家冠上自己名字的醫院，娶個漂亮老婆，住在有寬敞露台的高級大樓，現實是他至今仍孤家寡人，只是個籍籍無名的受雇醫生，而且還懷才不遇地屈居在這種鄉下地方。

受到媒體注目時，還以為自己終於要走運了。還以為攝影機的陣仗、麥克風的數量是保證他前程似錦的通行證。但那只是自己的錯覺，打在末松身上的鎂光燈沒多久就轉去照亮別人。

命運女神並未對末松微笑。

可惡。他又低咒了一聲。

又不是我的錯。

絕不是因為我缺乏說服力。

都怪衛藤搶走了所有的功勞。明明是末松在法庭上使出渾身解數，鋒頭卻被那傢伙的辯護搶光。

也許是衛藤平常做了太多壞事，或是與人結仇，被人用極為殘忍的方法殺害，真是大快人心。這麼一來，自己也稍微消氣了。

沒辦法，今晚也用那傢伙的死亡報導來下酒吧——末松一邊這麼想著，一邊從大馬路走進巷子裡。光線愈來愈昏暗，再加上停車場太多，已經完全不見人影。

奇怪，不對勁。

十公尺左右的前方，有個人影正彎腰駝背地坐在路沿石上。

起初嚇了一跳，但是從那模樣來看，應該是流浪漢。用外套的帽子遮住臉，穿著皺巴巴的牛仔褲和前端已經翹起來的球鞋，旁邊還有一輛裝滿了空罐的小型手推車。

流浪漢並不稀奇，但每次在自己經過的地方看到，總會覺得不舒服到了極點。明天開始改走別條路吧。

正打算加快腳步從他面前經過時，出現了異狀。流浪漢的上半身失去平衡，臉朝下倒在路上。

不僅如此，流浪漢的右手突然抓住他的褲管，迫使末松不得不停下腳步。

「喂，放手。」

試著抽回被抓住的腳，但流浪漢攥得死緊。

「叫你放開。」

腦海中瞬間閃過踢開他強行離去的念頭，但是所剩無幾的職業道德阻止了他。

萬一這個流浪漢真有什麼急病，而且大難不死，還記得對自己見死不救的人可怎麼辦才好。

萬一警察找上門來，發現見死不救的人居然是現役醫師，世人會有什麼反應。這還用說嗎，當然是用一副正義凜然的態度修理末松。

要是流浪漢真的命在旦夕，只要善盡醫生本分，進行最基本的急救，再幫他叫救護車，然後就沒自己的事了。

瞬間衡量過利弊得失，末松在流浪漢跟前蹲下，流浪漢特有、宛如臭抹布的臭味撲鼻而來。

你沒事吧？正要開口的那一剎那。

流浪漢突然繞到末松背後。

來不及判斷發生什麼事，末松的反應慢了一拍。

下一秒鐘，後腦勺受到重擊。

鼻腔裡充滿燒焦的氣味，無法呼吸。

視野與思緒急速萎縮。

沒多久便失去意識。

遠處傳來聲響。

是無機質且粗魯的機械噪音。

慢慢地睜開雙眼，頭上是滿天繁星的夜空，青草被太陽曝曬的熱氣和機油的臭味鑽進鼻腔。

冷不防，後腦勺的疼痛甦醒，末松正要發出叫喊聲。

卻只能發出悶住的聲音。

口中有種異物感，伸出舌頭舔舔看，頂到有如混凝土般帶著顆粒感的布料，還有鐵鏽般的味道。

他拚命把隨時都要斷線的意識連接起來，總算感覺到拂過臉頰的風，果然還在戶外。

從全身感受到的震動，得知自己正在被搬運。可以直接感受到地面的狀況，足見不是坐起來很舒服的交通工具。

稍微轉動一下脖子，塞滿在塑膠袋裡的空罐映入眼簾。

逐漸甦醒的記憶中出現一輛小型手推車。原來如此，自己正坐在手推車上。

試著轉動身體，身體卻動彈不得，好像是被草席包起來了。身上之所以會有一截一截的反作用力，怕是還用繩子之類的綁住。外套和鞋子都被脫掉了。

一面忍受疼痛，驀然想起似地抬起頭來，視線角落捕捉到拉著手推車之人的腦袋。

這個人是要帶自己到哪裡去？

這個人打算想做什麼？

想大聲問對方，但是嘴裡塞著東西，發不出聲音，光是微微轉動脖子就引來一陣劇痛。

從拂過臉頰的風可以知道是在戶外，從青草被太陽曝曬的熱氣可以察覺是在某個草地上，但只有這些線索，就連昏迷至今過了幾個小時也無從得知。

後腦勺的衝擊應該是毆打所致，不管是徒手，還是用了什麼工具，完全沒有手下留情，再加上把他當物體搬運的野蠻對待，完全感覺不到對方有一絲顧慮。

再次悚然一驚。不曉得對方會對他做什麼，但顯然沒辦法全身而退了。

末松開始思考求對方饒命的台詞。

如果是為了劫財，整個錢包都可以雙手奉上。

如果對方只是為了發洩心中積鬱，就乖乖地讓他打，老實地任他拳打腳踢，只要能留下一條小命就行了。只要能饒自己不死，就算要脫光下跪也無所謂。只要別激怒對方，就算要舔對方的鞋子也沒關係。

第三次試著發出聲音，依舊徒勞無功。嘴裡都是唾液，味覺也恢復了，可以更仔細地分辨塞在嘴裡的布料味道，夾雜在鐵鏽中的，無疑是人類的汗水所留下年代久遠的鹽味。反射性地想要嘔吐，但是胃裡的東西萬一逆流，堵住鼻子，可能會窒息而死，連忙擋在喉頭部分。酸味從食道湧上來，逼出眼淚。

恐懼襲上心頭。完全不知道對方想做什麼。話說回來，自己為什麼非得遇到這種事不可。對方是原本就鎖定自己，還是隨機挑人呢？

不安令恐懼加速膨脹。要是嘴裡沒有塞著東西，牙關一定會抖到咬不緊吧。額頭和腋下噴出大量的冷汗。

震動突然消失。手推車停止不動。

已經做好會立刻被流浪漢痛下毒手的心理準備，但事情的發展並未如他所預料，末松被丟在那裡好一會兒。

再次抬起頭來看，卻被手推車的車身壁擋住，什麼也看不見，只聽見貌似鎖鏈嘎啦嘎啦的聲響。

接在開門的聲音後，啪噠啪噠的腳步聲由遠而近。下意識想起前端翹起來的球鞋，全身因此僵硬。即便如此，流浪漢依然沒對末松下手，又開始移動手推車。

抬頭仰望正上方，載著末松的手推車被推進有屋頂的建築物。雖然是建築物，卻感受到風的吹拂，所以好像沒有牆壁，草的味道也還是一樣。

這裡是哪裡？

到底是什麼設施？

因恐懼與焦躁而陷入混亂的五感中，只剩嗅覺還能保有相對正常的功能，也因此聞到木屑的味道。

鋸木廠？還是組裝建材的倉庫？

往前走了一小段路，手推車又停下來。

求求你，不要停下來。

移動的時候還能活著，一旦停下來，就是行刑的時間了。

末松嚇到全身發冷，這才知道恐懼會奪走人的體溫。

神經宛如繃緊的弓弦，耳邊傳來「轟……」的低沉聲響，儼然是龐然大物的機械開始運作的聲音。

接下來的聲音更令人毛骨悚然。緩慢又低沉的運作聲，活像凶猛的肉食性動物在嘶吼。還有邊擠壓邊移動的輸送帶聲音。

是什麼機器？

想對我做什麼？

拚了老命地縮著身體時，流浪漢以極為緩慢的動作出現在視線範圍內，末松認為這是最後的機會，準備好求饒的千言萬語。

但是因為塞在嘴裡的布，他發不出聲音來，取而代之的是淚水狂流。為了盡量表達自己的意思，試著扭動身體，但也無法如願。

流浪漢完全不把末松的垂死掙扎放在心上，扛起他的身體離開手推車，末松總算搞清楚自己身在何方。從堆積如山的廢棄木材和散落在混凝土地板上的木屑來看，果然是鋸木廠。不過，與其說是作業場所，更像是用來推放木材的地方，屋頂只以幾根柱子支撐，非常簡陋，也沒有牆壁。

聲音是從流浪漢的目的地傳來的。機械的全貌映入眼簾的瞬間，末松瞪大了雙眼。

以倒八字朝天空大大張開的投入口，有條長長的輸送帶從排出口延伸出來。

更靠近一點，投入口的構造一目了然，迴轉軸在左右兩側慢悠悠地旋轉，把丟進去的物體全部碾碎。剛才聽到的肉食性動物嘶吼，就是迴轉軸的聲音。

末松頓時理解流浪漢的用意，腦漿幾乎沸騰。

住手。

掌管分泌的神經似乎出了問題，明明只感到害怕，卻不聽使喚地涕泗橫流。再怎麼反抗，流浪漢都不以為意，一步一步地走向粉碎機。明明不合乎人體工學，扛著末松的時候卻刻意讓他頭朝前方，無疑是要他親眼看見通往地獄的入口。

住手！

希望落空。

流浪漢將末松的身體轉了一百八十度，從腳尖放進粉碎機。

動作再緩慢，那兩根迴轉軸也絕不會讓獵物逃脫，牢牢地抓住末松的左腳，捲入兩根迴轉軸之間。

咯吱。

小指連同襪子被咬碎，末松發出不成聲的哀嚎。

咯吱咯吱咯吱咯吱咯吱。

大鋼牙依照後趾骨、中趾骨、前趾骨的順序咬碎骨肉。腦髓已經無法處理的劇痛直擊腦門，末松險些昏厥。

然而，就連想要昏厥也不能如願。迴轉軸毫不留情地吞下腳尖，食髓知味地開始咀嚼蹠骨和跗骨。

咯吱咯吱咯吱咯吱咯吱咯吱咯吱咯吱。

皮膚被撕裂，血肉模糊，骨頭粉碎的痛楚與絕望的聲音在腦海中迴盪。僅存的一絲理智希望自己快點死掉，但大腦可以接收的訊息似乎有其極限，雖然斷斷續續，但五官的感受還在。

求求你。

殺了我。

自己的血濺到自己臉上，具有黏性的觸感濕濕滑滑。是滲到眼睛裡嗎，右眼的視野染成斑斑的血紅色。

沒多久，左腳踝以下已經完全被吞吃入腹，粉碎機又開始咀嚼腓骨和脛骨。

咯吱咯吱咯吱咯吱咯吱。

殺了我、殺了我、求求你現在就殺了我。

末松不成聲的哀嚎在那之後又持續了好幾分鐘。

2

十二月四日清晨五點四十八分，古手川接獲通知，與坐在副駕駛座的渡瀨一同前往案發現場，地點是埼玉市岩槻區岩槻大字，元荒川沿岸的鋸木廠。

〈可能是青蛙男幹的〉，在凌晨四點十三分接獲發現屍體通知的渡瀨班，因此會合。古手川也因為睡到一半被叫醒而忍不住抱怨，但一聽到被害人的名字是以〈ス〉為開頭，睡意立刻消失得無影無蹤。

「死者的名字叫末松＊沒錯，但光憑這點就能斷定是青蛙男做的嗎？」

「現場好像留有那張犯罪聲明。」

渡瀨半睜著眼睛回答。看在旁人眼中，可能會以為他快要睡著了，但古手川認識他那麼久，知道他是在拚命壓抑內心的衝動。

還不了解詳情，但古手川很清楚，除非渡瀨主動開口，否則問他什麼都沒用。於是古手川也噤口不言，專心開車。

現場還籠罩在夜色裡，但負責這一區的岩槻署搜查員已經到了。雖說是鋸木廠，但真正算是工廠的建築物其實是位在一百公尺以外的草地上，用藍色塑膠布蓋起來、只有鐵皮波浪板屋頂的小屋。

轄區刑警的動作異常緩慢。就算是一大清早好了，但他們也只是聚在一起聊天，感受不到一絲緊張感。儘管如此，渡瀨仍舊沒出惡言，走向圍成一圈的搜查員。

冷不防，夾雜在青草熱氣裡的異臭鑽進鼻腔，是木屑和血肉的味道。古手川做好心理準備，迎向被血水染紅的命案現場。

負責指揮現場的是強行犯科的鷺山，他以非常緊張的表情看著渡瀨。

「渡瀨警官，您要看屍體嗎？」

真是個明知故問的問題。

「驗屍作業已經結束了嗎？」

「基本上是……問題是，那實在有點……」

「但是不看也不行。」

「看完會吃不下早飯喔。」

鷺山畏首畏尾地掀起藍色塑膠布，為渡瀨他們帶路。

即使是第一次看到，古手川也知道那是用來粉碎廢棄木材的裝置，可是看到呈倒八字形敞開的投入口時，差點嚇得魂飛天外。

裡頭有個只剩下上半身的男人。

上腹部以下都被捲進兩根迴轉軸裡，看不見前端，但肯定已經支離破碎。

剩下的上半身被髒兮兮的布捲成壽司狀，如今那塊布也鬆開大半，露出屍體殘破的剖面。

大概是在粉碎的過程中噴出來的，以迴轉軸為圓心，肉片和內臟飛濺到四面八方，將投入口染成五顏六色。血液毫不留情地噴到本人臉上。各種亂七八糟的味道全都混在一起，加上彷彿肉燒焦的臭味和糞便的臭味，化成刺鼻的臭味。

強烈的臭味令古手川忍不住撇開視線，但接下來看到的景象更悲慘。靜止的輸送帶上，原

㉙末松的片假名拼音為スエマツ（suematsu）。

本應該是肉體的碎片沒完沒了地峰峰相連到天邊，衣服和皮膚和肉，就連脂肪和骨頭也完全變成粉末狀，匯流成慘絕人寰的絞肉河。

耳邊不期然傳來可怕的聲音。滴答滴答的水聲，規律地刻劃著時間的腳步。

滴答。

滴答。

定睛一看，隨即明白聲音的來處。大量的血液和體液混在一起，從輸送帶的兩端滴落。不能在渡瀨面前把頭轉開，但是再繼續看下去，胃裡的東西可能會跑出來。古手川在最後一刻用喉頭擋下作嘔的感覺。

「最先發現屍體並打電話報警的是鋸木廠老闆。」

鷲山瞥了慌張的古手川一眼，打破沉默。

「那條路上，鋸木廠和住宅的距離相隔甚遠。老闆凌晨四點左右被粉碎機的聲響吵醒，趕來之後就發現了屍體。」

渡瀨邊聽鷲山報告，一動也不動地盯著屍體。古手川有時會懷疑，他是不是有一部分的感覺已經麻痺了。

「驗屍官怎麼說？以死後才切斷來說，出血量未免也太多了。」

「驗屍官說切斷面還有活體反應。所以不是死後才切斷，而是活生生被粉碎。」

渡瀨眉宇之間的死結打得更緊了。自己肯定也眉頭緊蹙。在控制表情的肌肉做出反應以前，內心已經先呈現排斥反應。

再怎麼遲鈍的人，在活生生的狀態下，而且還是從腳尖慢慢地被攪碎，不難想像會有多麼恐懼與絕望。

「如果還活著，應該能呼救吧。」

「現在已經拿掉了，發現時嘴裡塞著乾掉的抹布。直到剛才都還在為輸送帶上的殘骸做分類，除了衣服以外，也採集到明顯是用來捆綁被害人的繩子。」

想到轄區刑警要從這些慘不忍睹的殘骸中採集繩索碎片的心情，簡直同情得不得了。

「還採集到其他東西嗎？」

「總之目前只有這個，放在粉碎機底下。」

鷺山遞出一張裝在塑膠袋裡的紙條。

要做到什麼程度青蛙才會死翹翹呢？

從腳尖開始慢慢地碾碎全身

就可以知道嗎？

那就來實驗一下吧！

用研磨棒拼命地搗碎，

看生物逐漸變得跟顏料一樣，

就用這個來畫個圖看看吧。

已經熟到不能再熟的文字及文章，但這次無異是最糟的情況。從文字脈絡來推敲，輸送帶上血肉模糊的曼陀羅圖案顯然是青蛙男的藝術作品。

「這是低速的迴轉軸。」

對於渡瀨的喃喃自語，鷺山反問。

「這是雙軸粉碎機中扭力比較強的機型。一般的木材切片機也具有整齊切斷木材的功能，這玩意兒是以就連混入金屬零件的廢棄木材都能處理為賣點，因此主要的任務是折斷、撕裂木材。如果要折斷、撕裂木材，的確是低轉速比高轉速適合。」

一如往常的淵博雜學時間。早已見怪不怪的古手川只是點頭表示同意，鷺山則以不知道你在講什麼的眼神看著渡瀨。

「雖說是低速，也無法逃離那兩根迴轉軸。你看這邊，兩根迴轉軸都是呈現螺旋狀的利刃對吧？」

「嗯。」

「因為是螺旋狀，一旦被捲進去，就別想再拔出來。就算被害人的雙手沒有被綁住，但除了切斷自己的雙腳以外，沒有逃脫的可能性。再加上因為是低轉速，機器運轉的聲音反而很安靜，與粉碎的破壞力成反比。主屋離得那麼遠，搞不好根本不會發現。」

「根本不會發現的意思是？」

「這種粉碎機用不著五分鐘就能碾碎一個人。就算沒有完全碾碎，大概碾到腹部的時候就已經死亡了。兇手確定被害人已死，切斷電源，大搖大擺地離開。兇手應該是從那扇鐵絲網的門進來的。」

「沒錯。只用鐵絲綁起來，代替門鎖，簡直是在對兇手說歡迎光臨。」

「除了粉碎機，現場只有混入金屬的木片，沒有任何值得偷的東西。粉碎機只有電源開關和啟動按鈕，就算外行人也會操作，一切都對兇手太有利了。」

「渡瀨警部，您剛才說兇手是確定被害人死亡才關掉機器。兇手為何要這麼麻煩呢？只要直接離開就好了，何必特地關掉粉碎機？」

「就是他寫的那樣啊。『要做到什麼程度青蛙才會死翹翹呢』。」

以實驗為名，帶著玩遊戲的心情把人類活生生地碾碎……。

古手川這次真的撐不住了，掀開藍色塑膠布，衝過草叢，衝到看得見河流的地方大吐特吐。並不是因為異臭及不成人形的屍體而吐，而是生理上完全不能接受把人類當玩具的惡意。難為情地回到案發現場，與轄區的搜查員對上眼，對方朝他投以同病相憐的視線，可見這個搜查員大概也吐過了。

渡瀨和鷺山還在討論案情。

「從棄置在鋸木廠場地外的手推車裡找到了被害人的外套和鞋子、皮包。被害人是『胡桃澤醫院』的受雇醫生末松健三，三十五歲。『胡桃澤醫院』是蓋在東岩槻車站前的綜合醫院，離這裡大約十公里。」

「十公里。拖著手推車要走上三個小時呢。」

「您也認為是用手推車搬運嗎？」

「在這一連串的事件中，隱約可以看見流浪漢的影子。只要打扮成流浪漢，就算三更半夜拖著手推車被看到，目擊證人也不會覺得有什麼異樣。只要再堆上空罐的小山，要藏起一個人根本不費吹灰之力。」

「從服裝判斷，很可能是在醫院回家的路上遇襲。從兇手事先準備好手推車來看，顯然是有備而來。」

鷺山壓低了聲線。

「渡瀨警部認為剛才的犯罪聲明是真的嗎？」

「十之八九是真的。」

哦？古手川愣了一下。因為渡瀨看起來粗獷，其實很慎重，這句話對他來說，算是非常武斷的發言。

「因為被害人的姓名以〈ス〉開頭嗎？」

「不，主要是因為末松醫生跟青蛙男的事件有直接關係。四年前發生在松戶市的母女命案，當時十七歲的古澤冬樹雖然被捕，但是在衛藤律師提出精神鑑定的要求下，判斷他行凶時患有思覺失調症，適用於刑法三十九條。當時負責為他做精神鑑定的就是以前跟衛藤律師是好朋友的末松健三醫生。」

古手川倒抽了一口涼氣。

「這次御前崎教授在松戶市的家爆炸是這一連串事件的起點，教授留下的B5大小筆記本裡寫著與末松醫生有關情報的可能性相當大，兇手引爆教授家的同時帶走筆記本的可能性也同樣很高。當青蛙男的狩獵對象跳到〈サ〉行，末松健三就成了再好不過的獵物。事到如今，已經無法確定被害人有沒有自覺了。」

不理會鷺山的臉色明顯起了變化，渡瀨繼續說。

「可以讓我看一下手推車嗎？」

渡瀨和古手川被帶到鋸木廠場地的一隅，堆滿空罐的手推車看起來非常老舊，正常情況應該會直接當大型垃圾丟掉了。但輪胎周圍和把手都有修補過的痕跡，物主大概還在使用吧。

「這玩意兒將和粉碎機一起送到鑑識課，警部有什麼要先檢查一下的嗎？」

聽到粉碎機也要一起搬走，不禁嚇了一跳，仔細想想，屍體黏在迴轉軸上，也不能硬剝下來。除了排出到輸送帶上的肉片以外，應該還有東西殘留在粉碎機內部，必須拆開機器，取下肉片和脂肪。光是想像就令人頭皮發麻的作業。而且就算洗乾淨所有的零件，粉碎機的主人肯定也不想再留下這台殺過人的裝置。

渡瀨觀察手推車好一會兒，貌似終於看膩了，移開視線。

「沒什麼要特別注意的。要從殘留在輪胎溝槽的土推測出手推車原本存放在什麼地方簡直比登天還難，多半是流浪漢聚集的場所吧。」

「還有一點很遺憾，那就是沒採集到新的指紋。」

「我想也是。這麼冷的天氣，就算不是流浪漢也會戴上手套。又是偷來的手推車，想必很難採集到兇手留下的痕跡。」

渡瀨事不關己地回答。鷺山一臉疑惑。這也難怪，看在全心信賴科學搜查的搜查員眼中，一一排除與兇手相關可能性的作法很野蠻也未可知。

「走了。」

「可以了嗎？」

渡瀨彷彿失去興趣地走向停車的地方。

「哪有什麼可不可以的。帶著縣警本部這把尚方寶劍而來的刑警那麼失態，當然是問完想知道的事，就趕快夾著尾巴逃走啊。」

古手川羞愧得無地自容。

「還不習慣那種程度的損傷嗎？」

「屍體倒是還好。」

「哼，所以是擅自揣測當真勝雄的內心世界啊。」

「那不是人類做得出來的事。」

「事到如今，你還在說什麼傻話。」

渡瀨瞧也不瞧古手川一眼。

「正因為是人類，才會做出那種事。」

末松健三的屍體送到浦和醫大法醫學教室進行司法解剖，並未發現更多新的事實，頂多只是末松的血糖過高，以及體內未能檢查出任何安眠藥或諸如此類的藥物。除了失血過多造成休克死外，沒能再推定出其他死因。換言之，只能證明末松是活著被碾碎。引用負責解剖的光崎教授說的話：『真是無趣的作業，解剖部位及醫學上的價值連平常的一半都不到。』

不出所料，雖然從手推車裡採集到多如牛毛的不明指紋及不明毛髮，但根據鑑識那邊的報告，分類及分析還需要不少時間。從用來捆綁末松的布及繩索還有抹布中都採集到黃花龍芽草的花粉。黃花龍芽草是多年生草本植物，花期從八月到十月，在案件現場附近的元荒川河岸上長了很多這樣的雜草，因此可以研判這些東西都是直接拿丟在室外的廢棄物來用。

分析從手推車的輪胎溝槽採集到的土，結果也一樣。先從土帶了一點灰色，研判應是來自潮濕的場所，而且也含有微量的黃花龍芽草花粉，所以跟布及繩索一樣，都是從元荒川河岸附近撿來的可能性很高。

只不過，雖然統稱為元荒川河岸，但範圍相當大，要鎖定場所非常花時間。

青蛙男留在現場的犯罪聲明隨即送去做筆跡鑑定，與留在前幾個案發現場的筆跡一致。

四日一早，渡瀨和古手川前往死者上班的〈胡桃澤醫院〉問案。告知來意後，櫃台小姐得知末松的死訊，臉色登時發白，立刻向院長報告。

胡桃澤院長的慌張程度也不遑多讓。院長是個白髮往後梳得服服貼貼，相貌堂堂的男人，進入會客室時，已經嚇得六神無主。

「今天早上，有人發現遇害的末松健三先生的屍體。」

像這種時候，渡瀨的切入方法只能說是出神入化。只提供可以透露的資訊，不給對方思考的餘地。果不其然，胡桃澤宛如洩了氣的皮球，一屁股跌坐在沙發上。

「你說他是被殺害的，已經確定了嗎？」

「是的，至少意外或自殺的可能性微乎其微。請恕我單刀直入地問了，末松醫生在醫院裡的人際關係如何？」

「你是問醫院裡有沒有人憎恨末松醫生嗎？」

「您要這樣理解也無所謂。還是說他是世所罕見的人格高尚者，集所有人的信賴於一身。」

「我不想破壞死者的名譽。」

胡桃澤言盡於此，臉色一凜。雖說是出乎意料之外的問題，但不打自招指的就是這麼回事。

「提供關於被害人正確的情報，怎麼會是破壞名譽。要是調查能有所進展，也能告慰被害人在天之靈。」

「聽起來只是對你們有利的歪理。」

「大部分的理論都是對某些人有利的歪理。如果是對我們警方有利的歪理，一般人稱之為公眾利益。」

「……沒有人恨末松醫生喔，也沒有人會嫉妒他。」

「也就是說沒有人羨慕他。畢竟沒有人會嫉妒什麼都沒有的人嘛。」

「你的意思是……」

「末松醫生四年前曾經因為一場官司成為鎂光燈的焦點。」

胡桃澤微微挑眉。

「因為是全國非常關注的官司，對末松醫生本身應該也有很大的宣傳效果。只要能因此聲名大噪，增加患者，自行開業也就指日可待。儘管如此，末松醫生卻一直在這裡當受雇醫生，是因為無欲無求？還是缺乏掌握機會的才能？又或是沒有籌措資金的人望呢？」

這句話說得十足壞心眼，但渡瀨這句話就像石蕊試紙，可以從出現什麼顏色的反應，瞬間判斷對方對話題裡提到的人物抱持什麼樣的感情。

「照你這個說法，受雇醫生好像一定要獨立開業才行。」

「哦，您是說末松醫生當個受雇醫生就滿足了嗎？我看過末松醫生以前接受採訪的報導，這家醫院的大名一次也沒出現過。要說的話，全都是一些自我主張強烈，充滿功名利祿的內容。難不成他是想繼承這家醫院嗎？」

聽到這裡，胡桃澤不悅地撇下嘴角。

「繼承我的醫院？哼，我又沒有女兒，就算有，也不會嫁給他。」
「末松醫生有哪裡做得不好嗎？」
「你剛才講的那些全都不好。」
對死者的顧慮已經蕩然無存。
「即使是現在，醫者還是講求仁心仁術。沒有人會尊敬、信賴被功利主義、拜金主義沖昏頭的人。」
「您是指末松醫生嗎？」
「倒也不是特別針對他，只是一般的論點。」
「問題是，他既不被尊敬，也不受信賴，亦即根本不值得怨恨嗎？」
「醫生也是形形色色的。」
「既然他已經放棄開業的念頭，工作態度想必很敬業吧。」
胡桃澤依然不悅地緊抿唇瓣。
「要是他夠敬業，應該會有更多患者來精神科看診。」
「您認為他不敬業？」
「呃，精神科有精神科才有的問題。因為跟肉體的疾病或外傷不一樣，沒有所謂的完全治癒。」
「這個我知道，叫作緩解對吧。」

哦？胡桃澤露出佩服的表情。

「即使症狀減輕，不再對日常生活造成影響，還是有復發的可能性。正因為如此，精神科屬於看診時當然不用說，在後續追蹤也很重要的領域。」

「刑警先生能理解真是再好不過了。沒錯，精神科的診療是沒有盡頭的。但末松醫生的診療該說是有點隨便嗎？總之是時好時壞不穩定，所以患者都留不住，很多都轉到別的醫院去了。」

就連在一旁聽著的古手川，也能完全明白胡桃澤的不滿。其他醫療領域也不例外，但精神科的治療首重醫生與患者之間的信賴關係，當患者不再相信醫生的那一刻，主治醫師就已經失去當醫師的資格了。

「他本人還曾誇下海口，說要提高患者的翻桌率。又不是小鋼珠店或咖啡廳，那根本不是醫生該有的想法。」

「你們不對盤嗎？」

「不是對不對盤的問題，就只是單純的意見不合。」

這倒是。院長和一介受雇醫生的立場和發言力道都不一樣，根本用不著對立，直接開除對方就完事了。

然而，下一瞬間卻讓古手川大吃一驚，因為渡瀨想的完全是另一件事。

「原來如此。就算醫院裡沒有人怨恨末松醫生，也不能完全排除以前的患者中有人恨他的可能性呢。」

這句話似乎讓胡桃澤相當意外，只見他露出難以置信的眼神。

「你該不會是要我交出患者的病歷吧？」

那模樣看來是在動怒的前一刻勉強控制住了，但渡瀨才不會因此卻步，泰然自若地端坐在沙發上，臉色一點變化也沒有。

「我們沒有權利命令你這麼做，可是啊，胡桃澤先生，報紙及電視很快就會報導出來，兇手殺害末松醫生的方法連說出口都令人躊躇再三。講得難聽一點，那種殺害手法不得不讓人懷疑兇手的精神狀態。世人最愛捕風捉影了，即便沒有確切的證據，光是末松醫生身為精神科醫生的事實，就會有人戴著有色眼鏡看待這家醫院的患者。」

這麼一來，可能就連其他科的患者也不再上門。俗話說謠言頂多傳七十五天，但如果七十五天都沒有患者上門，對醫院的經營無疑是沉重的打擊。

明明自己一句威脅的話都沒說，卻能得到最大的效果。不禁再次對這個男人的老奸巨猾佩服得五體投地。

胡桃澤的臉色一陣青、一陣白，活像被難題考倒的學生，滿是困惑與焦躁。

「現在還不到那個時候，往後如有需要那方面的資料，或許會再登門拜訪，屆時若能承蒙幫助，或許能為破案指引重大的方向。那麼我們就先告辭了。」

走出會客室，渡瀨背對古手川，喃喃低語：

「看表情好像有話想說呢。」

「被逼迫到那個地步，任誰都會一臉有話想說的表情吧。」

「我不是指院長，我是說你。」

古手川啞口無言。不只胡桃澤，就連自己的神情也逃不過渡瀨的法眼。

「我大概知道你在想什麼，但我已經沒辦法顧慮到那麼多了。」

古手川一時還以為自己聽錯了。

面前的這個男人難得顯露出焦躁的神情。

在那之後，渡瀨與古手川在醫院的警衛室確認記錄時，確定末松是在十二月三日晚上十點三十分離開醫院。從醫院到末松住的公寓走路只要十分鐘左右，依信箱裡有三天份的信件來看，大概是在回家途中受到襲擊。關於這點，分享情報的岩槻署搜查員還在繼續地毯式查訪，但現階段並沒有顯著的成果。

然而，真正讓搜查本部傷透腦筋的，並非案情遲遲沒有進展。

不曉得從哪裡得到消息，最早報導出末松命案與青蛙男有關的果然又是當地的埼玉日報。過去站在最前線採訪的尾上還躺在病床上，報導卻依舊獨占鰲頭，除了佩服以外，沒有其他感想。

古手川也看過那篇報導，字裡行間感覺不到尾上特有的惡意，沒有刺激的圖片標題或說明，也沒有煽情的文字，但是造成的反響非同小可。

緊接在爆炸、溶解、輾壓這些非比尋常的事件後，這次居然是粉碎。想當然耳，平面媒體無法描寫得太具體，但是從寫到在粉碎機裡發現屍體的那一刻起，富有想像力的讀者就能立即在腦海中勾勒出當時的狀況。埼玉日報搶先其他報社以〈新的青蛙男犯下第四起案件〉的標題揭露此事，再次以挑起市民不安的方式增加銷售量，但這則獨家新聞充其量只是為緊接而來的騷亂吹響了號角。

真正的恐懼捲土重來，而且正一步一步地確實逼近。

起初是渡瀨班的其中一名成員在網路上發現異狀，捧著筆電向渡瀨報告。不知道發生什麼事的古手川還在一旁觀看時，就聽見渡瀨的怒吼聲響遍了刑事組辦公室。

「我就知道會變成這樣，那個混帳東西。」

從他的語氣可以猜出肯定不是什麼好事，但也不能裝做沒聽見。古手川繞到渡瀨背後，只看了螢幕一眼，就嚇得倒退三步。

這是什麼玩意兒。

螢幕中顯示出標註有〈青蛙男大顯身手〉標籤的網站上，貼出了四張照片。

No.1為御前崎家血肉橫飛的爆炸現場。

No.2為佐藤的上半身浸泡在裝滿淺黃色液體的池子裡。

No.3為散落在鐵軌上的衣服和血肉殘骸。

最後的No.４是鮮血正從投入口邊緣滴落的粉碎機特寫。

光是瞥到一眼，當時的光景就瞬間在眼前甦醒，噁心作嘔的感覺也跟著甦醒。

到底是誰、又是在什麼時候拍下這樣的照片——無法用言語形容的憤怒冒著沸騰的泡泡湧上心頭。光是用文字煽動就已經是低三下四的行為了，居然連照片都放到網站上，藉此譁眾取寵，根本不是愉快犯*，而是畜牲的所做所為。

對四張照片的評論數多達一四七五條。照片放上網站是在距今三個小時前，光從評論數就能猜到引起多大的迴響。評論的內容很容易想像，所以連看都不想看。

「班長，必須趕快鎖定照片是從哪裡流出去的。」

古手川站在背後對他說，渡瀨目光如炬地回過頭來。

「這是只有當時在案發現場的人才能拍到的照片，所以散布照片的傢伙就在相關人等裡面。」

「少自以為是了，笨蛋。」

渡瀨用手指輪流敲打No.１和４的照片。

「看仔細了，１是把別的房間加工成血肉橫飛的效果，４的粉碎機就連顏色和機種都不一樣，滴落的血液也是拼貼上去的。」

㉚泛指藉由犯罪行為所引發人們或社會的恐慌，然後暗中觀察這些人的反應並引以為樂的人。

經過渡瀨提點，再次定睛凝視兩張照片，的確與記憶中的光景不一樣。只要仔細觀察，就能發現加工或拼貼的部分與周圍格格不入。

「2的照片有拍到佐藤本人的頭，所以是真的。恐怕是當時工廠的作業員趁熊谷署的員警到達之前拍的，再放到網路上。3也一樣，案發時，神田站有上百人看到鐵軌上的屍體，其中有幾十個人還用手機攝影，投稿到影音網站上。2和3是架設這個網站的王八蛋借用已經放在網路上的照片，1和4則是捏造的。」

渡瀨怒不可遏地用手背拍打螢幕，要是架設網站的管理員就在這裡，肯定會遭他一陣毒打。

「就算只是偽造文書或輕微的犯罪行為，我也要抓住散布照片2和3的傢伙及捏造出1和4的網路混球。」

「可是班長，現在可不是為這種小人物分散人力的時候……」

「就算是雜魚幹的好事，影響層面也太廣。不管是殺雞儆猴還是小懲大戒，這種蠢蛋一定要趁不安及恐懼繼續擴散以前逮捕歸案，你忘記發生在飯能市的事了嗎？」

怎麼可能忘記。市民陷入恐慌，引發暴動，害他們不得不封鎖警署大樓。不僅如此，古手川本人也受了重傷。

「現在的氛圍就跟那時候一樣。青蛙男活動的範圍和鎖定的對象都擴大了，或許危機感因此被稀釋了也說不定，但市民害怕的不是犯罪本身，而是青蛙男的存在，這會讓事情變得棘手。不只青蛙男，疑神疑鬼的妄想還會引起別的問題。」

「可是班長，當時是因為各式各樣的要素全都重疊在一起……」

「你還記得我對桐島說過什麼嗎？我並非無條件相信這國家的人民。日本人基本上確實很有禮貌，不是這麼容易暴動的民族性，可是啊，不用拿出飯能市的例子，只要滿足一定的條件，人們就會喪失理智、喪失判斷力、喪失自制力。」

「你是說還會再發生那樣的暴動嗎？」

「如果只是局部的暴動還好，只要縣警本部動真格的，也不是鎮壓不下來。怕只怕萬一擴大到整個首都圈，甚至整個日本就糟了。」

再怎麼說，這種妄想也太誇張了——雖然想笑著帶過，但渡瀨的表情不容許他打哈哈。

「人類啊，發起瘋來是不自覺的。像是日本人有大和魂，所以不可能戰敗；像是土地和股票永遠都會處於高檔，這種只要稍微想一下，就知道是空穴來風的謠言或紙上談兵的幻想，卻在不知不覺間成為牢不可破的理論。舉雙手雙腳贊成開戰的人和沉迷泡沫經濟的人，把這種空穴來風的謠言掛在嘴邊時都是真的深信不疑。不是單一的個人，也不是單一的行政區，而是日本整個國家都相信虛構及扭曲的理論。沒有人能保證不會因為這次的青蛙男事件重演。」

渡瀨說的沒錯，由不得一笑置之。

古手川不經意想起，隔開正常與不正常的牆壁其實沒有那麼高或厚。無論再怎麼意志堅定的人，都很容易走到另一邊。不，就連那堵牆到底存不存在，如今也很難說。

不過他也並未完全理解渡瀨所說的意思。不只整個首都圈，就連整個日本都陷入異常的理論究竟意味著什麼。

然而，渡瀨的預言第二天就成真了。

因為對管理員提出警告，所以那個網站第二天就關閉了，但一度上傳到網路上的訊息會以光速擴散，因此馬上又出現了好幾個同樣的網站，基於對八卦的好奇心與獵奇興趣，有人開始對名字以〈セ〉及〈ソ〉為開頭的人大肆挑撥。

『我想想，名字以〈セ〉及〈ソ〉為開頭的人不如都搬到某個地方集中管理如何？乾脆下放到限界集落＊更是一舉兩得 WWWWW＊』

『我認識一個叫瀨川康則的傢伙，青蛙男先生，請殺了這傢伙。他住在世田谷區……』

『只因為看對方不順眼就要殺了他也太奇怪了。比起來，我的遭遇更悲慘。在埼玉市的伊藤開發任職的仙堂光也是個腳踏兩條船的男人。要殺的話，先殺死這種傢伙才有道理吧！』

『驗證。使用於第四個案子的凶器好像是虎牌的 SX II 型雙軸粉碎機。這種 SX II 型雙軸粉碎機是以低速高馬力為賣點，就連鐵也能碾碎，但是迴轉軸的轉速很慢，所以就算把生物丟進去，血應該也不會噴得到處都是。網路上的照片有點拼貼得太過頭了，這才是實際投入人體會怎樣的模擬照片。啊，喜歡的話請幫我按個讚喔。』

『闞谷，看到了嗎？你被青蛙男嚇得魂飛魄散了吧？接下來就要把你的個資從頭到尾全部公開在網路上，給我洗乾淨脖子等著。』

『焦點都偏重在被害人身上，可是真正該肉搜的是青蛙男。這傢伙好像剛從那方面的醫院放出來。這種人居然輕易就能出獄，等於是把限時炸彈丟到街上嘛！』

『還有一個姓有働的相關人員從醫療監獄逃獄了。精神病院和醫療監獄到底有沒有發揮功能啊！』

『這是司法體系的漏洞。再怎麼殘暴的犯人，只要透過精神鑑定判斷為精神有問題即可無罪，受到妥善的保護，一旦病情好轉就釋放，也太便宜他們了吧。啊，還有還有，你們可能有所不知，以前社會上對精神病患的應對態度很自由，所以才拍了那麼多的電影和連續劇，但是現在不論是誰對這種議題都要小心翼翼，連一張照片都拍不到。』

『以下不是以社會學家的身分，而是和田仁則個人的意見，但還是希望大家看一下。我認為應該要規定因刑法三十九條被安排戒護就醫的違法精神病患必須在司法的管理下長期住院，才能獲得免刑或減刑。當然，自稱人權派的名嘴一定會群起而攻之，但問題其實是出在憲法與法律的二元對立，亦即〈公〉與〈私〉的對立。憲法保障個人的權利，反之，法律具有以〈公〉為優先，限制〈私〉權利的傾向。在青蛙男的事件中，必須拿出來討論的正是這個部分，說得極端點，試著把一個精神病患的權利與數千萬無辜市民的安全放在天秤上看看，兩相比較之下，

㉛因為人口外流，導致居民有一半以上都是超過六十五歲的老年人，難以維持婚喪喜慶等社會化共同生活的聚落。

㉜日本網路用語。W代表日文的「笑う」（warau，笑的意思）。數量越多表示笑的程度越厲害，很多用例會帶有輕蔑、嘲諷的態度。

一定會流於側重於哪一方的問題。憲法第十三條保護個人的尊嚴，明文規定人民有追求幸福的權利，但是在這個前提之下又有「不得違反公共福祉」的但書。換言之，必須判斷在發生重大刑案且尚未破案的狀態下，限制過去曾肇事的精神病患及有肇事之虞的患者自由是否適用於「公共的福祉」。』

以網路為主，對青蛙男的畏懼與對現今社會體系的不安再過不久也將如野火燎原，在現實社會蔓延開來。在事情演變成那樣之前，古手川和渡瀨先前往松戶的小比類家。

造訪這位平面設計師的工作室兼住家時，小比類崇表示自己已經久候渡瀨他們多時了。

「我看到末松健三被殺的新聞了，心想你們一定會來找我，反正你們一定當我是嫌犯吧。」

小比類皮笑肉不笑地說。之所以沒有挑釁的感覺，是因為他看起來似乎已經看開了。

「我們不一定會這麼判斷，但如果你自己也這麼想，就請你協助我們洗刷自己的嫌疑。」

「可是渡瀨警官，我岳父已經過世了，如今憎恨末松的人就只剩下我。事到如今也沒什麼好隱瞞的，就算沒有岳父的筆記本，我也看過古澤冬樹的精神鑑定報告，那份鑑定報告上清楚地寫著末松工作的地點。順便告訴你不在場證明好了，你想知道幾點到幾點的事？」

「十二月三日的晚上十點三十分到四日的凌晨四點。」

「三更半夜呢，這可難辦了。那段時間我一直待在家裡。如你所見，我一個人住，所以沒有人可以證明。」

即便有家人、親朋好友的證詞也沒有證據效力——不過，要是對小比類這麼說，就不只是嘲諷，而是近乎挑釁的言論了。

「所以不管渡瀨警官怎麼圓，我都是最重要的嫌犯。但是不瞞你說，我也感到很苦惱。」

「因為被當成嫌犯嗎？」

「不是，因為我再也無法親手制裁末松健三。」

小比類一臉遺憾地笑了。

「當著刑警先生的面，我不會說我想殺了他，但至少要剝奪精神科醫師這個偉大的頭銜。說真的我還想向兇手抗議呢，居然在那傢伙還是精神科醫生的時候殺了他。」

「這樣就能消除你的恨意嗎？」

「看過那傢伙在法庭上的態度和後來的言行舉止就知道了，末松和衛藤律師是同一種人。功利主義、滿腦子只有彰顯自己與沽名釣譽的念頭、騙子、卑鄙小人……要怎麼形容都行，總之那兩個人是物以類聚的一丘之貉。這種人比起死亡還更怕失去地位及名譽，因為地位和名譽就是他們的一切。我每天都幻想著要讓還沒死的末松遭受什麼樣的恥辱來下酒。不止如此，那可以說是我的生存意義。」

「你知道那兩個人的關係？」

「當時的八卦雜誌寫得一清二楚。他們是大學的學長學弟。那所大學肯定出了很多這種敗類。」

「恨屋及烏嗎？」

「不憎恨個什麼，人就活不下去了……請等我一下。」

小比類說道，暫時離席。回來的時候，手裡拿著白蘭地和三只玻璃杯。

「我也知道這樣實在很失禮，但是如果不喝醉，接下來的怨言可能會被你們當成呈堂證供。你們要不要也來一杯？」

還以為渡瀨會以「現在還在工作」為由拒絕，沒想到他居然毫不客氣地搶走小比類手中的白蘭地。

「你要自己倒嗎？我可以幫你倒。」

「算了吧，就算喝酒也無法沖走怨恨痛苦，只會在體內累積成毒素。」

「你又不是被害者遺屬，少說得一副什麼都懂的樣子。」

「因為我看過太多這樣的遺屬了，所以才這麼說。」

渡瀨瞪了他一眼，這也讓小比類不再伸手去拿酒瓶。

「只要知道你沒有不在場證明，但也沒有殺害末松健三的動機就夠了。」

「可以輕易相信嫌犯的說詞嗎？」

「要不要相信我稍後再決定，那是我的工作。而你也不要再沉溺於惡意了。」

「我不明白你的意思……」

「因為還有一個你憎恨的對象，最關鍵的古澤還活著。」

小比類愣了一下，眉毛上下抖動。

「站在警察的立場，希望你千萬要自重。我們告辭了。」

渡瀨站起來，把酒瓶放在窗台上，大步流星地離開小比類家。古手川趕緊追上去。上車之後才問他：

「剛才那是怎麼回事？明明還有更深入的問題可以問。」

「再深入也問不出個所以然來。他都主動坦承知道末松工作的地點了，也沒硬掰出不在場證明。」

「小比類是清白的嗎？」

沒有回答。

「你要他千萬自重，是要他別再增加罪孽嗎？」

「不要隨便穿鑿附會，我要說的話就是那樣。比起這個，不如思考御前崎教授留下的筆記本在哪裡。」

封印於內心深處的光景在眼前甦醒。

御前崎死於爆炸後，勝雄專心翻閱筆記本的身影。末松是愛女及愛孫的仇人，御前崎教授一定會寫下他工作的地點。

不，等等。

自己刻意將某個人物排除在嫌犯名單之外。

從醫療監獄逃走的有動小百合沒有殺害末松的可能性嗎？她和勝雄以前是師徒關係，誰也無法保證逃獄的小百合會不會與勝雄會合。

「快點開車。」

渡瀨沒好氣地說，古手川連忙踩下油門。

古手川緊緊地握住方向盤，將最不願意去思考，也最可怕的可能性趕出腦海。

3

發現末松健三的屍體至今已經過了三天，調查遲遲沒有進展。即使馬上就從案發現場採集到的腳印中鎖定可能屬於兇手的腳印，但頂多只能推測是雙腳底圖案已經磨損的球鞋，以及鞋子的主人是中等身材的人。

岩槻署搜查員的地毯式查訪也擱淺了，因為案發的時間太晚、場所太偏僻，同一時間幾乎沒有人經過那附近，所以也問不到任何目擊線索。很難想像兇手是在案發當天才偶然找到那家鋸木廠，事前肯定曾經來勘察過現場，但也沒有那方面的目擊線索。

從幾乎一無所穫的另一個層面看來，只得出兇手是可以在深夜行動的人。這是岩槻署強行犯科傾巢而出，才篩選出少得可憐的線索，不過總比什麼都沒有來得強。

至於用來搬運的手推車，則是在比較早的階段就找到主人了。是在荒川綜合運動公園帳篷村裡紮營的兵野舛助，人稱兵老的流浪漢。古手川負責偵訊他。

「那輛手推車真的是你的嗎？」
看到被岩槻署扣押的手推車照片，兵老的雙眼為之一亮。
「沒錯，是我的。因為輪胎周圍是我自己修補的。」
還沒認真看就能指出特點，兵老的證詞有一定的可信度。
「那是我非常寶貝的生財工具，被偷時真是天都要塌下來了。啊，能找回來真是太好了。」
「什麼時候被偷的？」
「二日晚上吧，三日早上才發覺不見了。」
對照三日晚上十點三十分用來搬運末松的事實，二日晚上被偷也很合邏輯。
「在哪裡找到的？」
「東岩槻的河岸上。」
「欸，還滿遠的耶。那玩意兒至少有十公斤以上，不可能推著上電車，肯定是直接拖到那裡吧，難怪我在附近都找不到。所以呢，什麼時候可以還給我？」
「要等我們調查完畢，還不確定是什麼時候。」
「就不能快一點嗎？沒有那玩意兒，我都不能蒐集空罐了。」
為了兵老，是不是該在可以透露的範圍內說明一下來龍去脈呢。
「可能是我多管閒事，但那輛手推車最好還是不要再用了。」
「為什麼？」

他的生活恐怕與報紙及電視、網路無緣，所以還不知道末松的事。要是之後才從別的地方知道，說不定會懷恨在心。

「東岩槻的鋸木廠發生了命案，這輛手推車被用來搬運被害人。」

「什麼！」

兵老呻吟一聲，甩開手裡的照片。

「該不會沾滿鮮血吧？」

「死者是搬到鋸木廠才被殺，所以沒有血跡。」

「就算是那樣，我也不敢再用了……可惡！刑警先生，那玩意兒我不要了，請幫我處理掉，我再去找別的手推車。」

「可以那麼輕易就弄到嗎？」

「難道警察要買新的給我嗎？」

告訴他沒有那筆預算後，兵老一臉苦相。

「我知道啦。要是你們上頭的人願意買新的手推車給我，我們也不會被趕出帳篷村了。」

「手推車原本放在哪裡？」

「就放在我的帳篷旁邊。」

「沒上鎖就放在那裡，等於是歡迎別人來偷嘛。」

「別因為我們是流浪漢，就戴著有色眼鏡看我們，至少這裡沒有人明知那是別人的東西還動手偷竊。就算偷了，那玩意兒那麼顯眼，而且資源回收也不是有手推車就能做的事，還有場所及與業者的交涉等等。」

「你對偷走手推車的人有什麼頭緒嗎？」

兵老眉頭一皺，露出有什麼難言之隱的表情。

「我不想懷疑別人，尤其在過上這種生活以後。」

「所以是有頭緒嘍。」

古手川緊迫盯人地逼問兵老。

「請告訴我。」

「我不想說。」

「管你想不想說，懷疑別人是我們的工作。」

「喂，回答問題的是我喔，少在那邊嚇唬人。」

這麼簡單明瞭的反應反而幫了古手川大忙。這種時候要怎麼應付，早在一旁看過上司的示範，所以難不倒他。

「警察在追的是殺人犯，而且是相當異常的危險分子。放著不管肯定會出現下一個犧牲者。這麼一來，不肯作證的你也同罪喔。」

「你在說什麼啦。」

「就算你包庇的人不是真兇，窩藏犯人的罪名依然成立。每到了寒冷的季節，就會有很多流浪漢肖想拘留所的暖氣，最近不管是哪裡的警局，預算都很吃緊，如果要開源節流，第一個關掉的就是拘留所的暖氣，沒有你想像的那麼舒服。」

幾乎是不假思索的台詞，但如果要威脅對方的話，這樣剛剛好。果不其然，兵老的臉色變了。

「等一下，等一下啦。我是說我不想說，又沒說我不協助調查。我會告訴你啦，別再威脅我了。那個，大概幾個禮拜以前，有個不認識的傢伙混進帳篷村。對方也是孤家寡人，好像不太了解這裡的規矩，所以我就請他吃了鍋燒烏龍麵，沒想到那傢伙在手推車被偷的那天也消失了。」

「那個人長什麼樣？」

「長什麼樣嘛，帽緣蓋到眼睛，所以看不清楚他的長相。陳舊的外套和沾滿污泥的牛仔褲，腳下的球鞋也褪色了。明明是中等身材，卻總是彎腰駝背地走路，姿勢糟透了。不過，會在這裡過夜的傢伙也沒有人會抬頭挺胸、昂首闊步地走路就是了。」

肯定沒錯。跟在常盤平襲擊尾上記者的流浪漢穿著相同的服裝，身材也一樣。

「那個人睡在公園的哪裡？」

「這我真的不知道了，我又不是那傢伙的監護人。不過，從以前就住在這裡的傢伙有優先權，所以好睡的位置大概都有人了。」

「你說你請他吃了烏龍麵。當時聊了些什麼？」

「他好像不太喜歡說話，就算我問他問題，也只回答『啊』或『嗯』。至於出身或家人這一類的問題，我既不想問，也不想被問。」

根據兵老的證詞，古手川開始在運動公園內搜尋那名流浪漢過夜的地方。

如同兵老所說，能抵擋漫漫寒夜的地方基本上都已經有人了，對男人的目擊情報少之又少。不只是因為帳篷村的居民本來就不願意積極協助警方，也是因為那個男人本身就很不起眼。

無論如何，運動公園的範圍太大，除了帳篷村的居民，也是不特定的多數人來來去去的場所，因此很難鎖定出特定人物遺留的物品。

結果古手川只掌握到在常盤平襲擊尾上的人和綁走末松的人應該是同一個人。

「簡直像是追著野貓跑嘛。」

古手川對於運動公園的搜索遲遲沒有進展感到心急如焚，終於忍不住抱怨。

「沒有項圈，也不會固定待在同一個地方，毛色毫無特點可言，所以不會引人注意，再加上還是雜食性，感興趣的只有名字。」

只是，就算要抱怨也找錯對象。一旁的渡瀨斬釘截鐵地說：

「如果是貓，還會吐出毛球，留下證據。別把兩者混為一談，你這個單細胞。」

不只是第一線的搜查員對偵辦的進度感到不滿，栗栖課長及里中本部長自不待言，無端被青蛙男捲入的松戸署與神田署的高層也開始心浮氣躁。如果命案只發生在自己的轄區內就算了，當犯罪的範圍擴大成這樣，行動反而處處置肘。再加上市民的非議與日俱增，還愈來愈強烈，這也讓他們的壓力大得不得了。

阻礙偵辦的原因不言自明，無非是轄區同事、縣警同事的反目。雖然沒做出明顯的扯後腿行為，但是發生在各轄區內的案子至今皆未能順利地交換情報。每個轄區都想先下手為強，透過各自的管道追查當真勝雄的下落。

過去也目睹過各縣警、轄區的心結浮上檯面，其中的原因之一就出在警視廳的鶴崎管理官身上。這個男人的自我表現欲已經到了被害妄想症的地步，這點在上次的調查會議就已能略知一二，但這次他更加剛愎自用。

「青蛙男的魔爪終於伸向姓名以〈ス〉開頭的市民了。上次才嚴正要求各位絕不能再讓犧牲者出現，結果還是這樣，轄區的搜查員都這麼沒用嗎！」

這是對末松健三在埼玉市內遇害一案毫不留情的怪罪，埼玉縣警全都面有難色。古手川心想，要是以為叱責轄區刑警就能提振整個搜查本部的士氣，可就比自己還要單細胞了。看了一眼稱古手川是單細胞的渡瀨，只見他的眉毛四周突突跳動。只要在渡瀨手下工作過，沒有人不知道那是他快要發飆的前兆。

看到上司正在壓抑自己的怒氣，古手川心裡即將爆炸的憤怒急速冷卻，周圍的縣警搜查員也都是同樣的反應。倘若這就是渡瀨挑眉的目的，那這個上司實在是隻不折不扣的老狐狸。

「根據報告，貌似跟在常盤平攻擊記者的人外觀差不多。也就是說不只是深夜，還由著青蛙男在光天化日下也能胡作非為。你們是用這種方式來展現警方的威信嗎？」

這個人好像會被自己的話激勵似的，只見鶴崎愈說愈激動，聲音也比剛才更尖銳。就連在一旁聽訓的桐島也皺了眉頭，不知是對鶴崎的不滿，還是對轄區刑警的同情。

「算了，聽說那個被攻擊的記者是率先把這一連串的事件與青蛙男畫上等號的人，所以也算是自作自受。拜他的報導所賜，給搜查本部帶來天大的麻煩。」

經鶴崎這麼一說，即使對尾上沒好感，也不禁同情他起來了。

「光是犯下四起連續殺人案的兇手還大搖大擺地逍遙法外，就足以引起軒然大波，又被報導出被害人只因為五十音的名字順序就被選中，只會讓人更加害怕。如各位所知，青蛙男的名字不只在網路上，就連在現實生活中也已經傳開了。聽清楚了，那傢伙的名聲愈響亮，警方的威信就愈低落，丟不丟臉啊你們！」

這還用得著你說嗎——不僅轄區刑警，坐在前排的警視廳搜查員也是相同的心情吧。會議室裡充滿了劍拔弩張的沉重氣氛，要是感覺不到，若不是鶴崎太過遲鈍，就是他完全以凌虐部下為樂。這種男人為何能當上管理官，古手川好奇得不得了。

另一方面，鶴崎的抱怨也不完全都是廢話，因為這幾天的連續報導，首都圈害怕青蛙男的人急遽增加。截至目前，對跨越縣境的連續殺人案感到毛骨悚然的人固然所在多有，但是突然在事不關己的不安裡投下震撼彈的，還是那些在網路上擴散的末松案陳屍現場照片。雖然馬上就告訴民眾那是捏造的，但是既然已經擴散出去，再來亡羊補牢也沒用。而且末松從趾尖慢慢被碾碎也是事實，所以屍體損傷到什麼程度全憑視聽對象的想像，但也因此可能想像得更誇張。考慮到屍體的慘狀，這大概是所有可以想到的殺人手法裡面最殘酷的方法。

一般來說，基於物傷其類的心理，人類很排斥看到同類的屍體，因為會被喚起難以抵抗的絕望。因此死亡都會被巧妙地隱藏。屍體的照片也會被封印，盡可能不讓其他人看見。

但即使揑造的照片拍到的不是真正的案發現場，也很容易讓人想像損傷的屍體。就連已經看慣屍體的古手川等人，都表現出那麼嚴重的排斥反應。帶給一般市民的不安有多大是可想而知的。彷彿要證明這一點似的，已經接獲很多名字以〈セ〉及〈ソ〉開頭的部分市民因為不安而和保全公司簽約，或是向離家最近的警察局尋求保護的報告。這些簡直與當時的飯能市騷動並無二致的發展令古手川心驚膽戰。

上頭不可能對市民的騷動視而不見，據渡瀨所說，警察廳已經對警視廳下達前所未有的最後通牒。被平常動不動就互扯後腿的對手追究責任，沒有人能沉得住氣，警視廳高層的憤怒直接落到鶴崎頭上是顯而易見的構圖。

鶴崎還在繼續抱怨：

「而且八王子醫療監獄還給我捅了那麼大的簍子，居然讓收監中的受刑人在光天化日下逃走。偏偏這個受刑人還和當真勝雄有關，簡直是屋漏偏逢連夜雨。」

有動小百合逃獄和這次的連續殺人案尚無直接關係，所以八王子署並未加入搜查本部。萬一八王子署的搜查員也在現場，肯定會如坐針氈。

鶴崎難掩焦躁地看著渡瀨。

「請問負責上一次案件的渡瀨警部，有働小百合逃獄後，有可能與當真勝雄接觸嗎？」

「還是未知數。」

渡瀨並未面向鶴崎，直來直往的回答聽在古手川他們耳裡，感覺十分痛快。

「不過，隨著青蛙男重出江湖，最好不要將有働小百合逃獄的事視為單純的巧合。」

「可是有働小百合還在接受治療，應該處於接收不到外界新聞的環境。」

古手川下意識地屏住呼吸。

當時小百合的病情時好時壞，去詢問她勝雄下落的正是古手川本人。而且就在那之前，自己還跟在病房偶遇的御子柴聊到這次的案子。

萬一逃獄的小百合與勝雄搭上線。

不，萬一小百合逃獄的原因就是為了要見勝雄，無疑是自己給了她動機。

怎麼會這樣。本來是想解決問題，卻反而火上加油了。

不曉得知不知道古手川快被自責的念頭壓垮了，渡瀨的臉色依舊一如往常。

「雖說是醫療設施，也跟刑事收容設施沒兩樣。通常會有警官在病房外走來走去地巡房，護理師同時也是獄警。或許不是從外面，而是從內部得知當真勝雄的消息也說不定。不管怎樣，問題在於接下來該怎麼辦，光一個當真勝雄就令人束手無策，再加上有働小百合，肯定會讓現場一片混亂。考慮到有働小百合的活動範圍，不能只丟給八王子署解決。」

或許是被渡瀨的撲克臉惹毛了，鶴崎一臉沒安好心眼地反唇相譏。

「警部怎麼這麼害怕有働小百合和當真勝雄？那兩個人的確很棘手，但畢竟只是女人和二十出頭的小鬼不是嗎？」

「就是你口中的女人和二十出頭的小鬼讓一座城市陷入了恐慌。」

「也只是範圍有限的地方都市喔。從警部剛才的話聽下來，總覺得警部似乎過度懼怕那兩個人。」

古手川差點就要提出抗議了。

姑且不論是不是因為地方都市，渡瀨懼怕的也不是那兩個人有精神疾病，而是他們的行為會刺激到潛藏在一般市民心中的攻擊性與嗜虐性。

「渡瀨警部很優秀呢，正因為優秀，才有辦法洞察精神病患的深層心理。」

深知渡瀨沸點很低的埼玉縣警不約而同地蓄勢待發。一般人應該不至於在共同搜查會議上大打出手，但渡瀨可不是一般人。其他搜查員也察覺到一觸即發的氣氛，屏氣凝神地注視著台上的兩人。

渡瀨依舊一臉猙獰，但只是提了提嘴角。

「不愧是鶴崎管理官，真是有眼光，剛才這句話比什麼都令我銘感五內。」

話說得很恭敬，但一臉隨時都要撲上去揍人的模樣，聽起來只有威嚇的意味。鶴崎頓時嚇住地收斂了臉上的表情。

會議結束後，渡瀨下台，走向門口。古手川不知他想到什麼，也跟了上去，但渡瀨完全不理他。看樣子剛才與鶴崎的交手果然令他非常不爽吧。

「那個，班長，剛才……」

「別跟我說話，我在趕時間。」

「你在生什麼氣啊？是氣管理官？還是氣我問有働小百合的方式不對？」

「誰生氣了？」

渡瀨目光炯炯地一眼看過來。

再怎麼從善意的角度解釋，也只覺得他在瞪自己。古手川做好被他破口大罵或飽以老拳的心理準備。

可是渡瀨的回答令他跌破眼鏡。

「你沒聽見嗎？笨蛋。管理官給了一個絕妙的暗示，要是能因此破案，最大的功勞一定要記到鶴崎管理官頭上。」

「你這是……諷刺吧。」

「你連諷刺和稱讚的差別都分不出來嗎？」

古手川無疑很尊敬這位上司，但偶爾還是無法理解他在想什麼，就像這一刻的渡瀨。

搜查會議雖然沒有做出任何結論，但是從稍早之前開始，與青蛙男事件有關的一連串報導中，出現了一個新的角色。

不用說也知道，就是逃獄的有働小百合。

在小百合之前其實也發生過受刑人逃獄的事件，但都在一兩天內就逮捕歸案了。小百合這次卻沒有絲毫線索，這個事實讓八王子市民陷入不安。因為她不是普通的受刑人，而是在入監服刑前親手殺死四個人的罪犯。就連平常對加害者人權小心翼翼的媒體，這時也揮舞著提醒民眾注意的大旗，大剌剌地公布了小百合的臉部照片，但是民眾回饋的情報全都是假情報，毫無真實性可言，對偵辦的進度一點幫助也沒有。

已經向小百合的丈夫核實。有働真一三年前在外面有了別的女人，拋家棄子，目前住在沖繩。令人傻眼的是，他們在戶籍上還是夫婦，詢問真一原因，他在電話那頭是這麼說的：

『我之所以會有別的女人，是因為察覺到小百合受到壓抑的犯罪傾向，所以才對她敬而遠之。』

與小百合的嫌隙愈來愈大，終於和別的女人私奔，但小百合死都不肯離婚。後來又發生了飯能市的事件，小百合被八王子醫療監獄收監，離婚協議就一直卡在半空中，直到現在。從以上的前因後果推斷，小百合不太可能去找與自己早已恩斷義絕的真一，再說要從本土前往沖繩，無論如何都只能搭飛機或坐船，只要在那霸機場和渡船頭布下天羅地網，就能逮住小百合。搜查本部向沖繩縣警請求支援，在包括真一住處在內的重要地點布下警力。

不安令人煩躁，煩躁就容易對他人展現不滿。本來應該把精神疾病與犯罪傾向分開來探討，但有働小百合這個特殊的角色讓一切全混在一起。犯罪心理及心理學的專家透過媒體再三警告將兩者混為一談的危險性，但是聽在不批評誰就無法驅散不安的人耳中，這些警告與噪音無異。再加上在逃的當真勝雄也患有精神疾病，曾幾何時開始有人將小百合與勝雄當成一個組合來討論。

首先對此有所動作的是八王子市內家裡有年幼孩子的家長。他們向校方提出孩子單獨上下學的風險，要求警方駐守在通往學校的路上，直到小百合和勝雄落網為止。

雖然這還在常識的範圍內，但要求警察保護的不只是八王子市內的學校，沒多久連附近的中小學也群起效尤，導致八王子署轄區內的警官都跑來保護學童，使得追查小百合的人力嚴重不足。

接著出現反應的是網路上的鄉民。平常躲在匿名性的保護傘下大鳴大放的人、慎重地表達意見的人、從法治評論到警方或醫療界相關人士的人，儘管立場或主張各異，但是對於在醫療監獄裡服刑之受刑人的態度卻驚人地相似。

『我去過八王子醫療監獄，明明是監獄，警戒卻沒有森嚴的感覺。大概是因為受刑人也是病人，所以要顧及這一點吧？』

『都說醫療監獄的警備之所以漏洞百出，主要是因為預算不足，這其實本末倒置，明明是罪犯，卻給他們完善的治療，不覺得很奇怪嗎？監獄外也有心地善良，卻必須依靠政府補助的低收入戶，花在罪犯身上的錢等於是民脂民膏的浪費。』

『俗話說得好，瘋子操刀，危險萬分 wwwww』

『那種有病的人應該一輩子都關在醫院裡。因為不會治好，也不曉得什麼時候會再發作。』

『以下是跟刑法三十九條有關的質疑，為何只因為精神不正常，就必須無罪或減刑，還可以受到妥善的照顧呢？可以理解日本的法律採取責任主義，但這跟特別禮遇精神異常者是兩回事吧？那些人可是花費我們用血汗錢繳納的稅金來吃穿療養喔。過於顧慮加害者的人權只會動搖國本。』

『眼下不讓老人家長期住院的醫院愈來愈多，醫療費也愈來愈貴，窮人就連生個病都不行，但是名為醫療監獄的醫院聽說是免費治療身心有病的受刑人。或許等我快不行的時候，乾脆犯下滔天大罪，被關在那種宛如天堂的地方還比較好。』

『大家好。我住在飯能，在上次的青蛙男事件中親眼目睹飯能市民的反應本能。（啊，有沒有押韻？）當時謠傳飯能署握有適用於三十九條，免於刑責的虞犯者名單，擔心自己成為青蛙男狩獵目標的市民為了自保，要求警方交出名單。警方堅稱沒有這份名單，於是部分市民化為暴民，襲擊警局。這就是那個案子的來龍去脈，住在其他縣市的人大多以為平常安份守己的一般市民不可能變成暴民，但除非是當事人，否則真的無法理解被逼到絕境的恐懼。像我已經是一把年紀的大叔了，名字以〈エ〉開頭，但也絕不想一個人走夜路。或許很多人都以為這是特殊情況，像是群眾心理或恍惚狀態之類的，類似去看演唱會的狂熱感。哪天你們住的城市變得跟飯能市一樣也不足為奇。』

即使是視醫療監獄的現況為禁忌的媒體，也藉由小百合逃獄的機會開始炒作。報章雜誌、電視節目自不待言，就連日本律師協會發行的會員刊物也推出關於受刑人的人權問題及市民安全的特輯，呈現百家爭鳴的議論狀態。

反過來說，所謂敏感的問題，意即以前不曾提出來討論的問題。能保證市民的生活安全到什麼地步？提撥給刑事收容設施及受刑人的預算到底合不合理？

國民內心的恐懼直接變成攻擊政府的材料，善於見縫插針的在野黨黨魁立刻在國會質詢時提出了這個問題。

「根據最近的報導指出，八王子醫療監獄有受刑人逃脫，至今尚未逮捕歸案，一般市民為此嚇得夜夜不能成眠。隨著這次的事件發生，國民開始對現今的司法體系產生不少疑慮，認為就算從人權的角度出發，是否也太過偏袒加害者，以及對更生程序的有效性產生質疑。如各位所知，身心有障礙的受刑人分別收容在全國四個醫療監獄裡，這些設施的營運成本、人事成本、醫療費用、設備費用等各種經費皆已壓迫到社會保險費用。另一方面，這些受刑人的更生要花費很長的時間，尤其是患有精神疾病的人，也有一說是精神病患不可能完全更生。我絕對沒有要侵犯受刑人人權的意思，但倘若提供了足夠的預算與充實的設備給這方面的受刑人用於治療及更生，結果卻對更生沒有幫助的話，不啻是稅金的浪費。不，如果只是浪費稅金還好，我還得到刑事收容設施是專門用來接收警察官僚或醫療從業人員的報告。請問公安委員長如何看待一面呼籲要樽節預算，再犯率卻一再上升的事實？」

負責答辯的是兼任內閣府特命擔當大臣的國家公安委員會委員長。

「我對受刑人從八王子醫療監獄逃走一事深感遺憾，眼下相關部署正傾全力搜查中，我個人相當期待他們的努力成果。至於花在醫療監獄的年度預算與更生的有效性，倘若閣下的意思是不該將預算投入於沒效果的領域，站在尊重人權的立場與國際觀，我只能否定你的意見。罪犯的人權不值得受到重視或不該把錢花在收容設施，無疑是獨裁國家才有的想法。（在野黨這時發出猛烈的噓聲與怒吼）當然，致力於提升各刑事收容設施的更生程序，以求降低再犯率是我們的目標，但這不是一朝一夕就會有結果的事，所以我認為千萬不能操之過急。」

國會上的答辯只給人隔靴搔癢的感覺，再加上公安委員長四兩撥千金的手法實在太巧妙，因此並未演變成更激烈的論戰。

然而，某知名女星的訪談卻提出了比網路上的大型留言板及各種媒體、甚至是國會答辯更有力的訴求。這位女星的長女幾年前慘死於剛從醫療監獄出院的男性手中，只見她以堅毅的口吻回答那些以煽情而不是理性為賣點的網路媒體所提出的問題：

「話說回來，殺了人，本來早就該死刑定讞的人有必要接受醫療行為或維生治療嗎？」

女星大大方方地道出每個人內心深處都曾經想過，只是不敢說出口的念頭。擁有悲慘過去的她確實有這個權利。她的知名度與正當性讓這句話更有說服力，在那之後獨領風騷了一陣子。

標榜人權派的律師緊咬著她的發言不放，在自己的社群網站試著反駁，成功訪問到女星的網路媒體也安排了兩人進行對談。

『首先，我很同情您失去女兒的心情。雖然我還是單身，但也能輕易想像自己的孩子遭到殺害是多麼悲痛的事。』

『謝謝。』

『可是我們不能把感情與社會制度混為一談。再怎麼心狠手辣的罪犯也是人。感情上或許不願意承認，但被害者與加害者在人權這一點上具有相同的權利。』

『你是說我被殺的女兒和殺了她的那個男人具有相同的權利嗎？』

『日本國憲法禁止殘酷的刑罰，是為了反映不管是犯罪者還是一般人都應該受到公平對待的憲法精神。法律的目的是為避免國家權力剝奪個人的權利和自由，才由此制定犯罪的內容與相應的罰則。依感情或當時的輿論來裁定罪與罰，跟凌遲沒兩樣。』

『我也反對凌遲。』

『您能理解真是太好了。』

『可是包含醫療監獄在內，倘若國家再怎麼致力於擴充刑事收容設施，試圖讓受刑人更生，卻還是無法降低再犯率的話，不就表示以維護罪犯人權為前提所制定的法律並不完善嗎？』

『也有人會這麼想，但是如果光憑再犯率並未降低的事實就煽動社會不安，只會擴張國家的刑事裁判權，變成嚴刑峻法。』

『嚴刑峻法有什麼不對？』

『刑罰愈嚴格，國家權力愈肥大。面對恐懼，個人的自由無論如何都會受到限制。獨裁政治的結構就是這麼回事。因此若不暫時放下因為再犯率未獲得改善這種短視近利的想法，把普世價值的人權放在最前面，恐怕就無法維持社會秩序。恐懼及憎恨只不過是一時的情緒。制度應該建立在理論上，以自制力來控制情緒。』

『你的意思是說，要我忘記家人被殺的仇恨，把殺人兇手視為跟自己一樣的人嗎？』

『是的。』

『恕我直言，打從殺人的那一刻起，兇手就已經不是人，而是怪物了。怪物沒有人權。』

『這只是遺屬的情緒……』

『沒錯，這只是遺屬的情緒。但你說的也只是理論。不好意思，你說的話沒一句能打動我，肯定是因為理論沒血沒淚吧。聽在我耳中，只像是蹩腳的演員在念台詞。』

『因為我並不是演員。』

『因為你在理解劇本之前，沒有先理解人心。請容我說得再放肆一點，除非你有了家庭，而且小孩被剛從醫療監獄放出來的人殺死，否則你說再多冠冕堂皇的理論，聽起來都沒有說服力。』

兩人的對決經由網路傳播，引起世人的關注，造成點閱率突飛猛進的成長。

由此可見，不管是網路還是現實世界都認為當真勝雄和有働小百合的組合是恐懼的象徵。

但古手川感受得到，這些反應都只是利用這件事借題發揮，然而之後要繼續借題發揮的人愈來愈少了。

對別人的苦難幸災樂禍是還遊刃有餘的證據。一旦突破恐懼的臨界點，就連這點遊刃有餘都沒有。訕笑也好，譏嘲也罷，等笑聲消失以後，就只剩下連一根針掉在地上的聲音都聽得見的寂靜與能吞噬所有光線的黑暗。

即使四起命案與兩個殺人犯在逃的新聞見報，除了有小孩的家長以外，並未改變其他市民的生活。

然而，首都圈確實籠罩在一股無可名狀的氣氛下。這跟以前發生在飯能市的事件時，令古手川深惡痛絕的氣氛一模一樣。

4

那位女星的發言固然是在質疑醫療監獄的問題，但同時也使得搜查本部受到更強烈的責難。因為既然不能明目張膽地非議受刑人的人權擁護問題，至少也要抨擊無能的警察出口氣。

是不是警察太怠惰鬆懈了，才無法逮住青蛙男，也無力抓回逃獄犯——打來搜查本部抗議的電話一天比一天嚴苛。即使明白抗議是恐懼的反作用力，卻還是讓在前線打拼的搜查員日復一日地陷入精神上的疲勞困頓。

但是讓人精神疲勞的最大原因，還是陷入膠著狀態的偵辦進度。從四個案發現場採集到的證物總數多達一千件，依舊找不到能鎖定當真勝雄行蹤的證物。

用來選定犧牲者的名單也同樣不知去向。搜查本部認為御前崎留下的筆記本就是犧牲者名單，但其內容及下落始終不明。明知下個目標是名字以〈セ〉開頭的人，也因為候選人實在太多了，警方無計可施。光是要定期為那些衝進離家最近的警察局尋求保護的人巡視住處周遭，就疲於奔命。

逃離醫療監獄的有働小百合也同樣形跡杳然，沒有任何線索。發現她逃獄後布下的天羅地網也一無所獲，就連一件目擊情報都沒有。唯一可以想到的可能性就只有她搶走百合川護理師的衣服後，用百合川的兩萬圓現金買了車票，已經逃離首都圈。既然如此，以首都圈為中心進行調查的搜查本部就鞭長莫及了，只能仰賴周圍的其他縣警協助調查。

最頭痛的是還不確定勝雄和小百合是單獨行動還是已經會合。這對同為殺人犯的師徒一起行動固然是很大的威脅，但分開來行動又會分散搜查本部的人力，簡直像是在和游擊隊士兵作戰，對於早已習於組織化的警察而言，再也沒有比他們更棘手的對手了。

偵辦進度觸礁，來自外界的抨擊及中傷聲浪一天比一天大。大家雖然都沒說，不過任誰都看得出來搜查員的士氣萎靡不振，軍隊一旦萎靡不振，情勢就會愈發膠著，陷入惡性循環。

陷入膠著的組織若繼續受到來自外界的攻擊，就會啟動自我防禦機制。一旦關在自我防禦機制的保護殼裡，緊接而來的肯定是自己人互相踩踏、彼此牽制。若以共同搜查本部為例，就是警視廳與埼玉縣警的反目直接浮上檯面。

「要我們的搜查員去神田站附近打聽嗎？」

共同搜查會議上，聽到鶴崎分配的工作，渡瀨還以為自己聽錯了，立即發難。

「熊谷市和埼玉市都是我們的轄區，光是要分頭調查這兩個現場，就足以令人力有限的搜查員奄奄一息了，已經沒有人手能再投入其他現場了。」

渡瀨當場提出抗議，但鶴崎管理官也不是遭到反對就會乖乖收回成命的人。

「當真勝雄在眾目睽睽下動手殺人的現場只有神田站。」

「月台的監視器既沒有拍到當真勝雄，也沒拍到被害人的身影，兩人都被周圍的乘客擋住了，而且也只有兩個人目擊到被害人墜落鐵軌。」

「是只有兩個人跳出來作證。通勤的乘客中一定有人看到當真勝雄把志保美純推入軌道區後，從月台上逃進車站內的路線。」

雖說案發時已經過了通勤的尖峰時段，月台和車站內依舊有滿坑滿谷的人潮。監視器只拍到人滿為患的畫面，警視廳正打算鎖定每個出現在畫面裡的人，一一詢問。

可以想見這項作業將耗費大批警力，但不會有太豐碩的成果。因為就算真的打聽到當真勝雄的目擊證詞，也不見得能從證詞的內容推測出勝雄的行為模式。再小的線索都不放過的態度乍看之下是很正確的作法，但那是在確定有助於逮捕嫌犯的情況下才是如此。將人員投入幾乎沒有價值的調查中，等於是浪費人力，說得難聽一點，只是要做給別人看的。

渡瀨雖是為達目的、不擇手段的人，但絕不會魯莽行事，也不會橫衝直撞。他的強硬是經過深謀遠慮的，也會先計算過效率和機率。看在他眼中，有如瞎子摸象的調查除了浪費時間以外，什麼都不是。

「如果是通勤的乘客，就會在同一個時間來搭車，很適合問案。雖然大概也有很多人急著上班，但是我們要問的內容很簡單，不會占用對方太多時間，想必大家都會願意提供協助。」

「管理官，我不是這個意思。疑似犯人的流浪漢在荒川綜合運動公園河岸的帳篷村被目擊到，如果要展開地毯式搜索，不是應該以那裡為優先嗎？」

「這我當然知道。」

鶴崎似乎對他的反駁非常不以為然，怒火中燒地瞪著渡瀨。

「那邊要打聽的對象是帳篷村的居民。因為過去曾經強制驅離過他們，肯定有人對警方相當反感，花在訊問每個人的時間會比較長，所以那邊由我們的搜查員負責。」

也就是說，最新、最有利的線索由警視廳的人負責調查，其他與打雜無異的工作則丟給埼玉縣警和千葉縣警的意思。

露骨的方針令埼玉縣警旗下轄區的員警皆露出氣憤難平的表情，就連警視廳的搜查員也如坐針氈地皺著眉頭。

「你有什麼意見嗎？渡瀨警部。」

「能聽到分配人力的理由就夠了。」

「想也知道這是配合各單位破案率的配置。」

語聲未落，埼玉縣警中，尤其是渡瀨班的伙伴笑得充滿惡意。警視廳的破案率平均只有八成，渡瀨班的破案率超過九成。光看破案率的話，顯然是渡瀨班更勝一籌。渡瀨或許也有相同的想法，面對鶴崎的挑釁，連眉毛也不動一下。

「原來是因才適用啊。那麼關於有働小百合的追捕，你打算怎麼做呢？」

「父母雙亡，唯一可以稱得上親人的，就只有住在沖繩的丈夫，目前已經派員警守著機場及渡船頭、以及她丈夫的家了。她幾乎沒有朋友，所以略過也無妨。手頭上的錢只有從遇襲護理師皮包裡拿走的那兩萬塊，不可能長時間逃亡，遲早會坐吃山空，一旦必須使用車票的現金功能買東西，到時候就有機會抓到她了。」

百合川護理師被偷的車票是兼具電子錢包功能的ＩＣ卡，使用的時候，數據會傳送到各家鐵路公司及電子錢包加盟商的主電腦中，搜查本部等的就是那一刻。

「要是會照我們的劇本演出就不用愁了。」

鶴崎聞言又暴跳如雷。

「你這是在暗喻沒有錢還能一直逃亡的當真勝雄嗎？」

「不是。只是希望大家別輕視那兩個人的行動力。」

「看來渡瀨警部真的很看得起那對殺人魔組合呢。」

是你太低估他們了——聽這兩個人脣槍舌劍，偃旗息鼓了好一陣子的好勝心久違地抬頭。

「姑且不論看不看得起，我只是覺得搜查員的配置不太妥。」

「沒效的話再調整就好了。」

「搜查員可不是將棋的棋子。」

台上的刀光劍影讓會議室的氣氛變得劍拔弩張。大概是沒想到警視廳的管理官和縣警的警部會在這裡針鋒相對，警視廳的搜查員全都提心吊膽地靜觀事情的發展。

「軍隊若不服從上司的指示，搜查就無法進行了。」

「我又沒說不服從指示，只是希望你能考慮一下效率。」

「這是我精心規畫，最有效率的人員配置。我才是這裡的負責人，沒必要受你的指揮。」

「我不是指揮，是建議。」

「聽起來可不是這麼謙虛的說法。」

共同搜查本部的指揮權歸成立搜查本部的警署所有，這次的搜查本部設置於埼玉縣警本部，上頭雖然指名鶴崎負責，但檯面上的指揮權在里中本部長手上。

在座所有人的目光都集中在坐在台上最邊邊的里中身上，里中貌似感覺自己必須負起調停的任務，困擾地看著渡瀨和鶴崎。

然後千百個不願意地開口。

「算了，渡瀨警部，這裡就交給管理官布局吧。即便是重刑犯，也只是二十出頭的年輕人和中年婦女。雖然運氣暫時站在他們那邊，但是人不可能永遠那麼好運，說不定一下子就抓到了。」

明明在飯能市的事件中搞得灰頭土臉，居然還這麼說——

已經冒出頭的好勝心打敗了自制力，意識過來的時候話已經說出口了。

「最好不要太小看那兩個人比較好喔。」

幾乎是不由自主地脫口而出。台上的鶴崎不用說，所有出席的搜查員都盯著自己看。古手川也想就這樣含糊其詞地帶過，但另一個自己不容許這種逃避的行為。

「請問在座的各位有誰跟他們單挑過嗎？我有，而且兩次都差點因此送命。」

說著說著，感覺右腳開始隱約作痛。繃帶早已拆除，當時受的傷也痊癒了，但記憶還是會因為微微的風吹草動被喚醒。現在就是那個風吹草動的時刻。

「別看當真勝雄長得那樣，其實力大無窮。倘若是一對一的近身肉搏，各位不管是誰對上他，大概都很難攻下一城。有働小百合也是，表面上看起來很文靜，好像只是普通的主婦，一旦理智斷線，身手敏捷得連貓都比不上。小看他們不僅會吃大虧，可能還會玩掉半條命，請各位務必提高警覺。」

語畢只有一絲爽快的感覺，後悔卻如海浪般不斷湧上來。鶴崎瞪著他的視線幾乎要射穿他。

算了。只是被警視廳的管理官瞪嘛，有什麼了不起。

只是古手川忘了，眼神最犀利的上司就坐在自己旁邊。

出乎意料之外，渡瀨沒什麼反應。他也不是今天才開始臉色難看的，但居高臨下看著古手川的視線似乎已經死心了。

他的沉默反而讓人更加心裡發毛。

調查會議結束後，在辦公室待命，渡瀨果不其然臭著一張臉走向古手川。

「上頭說什麼？」

「課長要我告訴你，不准你再查這個案子。」

「什麼？」

「就是我說的那樣，上頭交代，古手川和也巡查部長不准再插手青蛙男事件，要你去負責別的案子。」

古手川不自覺跳腳。

「理由是什麼？」

「問你自己啊。對搜查本部的負責人和指揮者夸夸其談，你難道以為自己會受到讚美嗎。」

「我不能接受。栗栖課長應該知道我和那兩個人有多接近吧。不讓熟知犯人的刑警負責偵辦，未免也太荒唐了。」

「荒唐的是你。難道還不知道實際上要你退出調查的是鶴崎管理官嗎？」

「那我就更不明白了。警視廳的管理官憑什麼管到我頭上來？」

渡瀨一臉無奈地坐在自己的辦公桌前。

「聽說連警視總監都發火了。畢竟是眾所矚目，甚至拿到國會中討論的案件，首當其衝的就是國家公安委員長，另外警察廳長官、警視總監也一個都逃不掉。大概是盯著他要快點破案吧。狗急跳牆的傢伙會疑心生暗鬼，設法排除任何會對自己造成威脅的人，所以就來找里中本部長交涉了。你對那兩個人很熟悉或許是某種優勢，但是換個角度來看，搞不好會與他們產生共鳴。這麼危險的傢伙待在本部裡，無異是養虎為患，不讓你繼續調查也是理所當然。」

「我差點被他們打得半死耶，說我會與他們產生共鳴，這是什麼笑話？」

太不合理了，這理由幾乎要令古手川啞然失笑。

「不管怎樣，若是和嫌犯有太深的關係，一旦發生什麼事，就會被追究責任。有働小百合的逃獄已經讓社會大眾全都盯著看了，萬一再有什麼意外，說不定從本部長到課長級都會成為處分的對象。」

「那麼把我調走不就只是為了自保嗎？」

「因為那些人比起青蛙男和有働小百合更擔心自己的地位。」

「我去請課長收回成命。」

古手川轉身就要走，背後傳來聽習慣的怒吼。

「別白費力氣了，你以為光憑你一個人闖進去能改變什麼？」

彷彿有雙看不見的手緊緊抓住他的肩膀，身體動彈不得。

「這件事已經決定了。」

慢慢地轉過身，不知怎地，渡瀨看起來並不生氣。

「你被調離這個案子了，所以我不會再命令你該怎麼做。你懂我的意思吧。你用自己的方式去做個了斷吧！」

五、制裁

1

以前曾經和渡瀨一起造訪過，所以知道御子柴的事務所就在虎之門，古手川火速驅車前往東京都。

今天不見平常總是唯我獨尊地坐在副駕駛座的渡瀨。上次單獨行動已經是先前的青蛙男事件那時候的事了，而且是利用自己的私人時間，所以並沒有破壞規定的自覺。

但這次不一樣，古手川無視查案必須兩人一組的原則，一人隻身前往。

我不會再命令你該怎麼做，你用自己的方式去做個了斷吧——渡瀨這句話是促使他擅自行動的導火線。頭已經洗下去了，怎麼可能半途而廢。更何況，古手川始終認為這是自己的案子。當渡瀨告訴他，他被調離這個案子的時候，古手川差點就要直接去找課長談判。是渡瀨阻止了他，所以他認為渡瀨這句話並非只是隨便說說而已。

倒也沒有期待渡瀨會好心到為自己收屍。渡瀨只是提醒他，與其眼睜睜地靜觀其變，不如主動出擊。要不要遵守課長命令，全看他自己。

說不定這是渡瀨給他的隨堂考。是要冷眼旁觀，還是力拼到底。古手川感覺到自己身為刑警的資質將取決於這次的處理方式。

抵達御子柴的事務所後，古手川搭電梯來到三樓。之所以沒有事先預約，一來是因為單槍匹馬，二來是覺得出其不意拜訪比較容易問出對方的真心話。

御子柴法律事務所在出電梯的左手邊。上次來訪時，事務所的招牌還從正中央裂開，今天則是有兩道裂痕，僅用膠帶貼起來。每次掛上招牌都會被惡作劇，肯定是有什麼深仇大恨。

敲門進去後，坐在門口附近的女性員工起身接待，印象中好像是叫日下部洋子。會一直待在惡名昭彰的律師事務所工作，若不是薪水非常優渥，大概就是有什麼隱情吧。

洋子也露出還記起他是誰的表情。古手川尋找御子柴的身影，環顧整個辦公室，頓時發現異狀。

相較於房間角落堆滿了紙箱，檔案櫃則是幾乎清空，一看就知道正在準備搬家。

隔板對面看見緩慢移動的人影。

「御子柴先生。」

不想喊他律師。洋子連忙想擋住古手川的去路，但御子柴的反應快了一拍。

「怎麼，是你啊。我們應該沒有約好要見面。」

御子柴從隔板後面探出頭來，驚訝地看著他。古手川不顧洋子的制止，朝著御子柴走去。

「事先告訴你，你就不肯見我了吧。」

「這種強人所難的地方是跟那位上司學的嗎？」

「我只是有樣學樣。」

「我想也是。和渡瀨警部比起來，你還太嫩了。」

不確定他是指自己哪裡太嫩了，但可以確定他不是在稱讚自己。

「我哪裡太嫩了？」

「看也知道吧，我現在沒空理你。」

走近一看，御子柴正打開自己辦公桌的抽屜，掏出裡面的東西。

「你要搬家啊。」

「至少不是連夜潛逃。」

「這裡離東京地方法院很近，不是很方便嗎。」

「離委託人住的地方近一點才是真的方便。」

聽到這裡，古手川反應過來了。御子柴的顧客多半是形跡可疑的人，再不然就是刑事被告。

「你要搬去小菅＊附近嗎？」

從御子柴不回答這點來判斷，想必雖不中亦不遠矣。

這麼說來，古手川聽渡瀨說過，大約半年前，御子柴為某個官司辯護，過程中他以前做過的惡事被人揭露。任憑他再怎麼精明幹練，也沒有人想委託素有〈屍體郵差〉之稱的人打官司。御子柴法律事務所的收入原本多半是來自大企業的顧問費用，所以一旦解除顧問合約，對事務所的經營無疑是致命的打擊。換句話說，就連繼續在虎之門開業的租金也難以支付。

連素有最壞也最強的律師之稱的人都從神壇上摔下來了，古手川不禁被開始對御子柴產生親近感的自己嚇了一跳。

「事務所換地方有這麼稀奇嗎？你站在那裡很礙事耶，可以請你回去嗎？」

「我有事想問你。」

「協助警方連一毛錢都賺不到，我才不幹。」

「有慟小百合上哪兒去了？」

這句話宛如咒語。

御子柴停下手邊的工作，慢條斯理地重新面向古手川。

「什麼意思？」

「少裝蒜了。你應該已經看到她從八王子醫療監獄逃走的新聞了。你可是她的律師兼擔保人喔。」

「所以你的意思是說我把她藏起來了？」

「你的話不是不可能。為維護委託人的權益，犯一兩個罪對你來說根本不算什麼。」

「無聊。」御子柴不屑地說。「你怎麼會做出這樣的結論。旁若無人這點先撇開不談，邏輯性遠不及渡瀨警部的萬分之一。八王子署也知道我是有慟小百合的律師兼擔保人，早在她逃獄那天就來事務所和我住的地方搜索過了。」

「你會笨到把她藏在警察一下子就能找到的地方嗎？」

「你是說我在別墅裡藏了一個女人嗎？那可真是抬舉我，如果我是那麼有錢的律師，有必

㉝ 東京拘留所的所在地。

要搬離虎之門嗎？」

「就算賣掉自己的住處，你也會提供住處給她。」

「你到底在想什麼啊，那已經超越律師與委託人的關係了。」

「沒錯，你和有働小百合並非普通的律師與委託人的關係，就像我跟她不是普通的警官與嫌犯的關係。」

御子柴的表情瞬間蒙上一層陰影。

一如緊閉的門扉出現些許縫隙，勢必得從這裡強行突破。

「她在八王子醫療監獄的音樂室彈奏〈熱情〉的時候，你的心情很不平靜。我一直在旁邊看著，所以瞞不過我的眼睛。因為我肯定也露出了跟你相同的表情。」

「聽不懂你在說什麼。」

「不，你一定懂。在有働小百合彈的鋼琴前面，你我都是同一類的聽眾。雖然我也是千百個不願意。」

御子柴以看不出情緒的眼神盯著古手川，也打算瞪回去的古手川悚然一驚。惡名昭彰的律師，雙眸宛如光線無法到達的深淵。御子柴慢條斯理地站起來，對洋子使了一個眼色，這大概是他們之間無言的默契，洋子一臉了然於心地消失在事務所深處。

「你一直站那裡太礙眼了。」

這大概是要他坐下的意思。古手川拉張椅子在御子柴面前坐下。

「你說我們是同一種聽眾，這句話是什麼意思？我不會說她的鋼琴彈得不好，但頂多只是鎮上才藝班鋼琴老師的水準，並非能開演奏會的專業鋼琴家。」

「可是我們都被她的琴藝吸引了。與鋼琴無關，我們是被有働小百合彈奏的音樂吸引。」

邊說邊對自己的愚昧感到火冒三丈。居然向犯過不只一次罪的男人尋求共鳴，自己還是不夠成熟。

即便如此，他也不想小看自己與御子柴唯一的共通點。古手川深信御子柴是最了解小百合行為邏輯的人。

「不是技巧的問題，也不是因為作曲者是貝多芬。我不敢說這是因為我知道她的過去，但那無疑是罪人的曲子。因為是用沾滿他人鮮血的手指彈奏的音樂，才會吸引住你我不是嗎？」

很久很久以前，古手川對信賴自己的好朋友見死不救時，曾經飽受罪惡感的折磨。那段記憶仍烙印在內心深處，不曾消失。每次看到右手掌心那兩條水平的傷痕，就會想起自己的罪孽。

即使沒有直接動手，自己也殺了一個人，而且還是對本來應該加以保護的人見死不救。因為並非直接動手，沒有人會懲罰自己，反而讓他覺得罪孽更加深重。

御子柴也同樣是罪人。這傢伙殺了住在附近的五歲女童，在少年法的保護下沒被判刑，如今還當上律師，一臉沒事人的模樣，但這個男人也是沒有被懲罰的罪人。

「我以前殺過人。」

古手川說出這句話的時候，御子柴微微挑眉。

「當時我才十歲，有個非常依賴我的朋友，當他被霸凌時，我不想和他扯上關係，刻意保持距離，結果那傢伙從校舍的屋頂上跳下去，當場死亡。」

「人又不是你殺的。」

「都一樣，是我害他自殺的。」

「哼，你的意思是說，殺人的罪惡感會被她的鋼琴挑起嗎？她小時候也虐殺了比自己年幼的少女，所以殺人犯彈的鋼琴會讓有相同罪孽的人產生共鳴？」

御子柴的嘴角大大扭曲。

「這個例子要是被平庸的心理學家聽到了，大概會拍手叫好吧。不好意思，我是完全沒有罪惡感，更不會討厭自己的人，當然也無法體會別人的傷痛。」

「所以也不會意識到自己的痛苦嗎？」

「你要這麼抬舉我是你的自由，但我會被有働小百合的鋼琴吸引，比較類似所謂的印痕。當我還在感化院的時候，第一次聽到像樣的現場演奏就是她彈的〈熱情〉。亦即所謂的原始體驗，除此之外再無其他。你不是我，我也不是你，所以別再用那種自以為是的德性剖析別人了，會被笑喔。」

御子柴不以為然地搖搖手。

「只因為我們是老交情了，我才會當她的律師兼擔保人。你要是期待有什麼浪漫的原因，遲早會被有働小百合取走你的小命。」

「這樣啊，原來你們是老交情啊。那也無所謂，告訴我她在哪裡。萬一她和當真勝雄搭上線，噩夢又要重演了。」

「現在還不夠噩夢嗎，無辜的善男信女都被拖下水了。」

「我是指會發生更嚴重的事。」

「是刑警的直覺，還是強迫觀念？」

「不是強迫觀念，是血淋淋的經驗法則。因為我不只一次遭遇差點被殺的局面。再說了，這也不是我怎麼樣或市民怎麼樣的問題。」

「什麼意思？」

古手川直視對方的雙眼。

「我想救有働小百合和當真勝雄。」

「……你是認真的嗎？那兩個人可是連專業的心理醫生都治不好的精神異常者喔。」

「所以就對他們放任不管嗎？讓他們繼續犯罪也沒關係嗎？」

御子柴的眼神晦暗，目露凶光，依舊令人毛骨悚然，但比起與渡瀨針鋒相對的時候好一些。

古手川驀地把臉湊上去。

「就因為是那樣的對手，搜查本部也卯足全力。只要發現其中之一持有凶器，甚至會下令對他們格殺勿論。你就這麼想送她去死嗎？你難道不想再聽一次有働小百合彈的鋼琴嗎？」

已經沒有選擇詞彙的閒情逸致了，古手川想到什麼就說什麼。不可能在交涉或口舌之爭上贏過這個男人，只能奮不顧身地動之以情，藉此瓦解他的防備。

「精神病基本上都治不好，但我聽說可以緩解，那兩個人還有機會恢復平靜。」

「我也聽說過緩解，但那只是一時半刻的相安無事，已經依附在心中的猛獸不會消失，就算暫時睡著，一有個風吹草動就會覺醒，又會開始吃人。」

「就算有慟小百合被殺死，你也不在乎嗎？」

「古手川老弟，你年紀還輕，所以不懂。又或者是在那個正直到莫名其妙的警部手下工作，所以沒有發現。這個世界上啊，其實存在著非死不可的人，也有不需要救贖更不需要同情的人。」

御子柴半是嘲笑、半是悲憫地看著他。

那種說法簡直是把犯罪視為特權，把無可救藥當成榮耀。

混帳東西。

「少在那邊自以為是了，王八蛋律師。」

古手川氣急敗壞地說。

「那不是你能決定的事。總之先告訴我有慟小百合的下落，否則什麼都無法開始。」

「一根腸子通到底外加瞻前不顧後嗎？警部也真是辛苦了。」

「不用你操心，這次的調查與警部無關，一切都是我獨斷獨行。」

「萬一出事，你一個人要如何負起責任來？」

「天曉得，最多就是階級特進個兩階＊而已。」
「哼，你打算跟他們殉情啊。」
「要是只有這個辦法的話，那也無所謂。」
「你腦子沒壞吧。」
「如果用我的一條命就能終止噩夢，就算要弄斷我一兩條腿也無所謂。上次也被打到半死不活，現在還不是好端端地站在這裡。」
「你真是無藥可救了。」
「沒錯。只要能拯救那兩個人就夠了。」
「……跟你講話真是秀才遇到兵，有理說不清。」
御子柴仰天長嘆。
「你是聽不懂人話嗎？我沒有藏匿有働小百合。」
「比起早就分開的老公，你不覺得你和她的距離更接近嗎？」
「不覺得。再說，我去八王子醫療監獄探視她的時候，她幾乎沒在聽我說話，不是自己說自己的，就是彈鋼琴給我聽。就像對來聽獨奏會的觀眾說話，與接近不接近一點關係也沒有。」

㉞原文為「二階級特進」。警察、自衛隊等擁有職務階級制度的公務員，因公殉職後追贈兩階的制度。亦有借稱殉職之意。特進二字為「特別昇進」之意。

「但你至少有頭緒吧。」

「我認輸了，你只有胡攪蠻纏這點盡得警部的真傳呢。但你若不把這股蠻勁用在別的地方，只會一直做白工。你想想看嘛，先不管已經被列為嫌犯的當真勝雄，小百合還只是逃獄，到底是窩藏她比較有利，還是把她交給警方比較有利？」

御子柴說的沒錯。考慮到小百合的處境，現階段送她回牢裡，罪名還不至於太重。

「別忘了我是她的辯護律師。考慮到委託人最大的利益，這時將她交給警方是最好的選擇。我才不會蠢到讓她的罪行一路加重下去。所以如果我知道她可能會去哪裡，早就去找她了。」

「……你沒騙我吧。」

「律師只有在判斷對委託人有利時才會說謊。如果這樣你還不信的話，我也沒辦法。」

御子柴說的也有道理。雖然從他臉上完全無法判斷他有沒有說謊，至少理論上毫無破綻。頓時感到頹然無力。古手川手上只剩御子柴這張牌，如果連他也沒有線索，就再也沒有管道可能得知小百合的去向。

「怎麼啦，你一臉如墜五里霧中的表情喔，該不會只有我這根救命稻草吧。」

「少囉嗦。」

「渡瀨警部也不怎麼樣嘛。」

「你說什麼。」

「我是指他培育部下的方法。不，也可能是該教的都教了，只是學生太不長進。」

口氣中的挑釁意味非常明顯，但古手川也沒笨到輕易被激怒。

「你見過平常生活中的有働小百合嗎？」

「我是在她以音樂療法治療當真勝雄時認識她的。」

「當時她有什麼異狀嗎？」

「沒有。」

「也說是說，表面上裝得跟正常人一樣。」

「可是當我們單獨相處，我開始懷疑她涉案時，就產生了一百八十度的轉變。」

「換言之，就算內心有著瘋狂的因子，如果沒必要發作就相當正常，或是可以假裝成正常人。既然如此，在我們面前彈奏〈熱情〉時，她的精神狀態到底正不正常呢？說不定是一面等待逃獄的機會，一面若無其事地彈著琴。」

「那又怎樣。」

「你說你差點命喪小百合手中，當時她採取的是什麼行動？像隻毫無理性的野獸攻擊你嗎？或者雖然同樣是野獸，卻是像掠食動物那樣分辨獵物的味道，再一寸一寸地步步進逼？」

古手川回憶當時的狀況。在隔音設備十分完善，連一扇窗戶也沒有的黑暗中，小百合不斷地揮下武器。

「顯然是一邊觀察我的所在之處一邊進行攻擊。」

「哼。也就是在動手殺人的時候，仍保有冷靜的判斷。這麼一來，她大部分的行為模式就有跡可循了。」

「你是說你明白她的行為模式嗎？」

「我剛才說過，我跟她已經很久沒見面了，最近會面的對話也牛頭不對馬嘴。反而是與她接觸比較久，險些死在她手裡的你更能理解她的行為模式吧。只可惜你的腦筋太不管用了。」

聽著聽著，古手川開始有了模糊的概念。這個男人語帶挑釁的假面下，其實還是在向他說明並提出忠告。

「即使兼具醫療機構的特質，八王子醫療監獄還是如假包換的刑事收容設施。小百合不可能完全不明白逃離那裡代表著什麼意思。偷襲負責照顧自己的護理師，當場換上對方的衣服，大大方方地從大門口出去。看似相當大膽的行動，其實經過了縝密的計算。」

「你想說什麼？」

「我想說的是，如果把她的行為與精神病患的行為畫上等號肯定會倒大楣。因為有所計畫，才能順利逃出八王子醫療監獄。換句話說，她並不是一時衝動，而是有某種動機，為達成某個目的才會逃獄。」

說到這裡，御子柴的意圖十分明顯。

與其像隻無頭蒼蠅似地搜尋她的下落，不如先探討她逃獄的動機。只要知道小百合的動機，就能鎖定她的行蹤。

「有些人就是死性不改。」

御子柴突然轉移話題。

「俗話說得好：『江山易改，本性難移』，這句話絕非無的放矢。當然也有人不是這樣。也有人雖然囚禁在憎恨與絕望裡，依舊拚命掙扎，想改變自己的人生。有働小百合到底是哪一種人？我跟她太久沒見面了，無從知曉。」

「你希望她改變嗎？」

「我無所謂，又不關我的事。」

那你自己想改變嗎？有辦法改變嗎？——腦海中立刻浮現出這個疑問，忍著沒有問出口。

「會面時間很短的律師能說的只有這麼多了，不管你滿不滿意，都給我回去。這是第三次警告，再不滾，我就告你私闖民宅。」

「……感謝你的幫忙。」

「不必。」

古手川幾乎被掃地出門似地離開律師事務所後，立刻開始思考小百合逃獄的動機。

事到如此就乾脆地承認吧，古手川對小百合的感情是對母親的思慕之情。對於從小家庭破碎的古手川而言，小百合就宛如母親一樣。之所以會對她的親生兒子和勝雄產生連帶感，大概也是源自這樣的情感。

他花了一年的時間才認清這個事實，再加上不願意承認自己還不成熟的情緒作祟，始終拒絕接受自己憧憬的對象竟然是個像惡魔般的女人。

現在已經沒有時間再被這些枝微末節的小事牽絆了。御子柴不惜顯露真心，提示他關於小百合的線索，自己怎麼可以裹足不前。

坐進車子裡，古手川沒有發動引擎，陷入沉思。

御子柴要他思考動機何在。那麼，小百合不惜罪加一等也要逃離八王子醫療監獄的理由會是什麼呢？

不可能靠寫信聯絡。

是為了去見無法前來會面，或是見不到面的人嗎？

思前想後，只有一個可能。

那就是勝雄。

雖說勝雄只是她的工具，但畢竟是曾經視如己出的對象，如今成了新的青蛙男嫌疑人，正受到警方及媒體的追緝。有慟小百合無疑是為了去見勝雄，才逃離八王子醫療監獄。

假設讓小百合見到勝雄，她打算怎麼做？

不能被常識綁住。這或許很困難，但還是得貼近小百合的心情來思考。

小百合患有解離性身分障礙。他根本無法想像這種病人的心情，但現在不能逃避。古手川用上少得可憐的想像力，試圖接近小百合的內心世界。

小時候遭受到親生父親的性侵，即便如此也只能順從。後來為了肯定自我，開始殺害小動物。當行為愈演愈烈，人格也開始解離。在平時雙重人格反覆解離與融合的過程中，小百合的精神平衡狀態愈來愈危險，唯有鋼琴是免於崩潰的最後一道防線。

以音樂療法治療勝雄時，不只勝雄，或許就連身為治療者的小百合本身也能感受到治療的效果——他終於明白小百合被八王子醫療監獄收監後，渡瀨自言自語的那句話是什麼意思。教勝雄音樂，以音樂做為鎮定劑的同時，小百合或許也藉由音樂得到身心的安頓。

透過音樂維繫彼此的師徒，同時也是虛擬的家人關係。

既然親生兒子已不在人世，勝雄就是小百合的孩子。若孩子繼承御前崎教授的遺志，在黑夜裡殺人放火，母親只會有兩種反應。

若不是阻止他，就是選擇助他一臂之力。

無論要採取哪一種反應，小百合都必須與勝雄會合，最快的方法就是先繞到勝雄的目的地。

勝雄依照御前崎教授留下的筆記本大開殺戒。換言之，勝雄的目標就是御前崎的目標。古澤冬樹是讓御前崎的女兒及孫女慘遭殺害的松戶母女命案兇手，但是在律師與精神鑑定醫師的狼狽為奸下獲判無罪。其中主導這一切的衛藤律師與偽造鑑定結果的末松健三皆已遇害，只剩人還在醫療監獄的古澤冬樹。

這下子全部連起來了。在松戶市古澤家附近探頭探腦的尾上被疑似勝雄的人襲擊。即使還不確定尾上受到攻擊的直接原因，但兇手顯然認為尾上會妨礙到他的計畫。

勝雄的下一個目標是古澤。

2

「起床！」

岡崎醫療監獄的早晨與一般監獄無異，從早上七點開始。在獄警的一聲令下，原本在雜居房一隅蜷縮被窩裡的古澤冬樹慢吞吞地撐起上半身。

剛進來時覺得獄警的聲音吵得不得了，但習慣之後就覺得也沒什麼了。比起新蓋好的設施，不管是起床、就寢還是其他號令都是從安裝在每個房間裡的喇叭傳送出來，這樣還比較被當人看。

完全清醒以前，鼻子就先聞到異味，屎尿的臭味彷彿緊緊地貼在黏膜上。肯定又是四五九二號那個混帳岩谷尿床拉屎。古澤用毯子捂著鼻子。雜居房最頭痛的一點，就是無法選擇室友。

岡崎醫療監獄原本是少年感化院，所以獨居房很少。以用於收容精神有問題的人來說，這樣的刑事收容設施其實大有問題，但收容率只有百分之五十三，這麼低的數字也說明了一切。依照規定，患有精神疾病的受刑人一開始必須要先關在獨居房裡，直到症狀緩和為止，但是現狀根本不容許如此。本來官方也希望能收容更多的受刑人，但屋齡四十八年的老舊建築物與設備實在無法負荷，不得已只好降低收容率，以避免受刑人之間起衝突。

醫療監獄這麼腐敗的理由還有一個，那就是除非得到精神病患本人的同意，否則無法進行強制治療。大概是考慮到受刑人的人權，但是對於先進去的受刑人前輩而言，只會造成莫大的困擾。拜這個措施所賜，也沒好好治療，就把受刑人丟進雜居房，導致自己必須和岩谷那種人共處一室。

一年到頭住在這種地方，就算是正常人也會得精神病——古澤很想大聲抗議，但他就是以精神疾病為理由，才能減輕刑責，所以也由不得他抱怨。

上午七點二十五分，早餐。

麥和米以四比六的比例煮成麥飯，配上厚煎蛋、醃黃蘿蔔、香鬆和放入少量蔥的湯。健不健康另當別論，但每道菜的味道都清淡得像是醫院的供餐，出獄後一定要馬上大啖重口味的食物。因為是醫療監獄，若說是為了受刑人的健康也無可厚非，但這也讓人更想回到花花世界。

不過也因為降低了熱量，所以不會讓人變胖，是其寥寥可數的優點之一。實際上，古澤入監服刑以來就成功地瘦了五公斤。規律的生活、適度的運動、低熱量的飲食，精神上姑且不論，對健康而言無疑是好事。出獄後如果沒事做，乾脆來出一本名為《您也可以辦到的監獄減肥法》的書吧。

問題是就連吃早餐的時候也有令人憂鬱的狀況存在。大概是退化到幼兒期，有人以口就碗，也有人吃得到處都是。真希望至少可以安安靜靜地吃頓飯，但免不了還是有人嘀嘀咕咕地自言自語「我討厭吃雞蛋」、「紅味噌湯好好喝」。其中還有人會把香鬆加到湯裡。不管看到聽到都覺得很煩躁，所以古澤決定視而不見到底，但依舊無法阻止聲音侵入耳膜。

承受噪音，默默地吃飯，突然有東西噴到右邊臉頰，回頭一看，坐在旁邊的四五六〇號濱田正把手指戳進湯裡玩。

「欸嘿嘿嘿嘿嘿。」

大概是以為惡作劇被抓到了，濱田難為情地衝著他笑。當下真的超想揍人的，幸好在最後一刻發揮了自制力。他的設定是自己雖然有精神障礙，但是多虧群體生活和治療奏效，目前已經緩解。要是在這種地方鬧事，至今的努力就白費了。

上午七點五十分，離開房間。古澤等人前往第二作業療法中心。

醫療監獄會依照症狀的階段區分作業內容，這點大概哪裡都一樣。

先在獨居房裡等症狀穩定下來，再移轉到生活療法中心，邊聽音樂邊做簡單的工作。這裡簡直是天堂。週一、三、四、五下午一點到兩點之間可以唱歌、套圈圈、打保齡球、畫畫。這是基於讓精神障礙穩定下來的理由被允許的休閒娛樂。

等症狀再穩定一點，就會移到第一作業療法中心，然後是第二作業療法中心。不用說，愈往上就愈接近一般監獄的作業內容，說是職業訓練也不為過。

上午八點，開始作業。

雖然說是作業，但是在醫療監獄的體質上，不會使用到車床或電鑽、電鋸等工具。例如古澤分配到的作業是栽培洋蘭，從播種到開花，花上一整年的時間親近泥土與草木。提出這個方案的人相信欣賞花卉可以陶冶性情，這傢伙到底有多麼不食人間煙火啊？但也真的有受刑人無限愛憐地凝視著花瓣，所以倒也不全是無稽之談。

在第二作業療法中心工作的人清一色都很沉默寡言，古澤也不例外，或許是擔心光是發出聲音都會對自己不利，所以一直與洋蘭進行無聲的對話。看在旁人眼中，簡直是一群家貓吧。

然而看在古澤眼中，只覺得是山貓在磨爪子。事實上這裡頭的確有不少人正扮演著〈緩解的精神病患〉。不知是為了減輕刑責，還是希望在監獄裡的工作能輕鬆一點，那些與其他受刑人比起來多了一股味道的傢伙正偽裝成家貓。原來裝乖就是這麼回事，古澤不由得苦笑。

再也沒有比刑法三十九條更值得感謝的條文了。要是通過這條法律的人出現在眼前，他真想用力抱緊對方，獻上一吻。

向古澤建議偽裝成精神病患的，是替他辯護的衛藤和義律師。

『你知道刑法三十九條嗎？』

『知道啊。叫心神喪失……什麼來著，就是患有重度精神病不會被問罪對吧。』

『正確的內容是心神喪失的犯罪者不罰、心神耗弱的犯罪者可獲得減刑。』

『哈哈哈，我懂了，你要我模仿精神病患的行為對吧。可是律師，專業的醫師一看就知道是假的吧？』

『這點不用擔心。你口中的專業醫師會一字不漏地教你在法庭上要如何表現，你只要遵照那位醫師的指示就行了。』

『這我倒是很拿手也說不定，我在學生時代可是話劇社的。』

『那真是太好了。總之請你在法官面前表現出不正常的樣子。像是動畫裡的人物教唆你去殺人，或是你以為人被殺死也會馬上復活，再不然也可以鬼吼鬼叫一些沒人聽得懂的話。總之這是決定你一生的重要舞台，千萬不要搞砸。』

精神鑑定醫師是一位姓末松的醫生，已經先透過衛藤告訴他會遇到什麼問題、要怎麼回答，所以一點也不緊張，在拘留所中全都照末松教的做，照末松教的說。

沒多久，他就被帶到地方法院的精神診斷室，在檢察官的陪同下接受鑑定。當時出現在古澤面前的醫師正是末松。

接下來才是重頭戲。古澤將過去從社團活動中培養的演技發揮到淋漓盡致，在他們面前扮演著精神病患。

只可惜畢竟是新人的演技，無法一次就讓檢察官心服口服，後來又做了長達三個月的鑑定，古澤終究還是以殺人罪被起訴。

『以新手來說，你的演技算是很厲害了，但是要讓檢察官服氣還是有點困難。』

『對不起。』

『不要緊，我們也不認為事情會這麼簡單，關鍵還是要看開庭的時候。』

緊接而來的開庭，被告的陳述放在最後一天，古澤使出渾身解數，演得出神入化，在法官和檢察官、以及大批旁聽人的注視下，大大地發了一次瘋。

當時的光景仍歷歷在目。大喊動畫人物的名字說：『是她命令我殺了那兩個人，只要讓那對母女陷入不幸的深淵，我就能藉由殺死她們得到至高無上的幸福。』

『我之所以性侵死掉的小比類太太，是因為覺得她就跟我的母親一樣，我想回到媽媽的肚子裡。』

『可是我念了復活的咒語，那兩個人還是沒活過來。我猜肯定是因為惡魔還留在她們體內，所以我搖晃她們的身體，想把惡魔趕出來，結果還是不行。復活儀式失敗了，我嚇得逃走，跑到一半就被警察先生抓住了。』

因為實在演得太逼真，就連古澤都以為自己的精神是不是出問題了。法官和旁聽人都看得目瞪口呆，但就只有一個人例外，唯獨死者的老公用比子彈還凌厲的眼神凝視著他。

結果如他所願，檢方原本在起訴時就有點擔心能不能撐到開庭，因此判決書上爰引刑法三十九條，判他無罪，將古澤移送至岡崎醫療監獄，未來要在那裡度過四年以上的刑期。

『套句檢察官說的話，你犯的罪屬於重大刑案，再加上最近傾向於嚴刑峻法的風氣，殺害主婦及嬰兒兩條人命，原本應該處以極刑。如今只需要舒適的戒護就醫，謝天謝地都來不及。你在醫療監獄裡的最初那段期間也得給我把戲做足，只要漸漸恢復成普通的樣子，就會被視為緩解，或許能提早出獄也說不定。』

坦白說古澤其實也很擔心自己能不能把那齣瘋瘋顛顛的戲演好演滿，幸好醫療監獄的定期會面沒有起訴前鑑定那麼嚴謹，可以輕易蒙混過關。治療犯法的精神病患與讓他們重回社會都必須符合精神保健福祉法的精神，負責在醫療監獄面對受刑人的精神科醫師肯定也覺得一個頭兩個大。

入監服刑後，他徹底扮演好溫和的受刑人，無論同房的受刑人多麼討人厭，也僅止於一臉歉意地向獄警報告。同時認真地執行獄中勞役，平常則是提醒自己偶爾露出平靜的笑容。在尖銳的哄堂大笑或笑得一臉癡呆的受刑人中，古澤裝出來的笑容反而會讓看到他的人感到放心。

努力是有代價的，他在一個月前收到了假釋出獄的通知。

從負責看守他的獄警口中得知消息時，他拚命忍住想高呼萬歲的心情，表現出淡淡的喜悅，淡淡地說了聲謝謝。有點沒自信，但是又充滿親和力，正是獄方喜聞樂見的態度。

是因為這個關係嗎？最近在園藝作業時不用刻意假裝也能自然地綻放笑容。

出獄後想做的事多如牛毛，首先是啤酒。這裡的規定雖然比一般監獄寬鬆，但也嚴禁攝取酒精。被捕至今已經快五年沒喝了，一旦恢復自由身，絕對要盡情地喝個痛快。

其次是食物，好想吃又油又鹹的食物吃到撐。在這裡，每天吃的食物跟醫院供餐沒兩樣，真擔心自己的味蕾再也無法分辨美食。雖然過年和聖誕節的時候，監獄也會提供年糕湯或蛋包飯，但那連家常菜的水準都稱不上。肉類和蛋料理、色彩繽紛的沙拉等等根本是遙不可及的夢，虐待受刑人的味覺無疑是監獄的懲罰項目之一。

古澤愛吃的東西其實都不是什麼山珍海味，他只想大口咬下塞滿大蒜的熱騰騰煎餃，配著透心涼的啤酒一起嚥下。啊，那種感覺真是太美妙了。

「四五八七號，你的手停下來嘍。」

獄警的聲音讓古澤猛然回神，連忙繼續動手工作，獄警嘴角浮現一抹笑意。

「聽說你可以假釋出獄了。」

「是的。」

「我明白你的心情，但是請務必謹言慎行，不要太放縱。我看過太多才剛確定可以假釋出獄就惹事，最後因此取消假釋的例子。」

「好的，多謝指導。」

「你是特別不需要費心的傢伙，我也覺得謝天謝地。」

那當然。你可知道為了讓你們這些獄方的人產生好印象，我這一路走來多麼地壓抑自己嗎？忍住不吼叫，壓抑憤怒與抱怨，也承受嘲笑與輕蔑，假裝成連蟲也不敢殺的好好先生，有如傀儡般順從，這一切都是為了爭取假釋出獄。

就算殺死兩個人，只要運氣好，就能住進監視沒那麼森嚴的醫院，還能恢復自由之身，這真是太吸引人的嘗試了。當然也不是誰都這麼好運，古澤冬樹是被老天爺選中的人，才能受到幸運女神的眷顧。

還有不需要費心，所以謝天謝地是什麼意思？難不成你以為這種地方留得住老子嗎。別開玩笑了。

「啊，對了。吃完午飯到下午的作業開始前，比婆醫生有話跟你說。」

比婆是負責照顧古澤的醫生。從這個時間點來看，大概是要告訴他關於假釋出獄的注意事項。

這倒沒什麼，但問題在於時間有夠緊。十二點到十二點半是午餐兼休息的時間，十二點半就要開始工作，所以不快點吃飽飯會來不及。

監獄這種地方，就算是精神病患也不會多給五分鐘的緩衝時間。說好聽是有規律，其實就是不把受刑人當人看。

哼，算了。這種不講理的生活只要再忍受幾天到幾個禮拜就行了。

「我明白了。四五八七號，吃完午飯就去找比婆醫生。」

午飯吃到八分飽，古澤在獄警的陪同下走向醫務室。

「四五八七號報到。」

「請進。」

走進房間，裡面只有比婆和另一位男性護理師。

「你假釋出獄的日期已經正式決定了，十二月二十三日上午十點。」

二十三日。就是兩天後啊。

古澤壓下雀躍的心情，保持立正站好的姿勢。

「謝謝你，比婆醫生。」

「不用那麼拘謹。」

比婆要他在旁邊的椅子坐下。

「定期會面的結果也很好，身為你的主治醫師，沒有什麼特別的事情要加註在意見書裡。」

「謝謝。」

「不過，只有一件事要提醒你。」

比婆以半睜半閉的眼神看著古澤。

「如果你的病是裝的，出獄後最好也繼續裝。」

一口氣哽在喉嚨裡。

「不好意思，我不懂您在說什麼。」

「不懂的話就聽過去也沒關係，以下就當是主治醫師給你的忠告。」

比婆憂鬱地撥弄自己的頭髮。

「這只是一般的論點，沒有精神障礙的人，要偽裝成精神病患其實非常困難。一旦確診為心神喪失，就算只是形式上，從今以後都要定期接受健康檢查。相較於起訴前鑑定花了三個月到半年的時間做檢查，幾個月才一次、而且一次才三十分鐘左右的定期會面頂多只能用來聊天。」

古澤繃緊掌管表情的肌肉，因為只要稍微放鬆，不安就會出現在臉上。不知比婆有什麼企圖，這時只能貫徹善良的形象到底。

「可是就算只有三十分鐘的面談，還是能知道一些事。是什麼事姑且不論，至少知道對方有沒有說謊。因為不想被拿來濫用，所以細節我就不說了，人類一旦說謊，從表情上一定看得出來，例如撇開視線、用手遮住部分臉孔的小動作。這些都是下意識會出現的反射動作，雖然因人而異，但除非是經過訓練，否則很難避免。」

手差點就要伸向自己的臉了。

好危險，太危險了。

萬一這是陷阱就中計了。

「不過，任誰都會隱藏自己性格中討人厭的部分，所以如果你嫌我囉嗦，覺得我幹嘛多管閒事，那也無可奈何。但既然要裝，就要裝到底，你明白我的意思嗎？」

「不，我不明白。」

「慎重、膽小絕不是壞事，能在戰場上活下來的多半都是這種人。不，不只是戰場上，現實社會也是同樣的道理，因為莫名勇敢的人或不考慮後果的傢伙很容易被捲入麻煩。奉勸你出獄後也要跟以前一樣，繼續隱藏討人厭的部分。光是從這裡出去就會受到歧視，所以要慎重再慎重，才能小心駛得萬年船。」

「是，我會銘記在心。」

整段話聽下來，稍微讓人鬆了一口氣。看樣子他不是指古澤說謊，而是給予一個前科者的普通忠告。

不，等一下。

不能掉以輕心。過去也和比婆面談過幾次，始終無法摸透他在想什麼，總是正經八百的表情，但內心的盤算也沒人知道，說不定比婆本身也隱藏著討人厭的一面。

「出獄當天不用工作，吃完早飯就換掉衣服，領回入監當天寄放的私人物品，聽完所長最後的叮嚀就可以離開了。」

「謝謝。」

「還有，要再提醒你一件事。看了最近的新聞嗎？」

「沒有。」

「你老家在松戶市的常盤平對吧？」

「對。」

「不知消息是從哪裡洩漏出去的，媒體好像知道你快出獄了。」

哦，原來如此。這件事聽在古澤耳中，彷彿是別人家的事。雖然不至於斷絕親子關係，但過去四年來，父母不曾來探視過他。殺了一對母女，還被法院診斷為精神病患，不想來探視這種兒子也是人之常情。事到如今，他對父母已經沒有任何期待，所以就算給老家添了麻煩，他也不痛不癢。

「其中有位記者在離你老家不遠的地方遭到襲擊，如今仍昏迷不醒，攻擊他的人也尚未落網，你有什麼頭緒嗎？」

「沒有。」

這是真的。如果是父親或母親遇襲還能理解，為何是不請自來的記者呢？

「即使你已經緩解，世人可能也不這麼認為。松戶市的悲劇令人記憶猶新，社會大眾都還記得，所以媒體才會蜂擁到你家。說來殘酷，監獄以外的地方對你來說可能更不好混也說不定。剛才之所以用戰場比喻，就是基於這個原因。」

原來是這麼回事，古澤頓時覺得掃興。

他比誰都清楚社會對出獄的前科者，尤其是患有精神疾病的人會有多介意。簡而言之，他是丟人現眼的妖魔鬼怪、是有常識良心者的敵人、是再怎麼撻伐也不足惜的賤民。

誰會傻傻地回去那種地方啊，沒事幹嘛要飛蛾撲火。

「世人對出獄者的態度仍然嚴苛，社會也還沒做好接受出獄者的準備，你的擔保人確定了嗎？」

「確定了，是在松戶市一間教會服務的神父。」

「神父，所以你也皈依天主了嗎？」

「打算跟神父好好討論過再說。我想繼續為去世的母女祈福。」

內心可不是這麼想的。所有的宗教都很虛偽。他只想先住在教會，一旦找到好工作就立刻搬出去。

「出獄後要去教會嗎？也好，暫時不能回家或許有點痛苦，但眼下最好先等騷動平靜下來。再過一陣子，大部分的人就會忘了這件事。」

這句話說的沒錯。

再怎麼悲慘的命案，都是別人家的事，人們終究會忘得一乾二淨。光靠腦子記住的事，向來不會留在腦子裡太久。

會留下的，只有自己動手行凶時的記憶。

雙手勒住還很年輕的人妻細緻頸項的觸感。用鐵棍打破哭鬧不休、吵死人的女嬰頭部的手感。陰莖插入逐漸失去體溫的女人陰道的快感。全都像是昨天才發生的事一樣，每次回想起來，褲襠都會繃緊到不行。

「不肯忘記也沒關係。」

古澤隨即切換成沉痛的口吻，這點演技根本不算什麼。

「為了無時無刻面對自己的罪孽，為了不讓自己忘記，我也不希望世人忘記。」

「很誠懇的態度，的確該讓你假釋出獄了。」

比婆再次以半睜半閉的眼神看著他。

「老實說，我其實很猶豫該不該讓你出獄，但這件事已經確定了，那我也就祝賀你出獄。祝福你去到外面，也能順利逃離周圍的惡意。」

意有所指的說法真令人不爽，但古澤不打算深究。

反正往後再也不會見到這個男人了。

3

古手川接著前往松戶市常盤平八丁目，不用說也知道那裡是古澤冬樹的老家。

前陣子還有大批媒體守在他家前面，在那之中可以說是與眾不同的尾上善二，遇襲已經將近一個月了。尾上至今仍處於傷重昏迷的狀態，還以為會有幾個記者因此脫離戰線，古手川的看法顯然太樂觀了。

人數明顯比以前更多。

這些傢伙比起自己的命，更想拍到一張古澤回家的照片嗎——古手川再次被媒體人的執拗打敗。相較之下，為了自己的身家安全而殺進飯能署的市民還比較有人味。

不過以狂熱程度來說，是比以前冷靜了點，不再有人爭先恐後地巴住對講機不放，也沒有人一臉凝重地站在門口進行現場連線報導。而是隔著一段距離，守在不會擋到路人的地方，耐心等待古澤回家。

這也不代表什麼。冷靜只是為了儲存體力，以便關鍵時刻來臨時，可以立刻做出反應。

古手川在媒體群的目光監視下，按下對講機。

「我是埼玉縣警的古手川，請問古澤冬樹的父母在家嗎？」

等了好一會兒都沒有回應。究竟是不在家，還是假裝不在家？正想繞到後門看看時，終於從對講機裡發出喑啞的聲音。

『請你離開。』

「我真的是縣警的刑警，來提醒一些注意事項，可以聽我說幾句話嗎？」

『不需要，請別再管我們了。』

充滿疲憊的語氣，削弱了古手川的決心，但古手川還是努力地繼續說服對方：

「如果不管的話，令公子可能會有危險，這樣也無所謂嗎？事到如今，我已無意追究已經贖完罪出獄的人有什麼過去。」

沒有反應。

「我只是想預防犯罪再次發生，因為令公子很可能會成為被害人。拜託您，請聽我說。」

『你說的話，可以相信嗎？』

「我沒有特別信仰的宗教，但我可以向所有的神明起誓。」

又過了好一會兒，大門終於有所動靜。

『我不想出去，請你自己進來吧。我把門打開了。』

古手川依言進入，有個看上去五十多歲的婦人在玄關等他。

「我是冬樹的母親。」

來之前調查過古澤家的記錄，是很普通的上班族家庭，父親叫俊彥，母親叫久仁子。根據事先掌握的情報，久仁子應該才四十多歲，但是眼前的她看起來比實際年齡還要蒼老，想必是心力交瘁的緣故。

「不好意思，我先生還沒回來。」

「只要能跟古澤太太談就行了。」

「你說冬樹可能會成為被害人，但我兒子早就是被害人了。」

久仁子指著門外。

「你看過那些人寫的報導嗎？冬樹有病，而且也在跟監獄沒兩樣的地方待了四年以上，如今好不容易治好，可以回來了，他們卻說冬樹還沒好，還很危險。今天也像那樣在我們家周圍守著，望眼欲穿地等冬樹出現。」

母親大概都會這麼想吧，古手川腦海中一下子浮現出五六個反對意見。古澤以自私的理由殺了另一位母親與年幼的小孩，卻只關了四年就放出來，而且收監的地點其實是醫療機構，根本不算真的入監服刑，但是看在久仁子眼中，依舊是生不如死的四年。

另一方面，包含媒體在內，古手川也能理解普羅大眾的情緒。媒體看穿刑法三十九條的漏洞以及古澤本人的危險性，會採取日以繼夜地監視，正是因為懷疑他有再犯的可能性。

站在必須保護古澤的立場，古手川總覺得氣憤難平。

「外面那些人頂多只能破壞你們的名譽，雖然那也是很大的傷害，但警方擔心的是更嚴重的事。」

「這四年來，我不覺得還有什麼事會比我們受到來自世人的抨擊更嚴重。那真的很過分。拜那些有理說不清的人所賜，我先生已經換了兩次工作，我也不敢在白天的時候出去買東西。」

大概可以猜到久仁子想說什麼。輿論的肅清絕不會放過犯罪加害者的家人。

「最近好不容易平靜一點了，冬樹剛被捕的時候，簡直惡劣到我連想都不願意想起。用洗不掉的噴漆在門和牆上畫滿各種可怕的塗鴨，惡作劇的電話沒一刻停過，不是要我為生下那種怪物負責，就是要我現在馬上去被害人的家門口下跪道歉，還有更多更難聽的話，所以我家連市話都退租了。然後開始打官司，自從衛藤律師那個活菩薩開始為冬樹辯護，居然把動物的屍體和糞便扔進我們家。」

這是惡意的傳播。

若只是普通的命案、正常的訴訟，世人的惡意應該不至於這麼集中。這麼說或許不太好聽，但古澤夫妻受到的對待，無疑是世人對冬樹犯下的罪行以及對衛藤的辯護方針的反動。

無聲的惡意與冒牌的正義一向只會針對一目瞭然的犯罪。每天努力卻得不到回報，備受委屈的「善良市民」為了發洩平日的鬱悶，只好攻擊罪人及其家人。

這種東西才不是正義，灌向加害人家屬的惡意，會在加害人家屬的心裡繼續擴大。

「最近好不容易才平靜一點嗎？」

「畢竟已經五年了，差不多也該厭倦找我們麻煩了吧。門和牆上不再被亂畫，媒體來採訪的次數也減少了，雖然還是受到社區住戶的排斥，但生活總算過得比較平靜，可是……」

久仁子的話鋒突然變得尖銳。

「也不知道是從哪裡打聽到的，一聽說冬樹就快要出獄，媒體又開始作亂，攝影機沒日沒夜地對準我們家，播報員在門口肆無忌憚地大放厥詞，之後又開始有人亂塗鴨，上網一看，網路上的留言比以前打來罵人的惡作劇電話還要難聽好幾倍。」

「網路上看不到臉，也聽不到聲音，所以會更狠毒。」

「我也這麼覺得。要是有錢早就搬走了，但是這麼一來，那孩子就無家可歸了。可是每天都跟噩夢一樣，再也沒有比這個更過分的虐待了。」

「您知道青蛙男事件嗎？」

「我在電視上看到了，依照五十音順序到處殺濫無辜的變態對吧？聽說這次從〈サ〉行開始，我們家姓古澤，暫時沒什麼問題吧。」

「那可不見得，這次兇手鎖定的目標似乎與令公子犯下的命案有關，所以我才會登門拜訪。」

「我兒子犯下的命案？」

久仁子的嘴臉頓時變得刻薄。

「你也當冬樹是畜牲嗎？那不是命案，是意外。冬樹太渴望母愛，精神上被逼到絕境，才會發生那起不幸的意外。去世的母女當然很可憐，但法院證明冬樹的無辜，那孩子是清白的。」

無法判斷這是她的真心話，還是站在母親的立場上才說的話，無論是哪一種，古手川都不能苟同。

渡瀨教過他，這時要反過來想，如果是古澤冬樹被精神病患殺害，兇手因為適用於刑法三十九條，獲判無罪，久仁子還說得出相同的話嗎？

恐怕不會吧，古手川心裡想著。母親這種生物的判斷標準是建立在對子女盲目的溺愛，而非社會的倫理之上。倘若冬樹成了被害人，就算對方是正當防衛，這位母親肯定也會口不擇言地痛罵犯人。

「聽我說，刑警先生。冬樹從以前就是個好孩子。」

不知是否察覺到古手川的不耐煩，久仁子一臉懷念地眯著眼睛開始談起過往。

「由於是我們夫妻倆盼了好久才盼到的孩子，那孩子出生的時候，我們高興到抱在一起歡呼。結果只有這一個孩子，所以我們簡直是把他捧在掌心裡疼愛，他說什麼都聽他的，他想要的東西，只要買得起，一定買給他。直到小學六年級都和他一起洗澡、一起睡覺。」

「一直到小學六年級嗎？」

「母親對孩子的愛沒有年齡限制。」

久仁子的語氣彷彿在教不懂事的小孩。

「冬樹也沒辜負我們的期待，成長為善良的孩子。每年我生日都會買一朵花送我，當我開始抱怨老公，也只是靜靜地聽我抱怨。要是沒有冬樹，我和丈夫的婚姻可能早就撐不下去了。」

古手川下意識地看了玄關一眼，鞋櫃上擺著當時才三十出頭的久仁子與小學生的合照。再望向牆壁，久仁子與冬樹的照片配合成長的階段一一展示在牆上。

看到那些照片，古手川總覺得好像有哪裡怪怪的，想了一下才發現不對勁的感覺從何而來。

是父親的缺席。

拍照時通常都是由父親負責按下快門，所以照片中不見俊彥的身影或許也情有可原，但不管是照片還是這個家裡，都沒有一絲父親的氣息。

「那麼善良的孩子怎麼可能毫無理由亂殺人。冬樹當時正為升學問題煩惱。他很聰明，但學校根本沒能力教好他，所以大學志願校的模擬考成績一直是C判定*，但我先生不准他重考，所以更是走投無路……這些雜七雜八的事情全部加起來，就害冬樹變得不對勁了。所以錯不在冬樹，如果要追究責任的話，就都要怪我們這些在他身邊的人不好。」

久仁子的雙眸綻放出異樣的光彩。古手川以前也看過相同的眼神。不管世人怎麼說，堅信只有自己才是對的迷信者就是這種眼神。

「既然如此，請您務必合作。警方必須抓住鎖定令公子的傢伙，母親則必須保護兒子，您說是吧？」

「你是古手川警官，對嗎？我雖然恨透逮捕冬樹的警察，但你好像是能明辨是非的警察呢。好，為了那孩子，只要是我能做的，我都會全力配合。」

或許是卸下了心防，久仁子終於肯讓古手川坐下談談。久仁子領著他通過走廊，走進客廳，那種父親缺席的氛圍又更加明顯。有一瞬間，古手川甚至疑似聞到家裡有嬰幼兒的人家特有的奶臭味。

「我可以做什麼？」

「請問令公子會去投靠誰？」

古手川邊說邊窺探久仁子的眼神。如今無法指望渡瀨幫忙，古手川只能靠自己判斷這雙眼睛說的是實話還是謊話。

「我想知道令公子離開岡崎醫療監獄後會去投靠誰。」

「投靠誰……你在說什麼傻話，那孩子能回來的只有這個家啊。」

「可是府上被這麼多媒體包圍，令公子應該也會預料到要是回來這裡，無疑是飛蛾撲火，還會大搖大擺地自投羅網嗎？」

答案依提問的方式可以有千變萬化，只要讓她覺得既然是「聰明」的兒子，想必不會做出這種傻事，接下來就能套出只有母親才知道的線索。

「說的也是，那孩子既慎重，又深思熟慮……」

「沒錯。除了回家以外，他是不是還有其他地方可以去，或者是還有其他方法可以和父母聯絡嗎？」

久仁子一時靜默無語，陷入沉思。

依照古手川的印象，久仁子是個還放不開小孩的母親。在她心裡，古澤冬樹恐怕還是小學

㉟日本的高中生在正式報考各大學入學考試以前會先接受模擬測驗，藉此了解自己考上該大學的可能性。成績通常分成ABCD四級，若判定結果為C，代表考上的可能性只有兩成。

六年級，始終沒有長大。一廂情願的扭曲母愛，終於扭曲了看待兒子的角度。

一般來說，出獄的人如果不回家，不是去投靠公司的同事，就是學生時代的朋友，再不然就是曾一起蹲過苦窯的人。但古澤的案子實在太過於驚世駭俗，以前的朋友不可能收留他。醫療監獄的受刑人又不像一般監獄的獄友們接觸得那麼頻繁，所以也不太可能是同吃一鍋牢飯的人。

對遲遲沒有反應的久仁子，古手川失去了耐心，於是主動出擊：

「您會和令公子通信嗎？」

「當然，沒有一個月例外。」

「那他寫來的信上可有提到比較熟的朋友或熟人，像是學生時代的好朋友，或是醫療監獄認識的人。」

久仁子的表情十分困惑，貌似在記憶裡翻箱倒櫃。

「我不記得他提到過這種人。」

再度觀察久仁子的眼神，看起來不像說謊。

古手川大失所望，但是要搜索的場所也因此變少了。沒什麼朋友、熟人的古澤除了回家以外，果然無處可去，剩下的問題就只有如何避開那些群聚在門口的媒體。

「為保護令公子的安全，我想在四周巡邏。」

「真是太感謝你了。」

久仁子神態莊重地點頭致意，反應與世上一般的母親並無任何不同。

古手川突然想到，久仁子溺愛兒子的言行舉止會不會有一半是裝出來的？她其實知道兒子犯的罪，但是無力面對，只好逃避現實。

「古手川警官，非常感謝你的好意，可是這麼一來，你就跟守在我們家前面的那些人一樣，要在外面餐風露宿了。真的非常抱歉，不能讓你留宿。」

「當天再過來就好了。岡崎醫療監獄應該有寄出獄預定日的通知來對吧？」

「那種東西，我沒有收到喔。」

久仁子不假思索地說道。

「我每天都會開信箱，可是並沒有收到監獄寄來的通知。所以我完全不知道冬樹什麼時候會回來。」

古手川離開古澤家，滿是疑惑與焦躁，頭都要裂開了。

據渡瀨所說，古澤冬樹預定於十二月二十三日上午十點假釋出獄，那古澤家至少應該在兩週前就會收到通知，但直到現在都還沒有收到是怎麼回事？可以想到的原因只有兩個。

第一，可能是法務部的程序有疏失，尚未寄出通知。

第二，或許寄到古澤家的通知被什麼人攔截了。

古手川認為後者的可能性比較大，這麼一來尾上遇襲的原因也呼之欲出。

尾上的採訪方式是習慣處在退後一步的位置綜觀全局，而且遇襲的時候正在大馬路上跟蹤某個人。那個人穿著髒兮兮的連帽外套、皺巴巴的牛仔褲，腳底踩著前端翹起來的球鞋，一副流浪漢的模樣，跟躲在末松健三命案後面的影子是同一個人。

接下來全憑想像，會不會是貌似流浪漢的男人，也就是當真勝雄，在古澤家附近徘徊，攔截了古澤的出獄通知時，剛好被尾上撞見，尾上跟蹤勝雄，反而遭受攻擊。

沒有任何物證，但是以目前的狀況來看，只有這個可能性。萬一真被古手川猜中，表示勝雄已經知道古澤出獄的日期。換言之，他知道只要在二十三日的上午十點以後守在這裡，就能見到古澤。

這對古澤來說雖然是壞消息，但是對於追緝勝雄的古手川而言則是好消息，再來只要配合勝雄的行動即可。

既然如此，自己該埋伏在哪裡等待勝雄出現呢——正在傷腦筋的時候，有個人從背後叫住他。

「這不是古手川老弟嗎？」

回頭一看，是松戶署的帶刀。

「辛苦你了。」

古手川連忙行禮。

太大意了。仔細想想，襲擊尾上的犯人還沒抓到，加上古澤出獄在即，現場一片混亂，帶刀等松戶署的搜查員當然要來巡邏。

「今天沒跟渡瀨警部一起嗎？」

果不其然，帶刀問了他最不想回答的問題。要是知道古手川已經被調離搜查本部，肯定會將他從這裡扔出去。

「渡瀨班長還有別的工作。」

「哦，他讓你自己一個人過來啊。能讓渡瀨警部這般信賴，你也真不簡單。」

聽起來頗有幾分調侃的意味，相當刺耳。那語氣簡直就像已經看穿古手川是擅自行動。

即使是那樣，他也要盡可能從帶刀口中挖出情報。

「還不能向尾上問案嗎？」

「還不行。醫生雖說已經不用擔心感染問題，但本人還是昏迷不醒。」

「班長說他一定會醒來，只能祈禱班長的預言成真了。」

「就算尾上清醒過來，能問到多少線索還是未知數。那傢伙是這裡挨了一記。」

帶刀作勢敲自己的後腦勺。

「因為是從背後突襲，有沒有看到犯人的長相還很難說。」

「但他是唯一近距離看到青蛙男的目擊證人。」

「嗯，所以不能放著不管。明明東京都內才發現新的犧牲者，從上到下搞得人仰馬翻，卻因為那個混帳記者和這些媒體的關係，分散了松戶署的警力。」

你說什麼！

「你不知道嗎？今天上午，國民黨的瀨川了輔議員家裡收到寄件人不明的信件，打開來看，上頭用醜得要死的字體寫著青蛙怎樣怎樣的。從新聞得知青蛙男這號人物的議員家人趕緊向世田谷署報案，經由簡易鑑定的結果，確定是青蛙男的筆跡。」

仔細詢問之下，原來是這麼回事。

位於世田谷區等等力的瀨川家一向由公設秘書＊負責收取信箱裡的郵件。今天上午十一點，郵差送完信後，信箱裡一共躺著信函加明信片共七封郵件，其中有一封沒寫寄件人，也沒有郵票和郵戳，恐怕是在晚上的時候自己投入信箱。秘書戒慎恐懼地打開來看，出現以下的文章。

今天騎腳踏車輾死青蛙了呢。又輾過一次，青蛙的內臟就破掉了，一動也不動，實在很有趣，所以後來又輾了好幾次。

青蛙逐漸被壓得扁扁的，最後變得跟紙片一樣喔。

秘書報警後，世田谷署的搜查員趕到現場，經過筆跡的簡易鑑定，確定與一連串的犯罪聲明是同樣的筆跡。在聯絡上瀨川本人確認安全後，搜查本部的鶴崎管理官得知此事，還是派了警力守著瀨川家附近，並向左鄰右舍打聽消息，動員人數多達四十人，就連埼玉縣警和千葉縣警的搜查員也被派去，害得這兩處的縣警一時陷入人手不足的窘境。

「就是這樣，警視廳當然不用說，我們家和埼玉縣警也都趕往瀨川家，我猜渡瀨警部派你一個人過來，一定有什麼打算。話說回來，搜查本部的刑警怎麼會不知道這件事呢？」

帶刀似乎很享受他的反應，但古手川的思緒一片混亂，無暇顧及他的揶揄。

名字以〈セ〉開頭的新目標*。

認為古澤才是勝雄的對象，難道是自己的判斷錯了嗎？

正當他感到茫無頭緒，冷不防有隻手搭在自己肩上。

「回答我，古手川老弟。」

帶刀的力道意外強勁，指甲陷入古手川的肩膀，牢牢地緊抓住他不放。

「你就這麼想逮捕青蛙男嗎？不只是埼玉縣警和千葉縣警，他也是讓警視廳的大牌們總動員都想逮捕歸案的重大刑案犯人，你真的認為調離搜查本部的毛頭小子一個人孤軍奮戰就有辦法抓到他嗎？」

他果然知道。

「那傢伙……當真勝雄一定得由我親手抓住。」

㊱ 薪水由國家提撥經費負擔的國會議員秘書。

㊲ 瀨川的片假名拼音為セガワ（segawa）。

這句話一點邏輯性也沒有，但古手川只能這麼回答。

「不是因為我偵辦過上次的案子，而是因為本案根本就是那件案子的延伸，我一定要親手了結這件事才行。」

「有你這種乳臭未乾的部下，渡瀨警部也真辛苦。」

帶刀目瞪口呆地說，收回搭在他肩膀上的手。

「刑警對案子執著是好事，但要是被牽著鼻子走就麻煩了。」

「他也說過類似的話。」

「我想也是。渡瀨警部要我轉告你，不要讓熱血燒壞了腦子。」

「轉告我……」

「他早就料到你會來這裡了。你這隻孫悟空還逃不出渡瀨警部的手掌心呢。」

4

十二月二十三日，岡崎醫療監獄。

周圍綠意盎然，也沒有特別高的建築物，圍牆雖然很高，但是跟八王子醫療監獄一樣，比起刑事收容設施，看起來更像是醫療機構。

現在是上午十點整。

刑事收容設施對時間的要求都很嚴格，截至目前文風不動的大門開了，古澤冬樹從裡頭走出來。

古澤離開監獄，左右張望。岡崎醫療監獄前方非常殺風景，連一家便利商店也沒有。沒有人來接他，古澤往東方走去，跨過橫渡兩座池溏的大谷橋，前方是名古屋鐵道・名古屋本線，他大概是要前往最近的名鐵站，時不時從懷裡拿出附近的地圖，可見他有明確的目的地。

天色灰濛濛，陽光被厚厚的烏雲遮住，從山上吹下來的風掃過路上的枯葉。從隨時都要滴出眼淚的天空來看，或許就快要下雪了。

古澤只穿了一件襯衫，雙手環抱住自己撲簌簌發抖的身體。出獄時照規定會發還受刑人所有的隨身物品，看來他入監服刑時大概還是不需要穿外套的季節。

古澤就像第一次出門散步的小狗，充滿好奇心地東張西望。街道上沒有高樓大廈，從被高牆遮住的牢房只能看見森林。因為四年來只看到森林，外面的世界對他而言想必非常新鮮。

兩個女高中生從橋的另一頭並肩走來，兩人都盯著智慧型手機看，絲毫沒把迎面而來的古澤放在心上。實在是太專心了，擦身而過時連頭也不抬一下。

反倒是古澤被她們手裡拿的機器吸引住了，當場停下腳步。這也難怪，古澤進入岡崎醫療監獄服刑時，智慧型手機還不普及。古澤現在的心情想必有點近似浦島太郎。

小鋼珠店和便利商店的招牌從橋的對面映入眼簾，對於離開花花世界已有好長一段時間的受刑人來說，無疑是令人懷念的風景，只見古澤似乎加快了腳步。

然而，橋邊有個異物。

呃，會看成物體誠屬自然。那個人穿著髒兮兮的外套和皺巴巴的牛仔褲蹲在路邊，帽緣拉得很低，遠遠看來實在看不出那是一個人影。

古澤瞥了貌似流浪漢的人一眼，不感興趣地直接走過去。

就在那個時候，流浪漢慢慢地站起來。

「是古澤冬樹嗎？」

帽子底下傳出壓低聲線的聲音。

古澤原本已經從他面前走過，這時愣了一下，回過頭來。兩人的周圍並沒有其他人影。

下一瞬間，流浪漢突然撲向古澤。猝不及防的撞擊令古澤閃避不及，被壓倒在地上。

「你、你做什麼！」

古澤還搞不清楚狀況地想要抵抗，但流浪漢跨坐在他身上，無法如願。

「你誰啊？為什麼要攻擊我？」

古澤試圖與對方溝通，但對方一句話也不說。

只見他默默地從懷中取出小型的針筒。不知道裡頭是什麼，但顯然是危險的藥劑。古澤似乎也有不祥的預感，臉色驟變。

「你拿針筒想幹嘛？別亂來！」

流浪漢以自己的膝蓋壓住古澤左手臂、左手抓住他另一隻手，眼看針尖就要扎下去。

這時在距離古澤十公尺的後方尾隨他的古手川用盡吃奶的力氣大喊：

「住手！當真勝雄。」

流浪漢轉過頭來，臉被帽子遮住，看不見表情，但是從他敏捷的反應來看，確實嚇了一跳。

古手川猛力衝向兩人，他從岡崎醫療監獄一路跟著古澤就是在等待這一刻。

離開古澤家以後，古手川試著思考，如果是自己是青蛙男，會在哪裡伏擊從醫療監獄出獄的人。

媒體還在古澤家門口監視，就算是勝雄，應該也會本能地避免在眾人環伺下展開攻擊。更重要的是，萬一除了回家以外，古澤還有其他地方可去，那就揮棒落空了。

這麼一來，結論異常單純。比起不確定會不會回去的古澤家，守在監獄前還比較確實。因此古手川一大早就趕來名古屋，在岡崎醫療監獄前守株待兔。或許自己和勝雄的磁場真的很合，終於給他等到了。

絕對不能讓勝雄逃走。

八公尺、五公尺地步步進逼，流浪漢始終不肯放開古澤，手裡也還握著針筒。

「勝雄，放開古澤！」

距離拉近到只剩三公尺，流浪漢還是一動也不動。古手川打橫撲向流浪漢。

用力過猛，兩人雙雙倒在路上，重獲自由的古澤立刻像裝了彈簧似地跳起來，身體倚在欄杆上。

「好久不見了。」

在路上扭打成一團，古手川邊向對方打招呼。他很清楚勝雄的臂力，也已經記取近身肉搏對自己不利的教訓。如果能說服對方，自然是求之不得。

「到此為止，別再增加自己的罪孽了。」

然而，對方一點也沒手下留情，揮舞著針筒，打算將針捅向古手川。遠觀時看得不是很清楚，像這樣在眼前揮舞，才發現針尖可怕得令人心驚膽跳。

「你忘了嗎，是我，我是古手川。我們一起聽小百合彈過琴不是嗎。」

還以為抬出小百合的名字，可以稍微讓他掉以輕心，顯然是想得太天真了。反倒是在試著勸說的時候，注意力有點鬆懈，因此讓對方有機可乘，一針扎在古手川的左手腕上。

那一瞬間，身體自動回想起勝雄以前加諸在自己身上的暴力。輕輕鬆鬆地扭住他的手臂，抬起他，再輕輕鬆鬆地把他扔出去，狠踹他的肚子，幾乎要踢出一個洞了，折歪他的鼻梁，最後還踩斷他的肋骨和左腳。對抗的過程中開了三槍，依舊阻止不了勝雄的暴走。當時他有好幾次都覺得自己要沒命了。

記憶喚醒最原始的恐懼。

「哇啊啊啊啊！」

最後一秒用力揮開對方的右手，針筒也被打飛。

這樣一來就能避開武器的威脅——但這個判斷又錯了。

不到幾秒，左手的感覺就逐漸麻痺，想用力也使不上力氣，身體簡直像是別人的一樣。

可惡，他給自己注射了什麼。

古手川猶自驚慌失措時，對方的另一隻手已經準備好別的凶器。是手術刀，刀身只有四公分左右，但已具備足夠的殺傷力。

「住手！」

古手川大喊，對方毫不留情地將手術刀朝他的肚子劃過來，或許因為刀子太利，幾乎不怎麼覺得痛，但確實劃破腹部的血管和組織。握著手術刀的手已經被鮮血染紅，意識到那是自己的血之後，恐懼如潮水般湧來。

再這樣下去會被殺死。

上次命懸一線的記憶再次甦醒，這次也是因為單獨行動，等於是重蹈覆轍。

恐懼讓古手川產生就連自己也不知道的力量，抬起尚未麻痺的雙腳，從後面夾住對方的脖子，利用下半身的重量，試圖頂開對方的身體。

可是他也知道自己每出一點力，血就從腹部泉湧而出。

「去找人來幫忙！」

古手川對古澤呼喊，但古澤只是一臉蒼白地靠著欄杆，完全派不上用場。

硬生生擠出來的洪荒之力也快到極限了。古手川的雙腳不但無法扳倒對方，還被手術刀在右大腿劃上第二刀。

噗哧。

怕是切斷了比較粗的血管，但這次也因為手術刀實在太利了，視覺比痛覺先受到刺激，鮮血在古手川眼前開出大朵的花。

就連力氣也跟著大量噴出的血流失了。

大概是注射的藥劑生效，左手完全喪失功能，全身也開始一寸一寸地麻痺。

雙腳一旦沒力，對方立刻扭轉身子擺脫他的箝制。握著手術刀的手在空中劃過，打算給他致命的一擊。

看來是瞄準他的胸口。

古手川將所剩無幾的力氣集中在一點，對方看著古澤的臉，並未留意背後。

古手川用右腳的腳尖踢向對方後頸中央的凹陷處，相當於延髓的位置，那是頭部最脆弱的地方。

看來奏效了，男人的身體失去平衡，往旁邊倒下。但古手川的抵抗也到此為止。如果對方又站起來，這次就真的小命休矣。

古手川連想要坐起來都辦不到。不聽使喚的身體窩囊地掙扎時，對方慢悠悠地站了起來。

萬事休矣嗎。

就在連視野都開始朦朧的瞬間。

對方背後無聲無息地閃現一道人影。

「到此為止了。」

還有那個絕對不會聽錯的沙啞嗓音。

渡瀨以與其年紀極不相襯的敏捷身手打落對方的手術刀，轉眼間就讓他動彈不得。

「抓住你了。」

其他搜查員比渡瀨慢了半拍，也從四面八方圍上來。

你們太慢了啦。

渡瀨的臉塞滿了整個視線範圍。

「誰先來幫他止血。這傢伙平常就血氣方剛，所以出血量也不是開玩笑的。」

在渡瀨的吆喝下，有人衝上來為古手川急救。

「你好像爬不起來呢。」

「我被注射了某種藥劑。」

「我在那傢伙的口袋裡找到這玩意兒。」

渡瀨將空瓶舉到眼前來看。

「是肌肉鬆弛劑。注射的量雖然不多，身體還是會暫時動彈不得。幸好醫療監獄就近在咫尺，你這傢伙的運氣真的很好。」

「你從什麼時候開始跟蹤我們？」

「從你抵達岡崎醫療監獄的一小時前。因為人數還挺多的，除了要分散開來，還得跟你們保持距離。」

問到一半就覺得丟臉丟大了。仔細想想，古手川想得到的事，渡瀨不可能沒發現。

「……我可以抱怨一下嗎？」

「你和青蛙男只打了幾十秒。」

那麼短啊。

「畢竟是那樣的對手，可以想見他應該帶著武器，之所以保持距離也是基於這個原因。」

自己終究還是太嫩了嗎？什麼也沒想，就奮不顧身地投入肉搏戰。渡瀨鐵青的臉看起來就像在責備自己的輕率。

「請帶我去勝雄那裡。」

渡瀨皺眉。

「一定要面對面，你才肯罷休嗎？」

「這是我的案子。」

渡瀨不以為然地冷哼一聲，抱起古手川，扶他走向已經被五花大綁的青蛙男。青蛙男低著頭，帽緣低到遮住眼睛，可是古手川一靠近，就慢慢地轉過來。

「摘下他的帽子。」

渡瀨下令，其中一位搜查員拉下青蛙男的帽子。

古手川啞然無語。

被視為第二個青蛙男、讓世人恐懼萬分的人物，臉上掛著極度不滿的表情。

「你下手還真不留情啊。」

御前崎宗孝教授瞪著古手川說道。

古手川再次與青蛙男御前崎面對面，是在縣警本部的偵訊室。

拜妥善的急救及立即處置的醫療監獄所賜，腹部及右大腿的傷勢都沒有生命之危，遭注入的肌肉鬆弛劑也隨著時間過去逐漸失效。據說負責幫他急救的醫師被他強得跟馬一樣的生命力嚇了一大跳。

於是此時此刻，古手川和渡瀨正與御前崎面對面，想問他的問題堆積如山，但還是由渡瀨負責偵訊。

「我就知道遲早會再見到你。」

御前崎在拘留所過了一夜，遊刃有餘地開口，彷彿在與他們閒話家常。渡瀨則以撲克臉迎擊。

「您早有預感自己會被捕嗎？」

「因為倘若我化身為青蛙男繼續犯罪，你一定會出馬。我很清楚你有多優秀。」

「您不打算逃跑嗎？」

「古澤冬樹是我最後的目標。」

御前崎自豪地說。

「如同我告訴過你的，因為女兒和孫女遇害，我哭到眼淚都乾了。上次的案子已經解決了衛藤律師，但光這樣還不能為她們報仇雪恨，只要再幹掉古澤冬樹，我就死而無憾了。反正我已經死過一次了。」

「我們完全被您騙了。」

渡瀨也毫不掩飾他的忌憚。

「教授家幾乎半毀，從附著在牆壁及天花板上的肉片及碎骨中採集到血液及毛髮、DNA與您殘留在家裡的指紋及毛髮一致，也跟從您研究室採集到的一致，甚至和保管在城北大學附設醫院的血液樣本一模一樣。留在現場咖啡杯上的指紋無疑是勝雄所有，物證這麼齊全，任誰都會判斷是勝雄炸死御前崎教授後逃逸無蹤。要是屍體面目全非，還會懷疑是不是詐死，但您反過來利用我們的科學搜查技術，成功地從本案的舞台上抹去了自己的痕跡。」

「你知道我動了什麼手腳嗎？」

「不用說也知道，您找了替身。」

渡瀨的目光倏地飄遠。

「有個叫幹元丙七郎的老人在城北大學附設醫院住院，您是他的主治醫師。老人的年紀、身材都與您大同小異，後來康復出院了。」

「哦，你注意到他啦。」

「因為是無依無靠的老人，對您來說是再適合不過的替身。幹元先生出院後並未返家，而是被您收留在府上。邀請老人的藉口要多少有多少，因為您幾乎都待在研究所不回家，他可以想做什麼就做什麼，而且住在府上，萬一他的身體有什麼狀況，還能馬上去醫院看診。只有一個條件，那就是不要出門，以免被左鄰右舍看見……這些聽在無依無靠的老人耳中，無異是一大福音。於是幹元先生在您府上住了一段時間，家裡當然會留下他的指紋和毛髮。如果是您，也可以輕易地將附設醫院保管的血液樣本調包為幹元先生的血液。然後再時不時地回家一趟，將沾有老人毛髮與指紋的東西移到研究室。想當然耳，必須先消除自己的痕跡，但這並不是太困難的作業。如此一來，您的研究室與家裡自然充滿了幹元先生的痕跡。所以當御前崎家爆炸，室內血肉橫飛時，所有人都相信遇害的就是御前崎教授。從幹元先生住處採集到的殘留物與從府上採集到的血液與毛髮比對後，已經證明了這一切。」

古手川也是第一次聽到渡瀨的推理全貌，大吃一驚。御前崎從那麼早以前就開始執行計畫了嗎？

「不只是幹元先生，您也毫不在乎地利用了當真勝雄。他來找您大概是發生爆炸的十一月十六日以前的事。在將最終目標古澤送進地獄之前絕不能被警方抓到，所以在消除御前崎宗孝痕跡的同時，也必須讓當真勝雄以青蛙男的身分大鬧一場才行。在家裡留下有他指紋的咖啡杯也是多如繁星的偽裝工作之一。」

「你要這麼說也得有證據才行，留在案發現場的犯罪聲明全都是勝雄的筆跡不是嗎？」

「今天早上發現當真勝雄的屍體了。」

渡瀨的聲音愈發低沉。

「在爆炸後的御前崎家地下徹底翻過一遍，從沒有受到爆炸波及的寢室下方尋獲他的屍體，身上沒有外傷，恐怕是被毒死的。誰也想不到殺人現場的正下方還埋著別的屍體，這也是盲點之一。」

古手川下意識地握緊拳頭。他還忘不了發現勝雄屍體時的衝擊。憤怒與失落感，以及某種類似放下心中大石的情緒一齊湧上心頭，一時半刻連話都說不出來。

「沒錯，我將盲點運用到淋漓盡致，沒想到你居然有辦法看穿。」

「我從中途就開始懷疑您了。當我開始站在御前崎教授，而非勝雄的立場思考後，推測如果是您，就一定會這麼做。」

「嗯哼，所以對於後來的命案，你也做出同樣的推理嗎。」

「那些都不是殺人命案，只有最後的末松是被殺死的，其他全都與您無關。佐藤尚久在〈屋島印刷〉遭溶解只是單純的意外，志保美純在神田站跳軌也只是單純的自殺。您利用單純的意外與自殺，方法簡單到令人傻眼，只要在發現屍體的地方放下青蛙男的犯罪聲明即可。光是這麼做就能讓警方和世人以為是青蛙男幹的。」

「我為何要搞得這麼麻煩。」

「殺害末松時，他與古澤犯下的案子有關一事馬上就會曝光。對那起案件還懷恨在心的就只有妻子遭古澤殺害的丈夫小比類和您。您擔心被盯上，擔心還沒解決最後一個目標，計畫就被看穿。於是您比照上次的青蛙男事件，塑造成針對名字以〈サ〉行開頭的人下手的五十音連續殺人案，藉此隱藏原本的動機。另外，寄犯罪聲明給國民黨的瀨川了輔議員也是其中一環，同時是為了掩護古澤冬樹襲擊計畫的聲東擊西。您手上原本就持有當真勝雄的日記。接下來關於手法的推測只是我的想像，您把勝雄的日記全部影印下來，用程式記憶他的筆跡，再製作成犯罪聲明。留在案發現場的犯罪聲明全都是列印出來再影印的紙條，所以筆跡固然是勝雄的，也沒有人會想到那是以數據製作的冒牌貨。藏在您衣服裡的USB隨身碟目前正由鑑識人員解析中，想必可以挖出許多寶藏。」

「既然都有物證也沒辦法。渡瀨警官說的沒錯，用他的筆跡製作犯罪聲明是很輕鬆的作業，最近可以處理這種文書作業的便利商店愈來愈多。只要換上乾淨整潔的衣服走進店裡，誰也不會覺得有什麼不妥。」

「佐藤尚久與志保美純都是命案見報後才發現犯罪聲明。光是東京都內，每天發生的意外及自殺多如過江之鯽，您只要從中搜尋姓名是〈サ〉或〈シ〉開頭的被害人，在案發現場放下犯罪聲明即可。用最單純、最少的勞力製造最大的效果，不愧是您會想到的方法。」

「我想聽聽你是怎麼導出這樣的推理。」

「末松健三一定是他殺，但其他兩個案子都可以用單純的意外及自殺結案，都是因為出現了犯罪聲明，才無法以意外及自殺結案，反過來說，倘若犯罪聲明是由勝雄以外的人偽造，就沒有這個問題了。」

「你說的沒錯，可是渡瀨警官，當時應該還不能排除勝雄仍活著的可能性。」

「我一開始就懷疑在御前崎家被炸死的可能不是您本人……一旦無法消除這個疑惑，就無法確認當真勝雄是否還活著。」

御前崎的臉上首次浮現出不解的表情。

「你為何一開始就懷疑我是詐死？」

「您不記得了嗎？御前崎教授。兩年前您去飯能市演講時，突然牙痛，衝進澤井牙科診所看診，就是在那裡遇見衛藤律師。從澤井牙科診所保管的病歷可以看出，當時的治療為您埋入了人工牙根（植牙），但是在爆破的現場並未回收到任何人工植牙的碎片，所以我覺得很奇怪。」

御前崎「啊！」地驚呼一聲。

「還有一點，末松是被木材切片機碾碎，但是那種機器為了避免危險，通常都會設有安全鎖。要是能看懂貼在機身上的注意事項，問題當然不大，問題是當真勝雄看不懂漢字。電源開關與啟動鍵是做得就連外行人也會操作沒錯，但如果看不懂注意事項，就不可能啟動粉碎機。」

「……你的高見發表完了嗎？」

「差不多了。」

「我給你一百分，渡瀨警官。讓我這個外行人自認相當巧妙的計畫，但其實漏洞百出呢。

我認輸了。最後沒能解決掉古澤冬樹是我最大的遺憾，不過那傢伙是毫無愧色地虐殺一對無辜母女的怪物，我只能期待就算被放出來，社會也不會接受他。」

御前崎皮笑肉不笑地說。聽在古手川耳中，只覺得那是不認輸的嘴硬之詞。恐怕是既有地位又有名聲的男人死到臨頭的虛張聲勢。

「我本來還想殺死那三個下達無罪判決的法官，這麼一來，我的復仇大計才算真正完成。」

「您想讓所有協助古澤脫罪的相關人士都下地獄嗎？」

「那當然。他們自以為人格崇高，用不近人情的法律放過殘忍殺害無辜母女的怪物，那是他們應得的報應。」

御前崎說的理所當然、天經地義。古手川認為就算與日本的法律及大多數的法官為敵，這個老人內心的正義也絕不會動搖。

「可是渡瀨警官，我再確認一次，你到底是從什麼時候開始懷疑我的？」

「『當你凝視著深淵，深淵也同時凝視著你』。」

「什麼意思？」

「這是還不成氣候的警察在大概沒多想什麼的情況下就講出來的話，是這句話給了我提示。」

「聽不懂你在說什麼。」

「御前崎教授，您真的相信這次的案件全是由您自己計畫嗎？」

「你到底想說什麼……」

「您仔細想想，教授。上次您利用有働小百合犯案，完全沒弄髒自己的手，手段之高明，真的讓人氣到內傷。然而，這次您親手殺死幹元先生、當真勝雄、還有末松健三。當然也是因為您的棋子小百合被八王子醫療監獄收監，但你還是可以再次利用勝雄。然而這次您卻親自痛下殺手。換作是以前的您，絕不會這麼做。請問您為何會改變作法？」

御前崎被問得一臉迷惑。

「御前崎教授，您過去利用創傷再體驗療法，誘發了有働小百合內心的瘋狂。讓精神病患在催眠狀態下再次體驗造成精神障礙的原因是非常危險的治療手法，也因為非常危險，小百合成功地變回以殺人為樂的兇手……當時負責進行這個療法的您本人是否也被小百合影響呢？在反覆治療的過程中，患者與治療施術者間產生共同幻覺，醫學上好像稱為情感反轉移。在治療的過程中，讓患者過去的人際關係與客體關係在當下栩栩如生地重現，稱為轉移。另一方面，被患者的轉移觸發，導致埋藏在治療施術者心裡的人際關係重現則稱為反轉移，對吧？」

御前崎的臉色為之一變。

「怎麼可能……」

「並不是不可能。您於二十年前發表的『創傷再體驗療法的功過』中，不就指出過去確實有過這種案例嗎？您不覺得有働小百合心中怪物覺醒的一瞬間，那隻怪物也同時侵入到您的心裡嗎？」

御前崎依舊扭曲著一張臉，貌似正在記憶裡翻箱倒櫃。

「從您的表情來看，似乎有什麼頭緒了。」

「……我想起在治療的過程中，她一直叨唸著一句話。『我已經殺掉自己的兒子，完成原本的目的，接下來該怎麼辦才好？萬一計畫中止，該怎麼辦才好？』」

「您硬生生地喚醒沉睡在有働小百合心中的殺人衝動。與此同時，殺人衝動也轉移到您的精神面。以上完全是我這個外行人的想法，如果不這麼想，就無法說明您為何會殺紅眼的事實。換句話說，您操縱著有働小百合的同時，有働小百合也操縱著您。」

御前崎突然開始大笑。

「我被她操縱？這個推理真是太妙了。我上次也說過，以一個上了年紀的警官不切實際的妄想來說，的確頗有一聽的價值。哇哈哈哈，太愉快了，真是太愉快了。」

「或許確實是妄想也說不定呢，但您的雙手沾滿鮮血已是不爭的事實。」

渡瀨以貌似要勒住對方脖子的語氣步步進逼，御前崎終於停止狂笑。

「起訴前可能會對教授做精神鑑定，但是在回答還不成熟的鑑定醫師問題前，不如先自己診斷一下如何？牢房裡多的是時間，肯定不會無聊吧。」

因果報應就是這麼回事——古手川輪流看著渡瀨與御前崎，痛快與無以名狀的憂傷在心裡交錯，但這次無疑是渡瀨的完全勝利。

不久後，御前崎以晦暗的眼神窺探著渡瀨。

「我剛才忽然想到一件事。」

「什麼事？」

「我在創傷再體驗療法中也把衛藤律師之後的殺人計畫輸入她的潛意識裡。雖然因為被捕而暫時中斷，如今她逃獄了，到底會採取什麼行動呢？」

這次換渡瀨啞口無言。

看到渡瀨面有難色，御前崎開始發出忍俊不住的低沉笑聲。

偵訊室中逐漸充滿了御前崎的笑聲。

5

「老闆，再來一杯。」

古澤一開口，酒杯馬上被添滿。四年來一滴酒也沒喝的身體，光是一小杯酒就足以令他陷入微醺的狀態，今天是平安夜的事實也讓心情更加飄飄然。這裡是名古屋市中區錦三丁目。雖然是第一次踏進這家店，但不到三分鐘就混熟了。

被御前崎宗孝攻擊時雖然嚇得屁滾尿流，但是拜尾隨自己的刑警所賜，總算撿回一條命。上次殺死那對母女的時候也是，日本的司法根本是為了古澤而存在的。

總之現在是新的開始，而且又是平安夜，救了自己的那個姓古手川的刑警肯定是聖誕老人送給他的禮物。

為古澤冬樹的未來乾杯。

為古手川刑警的奮鬥乾杯。

古澤一口氣喝光杯子裡的水，熱水流過喉嚨的感覺很舒服。

他把服刑期間母親給的錢都存起來了，暫時還不用擔心眼前的生活費。

獄方也介紹了協助假釋出獄受刑人更生的觀護人給他，儘管大部分的世人都知道松戶市的母子命案，但應該不知道當時才十七歲的古澤叫什麼名字，只要表現出在醫療監獄學會的良好教養，大概不費吹灰之力就能找到工作。畢竟這個世界是以古澤為中心在運轉。

「老闆，我也要再來一杯。」

耳邊傳來悅耳的嗓音，是身旁的女人發出的聲音。

古澤從剛才就一直偷偷窺探女人的側臉。女人的五官十分端正，長得魅惑誘人，年紀顯然比自己大，但還在古澤的好球帶內。

不經意與她對上眼了。

「小哥，你是這裡的人？」

「不是，怎麼這麼問？」

「因為你說話沒有口音。」

「哦，我是關東人。」

「關東的哪裡？」

「千葉。」

「啊，我是埼玉人，隔壁縣耶。我是小百合，請多多指教。」

女人與其說是漂亮，不如說是可愛，還很健談，而且顯然在引誘自己。主動送上門來的美食不吃還算是男人嗎？這也是關進醫療監獄以前從壞學長那裡學來的。

男人的欲望在錦三丁目這種地方根本不用隱藏，整條路上都是小酒館，特種風俗店林立。已經有了默契後，古澤拉著小百合走向那裡，並未感受到對方明顯的抵抗。

當古澤壓抑著亢奮的心情踏進賓館，心臟與下半身都已經不受控制了。

美味的酒和美麗的女人。以慶祝出獄來說，再也沒有比這個更美好的夜晚。

帶著半興奮、半是以為自己是在做夢似的心情走進房間。今晚，小百合會給他帶來什麼樣的歡愉呢？

「我先洗個澡。」

古澤沒有反對，凝視著開始脫衣服的小百合，小百合輕聲細語地抗議：

「稍微轉過去一下。」

反正幾分鐘以後就要脫光光了，古澤欣然轉身。

「就這樣背對著我回答，你會選哪一邊。」

「選什麼？」

「你喜歡地獄？還是天堂？」

「當然是天堂。」

「今天是平安夜，我就實現你的願望吧。」

色慾薰心的古澤性急地轉過來。

螢光燈反射在小百合揮下來的刀子上，閃閃發光。

日本國寶級大師——皆川博子

Extended Reading more Novels

皆川博子的寫作生涯從一九七二年出版第一本小說出道之後，四十多年來已經創作八十本以上的小說，實屬著作等身的文壇女王。

她的文筆廣博通俗，故事風格洋溢浪漫幻想，充滿著迷魅奇情，似乎也與她的家族血統有關；她的父親是一名心靈研究者、神祕學家，而她的弟弟則是科幻作家，據說她也在少女時期當過靈媒。

一九二九年生，東京女子大學肄業。於一九五二年結婚後成為家庭主婦，空閒之餘廣泛涉獵文學作品，於是立志成為作家。以《海與十字架》出道成為兒童文學作家之後，由於受到中井英夫、赤江瀑等人的影響，轉向為創作懸疑、幻想文學。她從八〇年代開始涉足推理文學，在

倒立塔殺人事件

二戰時期，一所教會學校裡，少女們流行接力創作小說。一本僅寫上標題《倒立塔殺人事件》的美麗筆記本，被混進圖書館的書架上，是圖書職員忘了貼書標，還是別人的藏書不小心放進來呢？第一個拿起那本筆記本的少女，提筆寫下故事開端。第二個、第三個少女接力為它寫下後續。然而，由於一名少女的死亡，暗藏在故事裡的恐怖企圖躍然浮上檯面……

304頁　15×21 cm　定價 300元

薔薇忌

7篇圍繞劇場、舞台的短篇小說，情節陰暗卻不覺恐怖，展現絢爛妖美的風格，值得細細品嘗。

究竟是人還是幻靈？現在是過去還是未來？亙久以來人類的愛恨情仇、妄想執著在古典的舞台優雅上演。

本書榮獲第三屆柴田鍊三郎獎，幻想小說巔峰之作！

300頁　15×21 cm　定價 300元

新本格推理的領域受到高度評價。

寫作生涯囊括多項文學大獎，包括：學研兒童文學獎、小說現代新人獎、日本推理作家協會獎、直木獎、柴田鍊三郎獎、吉川英治文學獎、本格推理大獎、日本推理文學大獎。

不過一直以來，皆川博子對於推理文學很感興趣，作品也逐漸容納推理懸疑色彩。

儘管皆川博子的作品數量驚人，在日本文壇也有舉足輕重的地位，但對於臺灣的讀者來說，卻是比較陌生。目前她的中文翻譯小說僅有五本，而有四本在瑞昇文化，分別為：《海盜女王》、《薔薇忌》、《倒立塔殺人事件》，以及《異常少女》。

——小說家　何敬堯　真心推薦

Extended Reading more Novels

這個推理小說家不得了——

中山七里 (Shichiri Nakayama)

1961年出生於岐阜縣。2009年以第八屆「這本推理小說了不起！」大獎得獎作《再見，德布西》出道。

寫作風格多元，有明朗的音樂推理，也有陰鬱沉重的懸疑小說，出道短短數年已經出版近三十部作品，質量均佳，是近年來甚受矚目的新銳娛樂小說家。曾因為被人斷定自己寫的《連續殺人鬼青蛙男》無法拍成電影，於是就負氣寫出紙上電影《START!》。

瑞昇文化已出版：《開膛手傑克的告白》、《七色之毒》、《連續殺人鬼青蛙男》、《START!》、《永遠的蕭邦》、《五張面具的微笑》、《泰米斯之劍》、《嘲笑的淑女》、《戰鬥之歌》、《哈梅爾吹笛人的誘拐》、《替身總理》、《邂逅貝多芬》等多部作品。

嘲笑的淑女

有個女人，用她的天生麗質與機巧話術，把別人的人生搞得天翻地覆。她以顧問之姿，為陷入生活窘境的人們指點迷津。她的建議很有力量，總讓人升起信心，彷彿照她的意思去做便能克服一切困難。她的眼神安定溫柔，讓人不知不覺想依靠她。

這位世間少有的美貌才女，帶領人們踏入失常崩毀的國度。旁觀者眼中的「惡女」，為何會是被害者心中的「天使」！？

寫作題材多元的中山七里，這次挑戰與眾不同的「天使系惡女」主題！

15×21cm　352頁　定價：320元

泰米斯之劍

第八屆「這本推理小說了不起」大賞得主中山七里全新力作。

正義女神泰米斯，手持天秤與寶劍。寶劍象徵力量，天秤代表衡量正邪的正義。沒有力量的正義發揮不了作用，沒有正義的力量等於暴力。

一宗無人敢觸碰的沉重冤案，讓菜鳥蛻變成鬼見愁刑警？！

《連續殺人鬼青蛙男》、《贖罪奏鳴曲》渡瀨警部的罪與罰！

網羅中山七里在台灣出版的作品人物——

〈中山七里推理世界的「角色關係圖」〉中文版獨家收錄！

15×21cm　384頁　定價：320元

START!

《連續殺人鬼青蛙男》竟然拍成電影！？
出資的大股東以資金威脅導演，硬是想要干涉其中。以人道關懷為宗旨的團體，屢次要求導演撤除某些內容。此外，還有輕率的男偶像與醜聞纏身的招牌女優，一堆頭痛的問題之外，竟還發生弔詭的命案！

15×21cm　368 頁　定價：320 元

連續殺人鬼青蛙男

上顎被勾子勾住，懸掛於大廈十三樓的一具全裸女屍。旁邊留著一張筆跡如小孩般稚拙的犯罪聲明。這是殺人鬼「青蛙男」讓市民陷入恐怖與混亂漩渦中的第一起凶殺案……
結局逆轉再逆轉，第八屆『這本推理小說了不起！』令評審激辯的候選之作。

15×21cm　384 頁　定價：320 元

永遠的蕭邦

一樁恐攻激起全民展現不屈勇氣的團結吶喊、一場比賽成為青澀少年自我探索與蛻變的歷程、一曲蕭邦徹底卸下武裝的心防、化解暴戾的氛圍……
蕭邦鋼琴大賽籠罩謀殺陰影，是要讓恐懼佔據人心？還是用音樂收服暴力？
中山七里音樂推理系列最磅礴之作！

15×21cm　368 頁　定價：320 元

五張面具的微笑

《再見，德布西》裡的玄太郎爺爺，因腦中風半身不遂而坐上輪椅。
以為他會灰心喪志垂垂老去嗎？不不不，老人家才剛要大展身手！
五張面具隱藏五宗罪惡，請看，壞脾氣的爺爺和愛吐嘈的看護如何聯手破案！

15×21cm　384 頁　定價：320 元

七色之毒

好人，一念之間就可能變成壞人！逆轉情勢的風暴一波波襲來！7 種顏色引出 7 則離奇案件！兇手該說是他還是他 !?
這次，《開膛手傑克的告白》犬養隼人擺脫「弱掉的帥哥刑警」稱號，在他洞若觀火的偵察之下，鮮烈地挖掘出沉睡於人性深處的惡念……

15×21cm　288 頁　定價：280 元

開膛手傑克的告白

連續獵奇殺人事件！
猖狂凶手展示被掏空的屍體，只為挑起器官移植的爭議？
捐贈者母親的妄執，受贈者的社會壓力……
生或死究竟如何界定？
感動又激動的社會派推理小說！

15×21cm　352 頁　定價：320 元

第51回江戶川亂步賞獲獎出道作家——藥丸岳
最新感人肺腑青春勵志推理小說《神之子》

對他來說，「母親」是一個宛如菟絲草般攀附著男人們的女毒蟲。是個傻到被男人甩了之後，才發現自己意外懷孕，就這樣生下他的笨女人、是個把他當作畜牲一樣餵養，不曾給予他任何關愛的無情女人。

從小遭受虐待、從未受過教育、沒有戶籍的他，宛若一個不存在於社會的「無名幽靈」。

上帝給他的唯一憐憫——就只有ＩＱ超過161的頭腦。

「只要在書店看兩個小時的免錢書，就能獲得生存必備的知識了。」

「我就憑這顆腦袋活到現在。接下來也一樣。為了生存，我不擇手段。」

「我為了生存什麼事都做。不過，只有為了我個人生存。我才不會為了其他人這麼做。」

涉嫌兇殺案而遭到逮捕的少年，沒有戶籍。推測大約十八歲，被冠上「町田博史」的名字。

在進入少年輔育院時接受智力測驗，結果顯示ＩＱ超過161。

深怕博史成為危險的高智商犯罪者，法務教官內藤總是對他緊咬不放。

就在博史捲入幾名少年發動的逃獄事件後，狀況朝意想不到的方向發展——！

似乎，有個勢力龐大的地下犯罪集團，對這位際遇悽慘的天才少年，起了非常大的興趣……

「截至目前為止所寫出的故事，以及伴隨自己的成長而寫出的新作，都集大成於這部作品裡。雖然故事寫得有點長，但是具有讓人想一口氣讀完的娛樂性。」

——摘自大垣書店〈訪談作家藥丸岳〉

神之子

（上）（下）冊可分售

480頁　15×21 cm　單冊定價 380元

旅情推理小說之能手——西村京太郎 (Nishimura Kyotaro)

Extended Reading more Novels

1930年出生於東京。曾任公務員，之後歷經各行各業並從事創作。

1963年以『歪曲的早晨』（歪んだ朝）榮獲第二屆推理小說新人獎。1965年以『天使的傷痕』（天使の傷痕）榮獲第十一屆江戶川亂步獎，自此以推理作家身分正式出道。1981年以『終點站殺人事件』（終着駅殺人事件）榮獲第三十四屆日本推理作家協會獎（長篇組），在推理小說界享有一席舉足輕重的地位。

2001年，位於神奈川縣湯河原町的「西村京太郎紀念館」開幕，裡面陳列有西村京太郎的所有著作，以及作家全紀錄。2005年榮獲日本推理文學大獎，2010年榮獲長谷川伸獎。截至2014年9月，創作的作品已突破542冊！

十津川警部系列 亡者的警示 東海道殺人軌跡

旅情推理再現代表作！

在大學最後一次的春假，日下刑警利用「青春18票券」搭乘東海道本線，進行從東京到關西的電車之旅。出發當天卻遇到兩件鐵路意外身亡事件。日下直覺這些事件有所關聯，向十津川警部透露當年旅行所遇到的事情，就此展開一連串的調查行動……。

256頁 15×21 cm 定價250元

十津川警部系列 消失的大和撫子

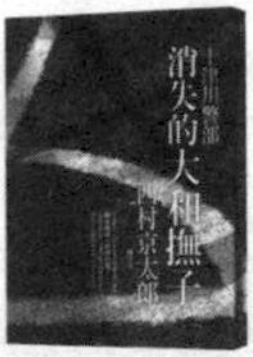

西村京太郎作家生涯50週年紀念作！

贏得女子世界盃比賽，同時也獲得國民熱愛的日本國家女子足球隊，全隊22名選手與教練在奧運比賽前夕離奇失蹤，嫌犯到底是如何一口氣帶走23名人質!?

而嫌犯要求的贖金竟然高達一百億日圓！隱身於暗處的歹徒所圖究竟為何？

224頁 15×21 cm 定價250元

十津川警部系列 東北新幹線 黑幕殺機

棘手的政界暗殺事件，旅情推理×政治議題的巧妙演繹！

保守黨大老．君原清道議員遭人槍殺一案，十津川原已鎖定嫌疑人——住在東京六本木高級大樓裡的一名經營管理顧問。但就在十津川追查下落不明的該名嫌犯時，該嫌竟命喪在東北新幹線列車「隼」的豪華座艙裡……

224頁 15×21 cm 定價250元

十津川警部系列 東京－神戶 2小時50分 雙重圈套

西村京太郎推理史上前所未聞，內含益智問答的長篇推理小說，

電視台益智問答節為紀念節目下檔，邀請七名冠軍，參加為期一周的東京－神戶益智問答之旅，挑戰巨額獎金的益智問答比賽，但七名男女參賽者卻在比賽中被淘汰後下落不明？

事實的真相，顛覆所有人的想像！

256頁 15×21 cm 定價250元

TITLE

連續殺人鬼青蛙男　噩夢再臨

STAFF

出版　瑞昇文化事業股份有限公司
作者　中山七里
譯者　緋華璃
封面設計　朱哲宏

總編輯　郭湘齡
文字編輯　徐承義　蔣詩綺　李冠緯
美術編輯　孫慧琪
排版　孫慧琪
製版　明宏彩色照相製版股份有限公司
印刷　桂林彩色印刷股份有限公司
　　　紘億彩色印刷有限公司
法律顧問　經兆國際法律事務所　黃沛聲律師

戶名　瑞昇文化事業股份有限公司
劃撥帳號　19598343
地址　新北市中和區景平路464巷2弄1-4號
電話　(02)2945-3191
傳真　(02)2945-3190
網址　www.rising-books.com.tw
Mail　deepblue@rising-books.com.tw

本版日期　2019年9月
定價　350元

國家圖書館出版品預行編目資料

連續殺人鬼青蛙男：噩夢再臨 / 中山七里作；緋華璃譯. -- 初版. -- 新北市：瑞昇文化, 2019.01
384 面；14.8 X 21 公分
譯自：連続殺人鬼カエル男ふたたび
ISBN 978-986-401-304-3(平裝)

861.57　107022287

讀小說
Reading Novel